KB270786

# 꽃 피는 고래

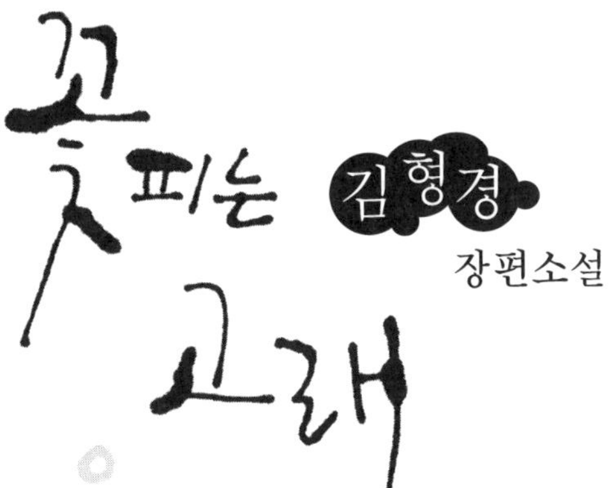

# 꽃피는 고래

김형경

장편소설

차례

# 신화처럼 숨쉰다는 것

잠결에 눈떴을 때 방 안 가득 바다가 들어와 있었다. 옷장 위까지 바닷물이 차올라 옷장 귀퉁이에서 보랏빛 물고기가 얼굴을 내밀었다. 문갑 위에는 산호초가 자라고 발목 근처에서 파래 미역 같은 것이 흔들거렸다. 무슨 일이 일어난 거지? 생각하는 순간 눈앞으로 커다란 거북이가 지나갔다. 처음에는 거북이의 매끈한 배가 보이고 다음에 네 발이 부산스럽게 움직이는 모습이 보였다. 거북이는 멀어지다가 고개 돌려 나를 바라보더니 다시 내 쪽으로 다가와 무엇인가를 떨어뜨렸다. 얼떨결에 받아든 그것은 화사하게 빛나는 유리구슬이었다. 고개 들었을 때 거북이는 이미 저만큼 멀어져 있었다. 거북이 등에는 누군가, 사람이 타고 있는 듯 보였다.

잠결에 눈떴을 때 방 안에 바다는 없었다. 창으로 스며드는 빛을 받으며 장롱이며 문갑이 시무룩하게 서 있었다. 나는 빈손을 내려다보았다. 거북이 등에 타고 있던 사람이 혹시 엄마나 아빠가 아니었을까 하는 생각이 들자 기분이 이상했다. 늦잠을 자는 게 아니었다. 늦잠을 잘 때마다 황당한 꿈을 꾸는 건 오래된 버릇이었다. 나는 잠자리에서 몸을 일으켜 집밖으로 나갔다.

바닷가 매립지 한가운데 사람들이 병풍을 두른 듯 반원 형태로 서 있었다. 그 맞은편에는 진짜 병풍이 반원 형태로 세워져 있었다. 나는 두 반원이 만나 만드는 커다란 동그라미 안으로 고개를 밀어넣었다. 음식이 차려진 제사상과 그 앞에 깔린 돗자리가 보였다. 제사상과 병풍 사이에서, 그리고 나는 그것을 보았다. 조금 전 내 꿈에 나타난 거북이 녀석을. 그놈은 불거져나온 눈을 끔벅거리며 자기 앞에서 불경을 독송하는 법사와 그 옆에서 절하는 아주머니들을 보고 있었다. 나도 눈을 몇번이나 깜박이며 그 녀석을 바라보았다.

역시 처용포였다. 이곳에만 오면 지어낸 이야기와 진짜 이야기가 구분되지 않았다. 꿈과 현실도 쉽게 뒤섞였다. 저 거북이는 보름쯤 전에 어부의 그물에 걸려 육지로 올라왔다고 들었다. 온몸에 그물이 감겨 있고 목과 다리에는 그물에 팬 상처가 깊었다. 거북이는 곧바로 동물병원으로 옮겨져 치료받았고 이제는 다 나아 바다로 돌려보내도 된다고 했다. 병원에서는 거북이 나이가 백서른두살인가, 백마흔세살이라고 밝혔다.

나는 거북이와 사람들 무리를 지나 매립지 가장자리, 햇살이 잘 비치는 둔덕에 걸터앉았다. 오전 열시의 햇살이 땀구멍 깊숙이 들이쬐고, 솜털뿌리까지 말려주었다. 몸은 따스한데 마음은 거북이 등껍데기 속에 들어 있는 듯 갑갑했다. 거북이를 바다로 돌려보내는 제사가 있는 줄은 처음 알았다. 이제 보니 고래뿐 아니라 거북이도 신화처럼 숨쉬는 모양이다.

예전에 처용포 할아버지 댁에 오는 길에 아빠가 라디오에서 나오는 노래를 따라 부른 적이 있었다. 아빠는 살짝 음치였지만 그날은 라디오에서 쓸쓸한 음색을 지닌 남자가수의 옛날 노래가 나오자 운전대를 두드려가며 리듬을 맞췄다. "술 마시고 노래하고 춤을 춰봐도, 가슴에는 하나 가득 슬픔뿐이네……" 남자가수 목소리는 공연히 진지한 척하는 듯 들렸다. 내가 보기에 그건 엄마 아빠 세대의 특징이었다. "자, 떠나자, 동해바다로, 신화처럼 숨을 쉬는 고래 잡으러……" 노래 끝에 희망과 의지를 불태우는 것도 그들의 습관이었다. 그 노래 후렴구에 알아들을 수 없는 단어가 있었다.

"아빠, 고래가 어떻게 숨을 쉰다는 거야? 시내처럼?"

앞자리에 앉아 있던 엄마 아빠가 동시에 웃음을 터뜨렸다. 네 생각에는 고래가 어떻게 숨쉴 것 같니? 아빠는 위험하게도 고개까지 돌려가며 내 얼굴을 확인했다. 그래, 한번 맞혀봐라. 엄마도 게임하듯 제안했다. 시험당하는 기분이 찜찜해서 나는 짜증스러운 목소리를 냈다.

"가사를 못 알아듣겠어. 시내처럼? 시름시름?"

내 기분 따위는 아랑곳없이 엄마 아빠는 한편이 되어 웃었다. 부모 앞이라고 해도 웃음거리가 되고 싶지는 않았기에 나는 조용히 침묵하는 쪽을 택했다. 내가 토라졌다고 생각했는지 아빠가 한결 자상한 목소리로 대답했다.

"신화처럼."

아빠 발음은 선명했고 나는 그 단어를 분명히 들었지만 알 수 없기는 마찬가지였다. 고래가 신화처럼 숨을 쉰다고? 자동차 안에 잠시 침묵이 흘렀다. 엄마 아빠는 내 반응을 기다리는 것 같았고 나는 무슨 말이든 해야 했다. 그때 나는 아홉살이었다.

"그럼, 고래가 처용이처럼 숨쉰다는 뜻이야?"

엄마 아빠가 잠시 서로 마주보았고 내 마음속에서 썰물이 밀려나갔다. 아빠 고향인 처용포에서는 단군이나 제우스만큼 유명한 인물이 처용이라고 말해준 사람이 바로 아빠였다. 엄마 아빠는 웃음을 참으며 묘한 눈빛을 한번 더 교환한 뒤 친절하지 못한 답변을 내밀었다.

"그게 무슨 뜻인지는 우리 니은이가 커서 스스로 이해하면 좋을 거야."

그 무렵에는 신화처럼 숨쉰다는 게 어떤 뜻일까 가끔 생각했다. 텔레비전에 고래 다큐멘터리가 나오면 화면이 뚫어질 정도로 노려보았다. 지구에서 가장 큰 생물이기 때문에 신화적이라고 하는 걸까. 허파로 숨을 쉬면서도 물속에서 살기 때문일까. 백년 이상 산다는 수명 때문에 그러는지도 모르겠다. 성황나무처럼 오래 묵은 사물은 신령해진다고 할머니가 말해준 적이 있었다. 그때는 아홉살이었지만 지금은 열일곱살이다. 그럼에도 나는 아직 고래가 어떻게 신화처럼 숨쉬는지 알지 못한다. 신화처럼 숨쉰다는 게 무슨 뜻인지도.

멀리서 보니 거북이 주변에 둘러선 사람들은 하나의 둥근 덩어리처럼 보였다. 옷색깔에 따라 빨갛고 파랗게 칠해진 큰 동그라미거나, 작은 영상들이 끊임없이 나타나는 모니터 화면의 동그라미 같았다. 사람들 뒤편에서 바다가 풍선처럼 부풀어오르고, 그 위로 다시 오전 열시의 햇살이 눈부시게 떨어져내렸다. 꿈속처럼 낯설고 몽롱한 풍경 속에서 오늘은 마을사람들조차 바다에서 올라온 듯 보였다.

명절이나 방학 때 할아버지 집에 오면 늘 처용포 앞바다에서 올라오는 것들에 대한 이야기를 들었다. 뱃속에 사람 머리카락이 들어 있는 상어와 해골바가지에서 문어가 기어나오는 시체 이야기가 있었다. 긴 수염이 달린 잉어를 놓아주고 어부가 얻었다는 구슬, 연꽃 속에 앉아 바다에서 나오는 아름다운 여인도 있었다. 서역 상인 처용과 인도 공주 허황옥도 그 바다에서 올라왔다. 그 바다에서 올라오는 것 중 가장 화제가 되는 것은 단연 고래였다. 오래전에 사냥했던 기와집만한 고래부터 얼마 전에 올라왔다는 작은 고래까지. 그런 이야기를 들을 때마다 낯설고 기이한 느낌을 받았다. 신화가 주는 느낌이 원래 그런지도 모른다.

　　사람들의 동그라미가 풀어지면서 들것에 실린 거북이가 맨앞
으로 나섰다. 거북이 뒤를 따라 한방향으로 움직이는 사람들은
이제 긴 직선이 되었다. 징이며 꽹과리 소리가 바다까지 울려퍼
지고, 소리들 속으로 오전 열시의 햇살이 스며들었다. 두 팔을 어
깨와 머리까지 들어올리며 장단을 맞추는 이도 있었다. 거북이는
배를 타고 떠날 거라고 들었다. 다시 그물에 걸리지 않도록 먼바
다에 가서 놓아줄 거라고 했다. 거북이도 신화처럼 숨을 쉬는지,
신화처럼 숨쉰다는 게 어떤 상태인지 맹렬히 궁금했지만 더 솔직
히 말하면 모든 게 귀찮았다. 심드렁하고 재미없었다.

# 온종일 해변에서

파도는 볼 때마다 모양이 달랐다. 세밀한 빗살무늬를 그리며 밀려오는 파도가 있었고 폭넓은 주름치마가 바람을 맞듯 펄럭이는 파도가 있었다. 이불 빨래를 양쪽에서 잡고 흔들듯 출렁이는 파도가 있었고, 솥에서 밥물이 넘치듯 흰 물거품을 밀어내는 파도가 있었다. 성급한 공룡처럼 몸을 곧추세우고 성큼성큼 달려오는 파도도 있었다. 그 모든 파도를 바라보며 나는 방파제에 앉아 있다. 얼마나 오래 있었는지는 알 수 없지만 그리 많은 시간이 지난 것 같지는 않다.

내 이름은 니은이다. 주니은. 내가 이름을 말하면 열 사람 중 여덟 명은 되물었다. 기역 니은 디귿 할 때 그 니은? 그렇다고 대답하면 여덟 명 중 서너 명은 추가질문을 던졌다. 그럼 오빠는 기역이고 동생은 디귿이니? 그럴 때면 없는 오빠 동생까지 양옆에 서서 가족 전체가 구경거리가 되었다.

학년이 바뀔 때마다 나는 새로 만나는 친구들 이름을 유심히 듣는다. 그동안 같은 반 친구 중에는 새봄, 여름, 가을도 있고 새벽, 아침, 한낮도 있었다. 이슬, 단비, 첫눈도 있었는데 그 이름들은 다들 무슨 뜻인가를 주장하려 했다. 나는 내 이름이 아무 뜻도 드러내려 하지 않아서 좋았다. 모든 일에는 의미가 있어야 한다고 믿는 엄마 아빠가 내 이름에는 크게 한턱쓴 게 분명했다.

또 한명 개성 넘치는 이름을 가진 친구 나무가 있다. 나무는 높이 자란 소나무나 참나무처럼 듬직하고 아름다웠다. 어느날 나무가 너만 알고 있으라고 손가락을 건 후 자기 이름은 밤나무 감나무 할 때 그 나무가 아니라고 고백했다. 나무관세음보살 할 때 그 나무라는 것이었다. 나무네 부모는 결혼 후 오년 동안 아기를 갖지 못했는데 외할머니가 절에서 백일기도를 드린 후 아기가 생겼다.

"나무가 무슨 뜻인데?"

"귀의한다는 뜻이래."

"귀의한다는 건 무슨 뜻인데?"

"그러니까 그게, 부처님에게 나를 바친다는 뜻인가봐. 나무관세음보살, 하잖아."

그 말을 할 때 나무는 관세음보살 표정을 따라하듯 입꼬리를 양쪽으로 당기며 웃었다. 자기를 부처님에게 바친다는 것은 무슨 뜻인지 더 묻고 싶었으나 내 바닥을 보여주는 것 같아 그만두었다. 대신 나도 나무처럼 웃어보았다. 나무와 나는 우리 이름에 관해 한가지 결론을 내렸다. 부모들이 자기네 촌스러운 이름을 보상받기 위해 다소 무리한 선택을 했을 거라고. 사실 금자, 미자, 영숙이보다 나으니까 우리가 이해하자고. 그런데 가끔은 혼자 엉뚱한 생각이 들기도 했다. 엄마 아빠는 혹시 내 이름을 신화처럼 짓고 싶었던 게 아닐까 하는. 처용이나 황옥처럼 말이다.

눈앞의 파도를 보고 있으면 내가 둥근 원판 같은 지구 가장자리에 걸터앉은 듯 느껴졌다. 세상의 바깥을 헛디뎌 이미 낭떠러지 아래로 떨어진 것도 같았다. 자전하는 지구에서 튕겨져나온 게 틀림없었다. 다시 지구로 올라가야 하는데, 다시 자전속도에 맞춰 움직여야 하는데. 그런 생각을 하며 나는 몸 바깥으로 지나가는 세상을 보고만 있었다. 때로는 세계도, 나 자신도 눈앞에서 증발하곤 했다. 그래도 한가지 분명한 것은 그곳이 처용포라는 사실이었다.

아빠는 처용포에 대해 말할 때 심하게 과장하는 버릇이 있었다. 복주머니처럼 생긴 처용포는 좁은 입구 안에 깊숙이 들어앉은 바다여서 여간해서 태풍이나 해일 피해를 입지 않았다. 예전에는 그 만에 물고기가 얼마나 많았는지 고등어 정어리 같은 생선을 만 안쪽으로 몰아 그물로 건졌다. 뱃전에 앉아 물 위로 튀어오르는 고기를 막대기로 치기만 해도 한 대야 가득해졌다. 바다 속에 곤두박질쳐 들어가 손으로 모래를 긁으면 굵은 조개들이 손바닥 가득 담겼다.

바다에 고기가 많으니 마을 뒷산에는 물고기를 먹고 사는 새도 많았다. 지금은 조선소 자리가 된 건너편 산에는 큰 기와집이 네 채 있었는데 그중 한 집이 고모할머니 집이었다. 아빠는 고모 집에 가면 늘 새집을 찾아내어 새알을 주웠다. 뒷산에는 숲이 무성해서 할아버지와 함께 공기총을 들고 토끼나 꿩을 사냥했다. 그때는 할아버지가 공기를 넣어주었지만 나중에 더 커서 힘이 세어지면 직접 공기를 넣으며 마음대로 사냥하겠다고 다짐했다. 숲에는 새 사냥 잘하는 매도 많았고, 겨울에는 보리밭에 까마귀가 새까맣게 날아와 앉았다. 정유공장 넓은 담장 안 부지에는 노루며 살쾡이도 많이 살았다.

아빠가 그런 이야기를 들려줄 때마다 나는 상상으로 만들어낸 그림책을 보는 것이라 생각했다. 내가 보는 바다에는 늘 기름이 떠다녔고, 아빠가 수영했다는 곳은 붉은 흙으로 메워져 말라가고 있었다. 토끼며 꿩이 있었다는 건너편 산에는 기하학적으로 생긴 조선소공장이 은빛으로 빛났다. 까마귀가 날아와 앉았다는 뒷산 언덕은 키작은 나무와 잡초가 전부였다.

처용포에 대해 말할 때 아빠의 상상력이 가장 빛나는 곳은 코끼리바위에서였다. 처용만 안에는 동백나무숲이 우거진 처용암이 있는데 그 섬에는 화강암으로 된 코끼리바위가 있었다. 아빠는 그 코끼리가 처용이라는 서역 상인의 배에 실려 있던 놈이라고 했다. 처용은 금은보화를 싣고 온 바다를 누비며 교역하던 상

16

인이었는데 하필이면 처용포 앞바다에서 풍랑을 만났다. 배가 좌초되자 상인들은 헤엄쳐 처용포에 도착했고 코끼리는 그 바위에 올라갔다는 것이다.

코끼리바위에 대한 엄마 생각은 좀 달랐다. 엄마는 그 코끼리가 인도 공주 허황옥과 함께 온 놈이라고 했다. 허황옥이 가락국 수로왕의 왕비가 되기 위해 인도에서 올 때 데려왔는데 신라 사람들이 처음 보는 코끼리를 두려워하자 섬에 남겨두었다는 것이다. 지금도 인도에서는 코끼리를 신으로 대접하고 있다는 증거까지 제시했다. 내가 듣기에는 똑같이 황당한 이야기를 가지고 엄마 아빠는 서로 옳다고 진지하게 고집했다.

아빠는 처용포의 자연이나 전설에 대해 이야기할 때 절대 양보하지 않는 버릇도 있었다. 특히 처용암에 산다는 바다생물 이야기를 할 때 그랬다. 처용포 사람들은 자주 그 동물을 목격한다고 했다. 새벽에 그물을 걷으러 나갔던 어부는 그 동물이 희고 투명한 막 같은 몸으로 안개를 거느린 채 유영하는 모습을 보았다. 귀항하던 오징어잡이 어부들은 그 동물이 커다란 망둥이처럼 생겼더라고 했다. 몸에는 청록빛 비늘이 덮여 있었다. 그 바다생물이 먼바다에서 돌아오는 어선을 뒤집어버린 일도 있었다. 그놈은 배 주변을 몇바퀴나 돌면서 울부짖었는데 한번씩 포효할 때마다 물기둥이 높이 치솟았다.

어떤 이들은 그놈이 단순한 동물이 아니라 처용만을 지키는 수호신이라 믿었다. 또 어떤 이들은 그것이 처용포로 잡혀온 고래들의 혼령이라고 했다. 그렇기에 일정한 형체 없이 모양이 바뀌고 이따금 사나워지기도 한다는 것이다. 어릴 때 아빠는 처용암 동물을 만나기 위해 수없이 코끼리바위에 갔다고 한다. 여름이면 세수도 하기 전에 바다로 뛰어들어 떠오르는 태양을 향해 헤엄쳤다. 번번이 허탕치고 돌아오면서도 언젠가는 그 동물을 만나 정체를 밝히리라 꿈꾸었다. 그런 이야기를 들을 때마다 아빠가 순진한 게 아니라면 아빠가 나를 너무 순진하게 보고 있다고 생각했다.

장포수 할아버지가 방파제 끝에서 내가 있는 쪽으로 걸어오고 있었다. 처용포에 내려온 이후, 정확히는 방파제에 앉아 있은 이후 하루도 빠짐없이 방파제를 걷는 할아버지를 보았다. 할아버지는 마치 지구 저편으로부터, 시간의 먼 곳으로부터 오는 듯 느리고 헐렁한 걸음이었다. 할아버지 손에는 나무토막이 들려 있고 바지주머니는 양쪽 모두 불룩했다. 옷자락이 바람에 날리자 할아버지는 바람을 가득 안은 돛처럼 부풀어 보였다.

"니은이 잘 잤나?"

할아버지는 천천히 다가와 느린 말투로 물었다. 나는 고개를 끄덕였다.

"찬바람 너무 쐬지 말고 그만 집에 들어가거라."

할아버지는 그 말씀만 던져놓고 방파제를 지나 뒷산으로 이르는 길목으로 접어들었다. 할아버지 몸을 훑고 지나가는 바람은 저만큼 앞서 달아나고 길은 그만큼 뒤로 물러났다. 바람과 길 사이에서 할아버지는 돛처럼 흔들렸다.

장포수 할아버지는 처용포에서 고래를 제일 잘 잡는 일등 포수라고 들었다. 할아버지는 고래를 발견하는 눈도 좋았고, 고래를 향해 포를 쏘는 실력도 좋았다. 한방에 급소를 맞혀 고래를 상하지 않게 사냥했다. 바다에 고래가 말라가던 때에도 할아버지가 가는 곳에는 마치 신하가 대령하듯 고래가 나타났다. 어떤 이들은 할아버지를 대왕고래라고 불렀다. 고래들의 왕이 아니라면 그토록 고래들이 따를 리 없다는 거였다. 가끔 할아버지는 포를 쏘지 않고도 고래를 잡았다. 할아버지가 눈길 한번 주기만 하면 어떤 고래들은 배를 보이며 물 위에 눕는다고 했다. 그런 이야기도 처용암에 산다는 동물처럼 증명할 수 없는 것들이었다.

이제 바다는 거대한 강철판 같아 보였다. 햇살은 딱딱한 강철 표면에 부딪혔다가 거듭 튕겨져나왔다. 강철판 위로 미끄러지듯이 배 한 척이 떠가고 배가 지나간 자리마다 강철이 일그러졌다. 처용암 동백나무숲은 강철판을 배경으로 더욱 푸르렀다. 코끼리바위는 바다 쪽에 자리잡고 있어 내가 앉은 곳에서는 보이지 않았다.

그리고 그 모든 것들이 내 바깥에 있었다. 파도도 햇살도 몸 바깥에서 일어났다 스러졌다. 장포수 할아버지도 바람도 마음 외곽으로 스쳐갔다. 아무것도 내 몸으로 들어오지 않았고 내 마음을 움직이지 못했다. 세상 가장자리에 앉아 딱딱하고 무감각해진 몸을 쓰다듬으며 내가 누구인지, 여기서 무엇을 하는지 생각하기도 했다. 그 생각조차 진지하게 오래 지속되지는 않았다.

장포수 할아버지가 올라가는 길에서 왕고래집 할머니가 내려오고 있었다. 할머니는 노란 비닐 앞치마를 입고 흰 플라스틱 양동이를 든 모습이었다. 두 사람은 마을 어귀에서 만나 잠시 멈춰선 채 이야기를 나누었다. 그런 다음 할아버지는 뒷산으로, 할머니는 부두 쪽으로 걸어내려왔다. 할머니는 왕고래집 식당으로 가는 길을 일부러 조금 돌아 내가 앉은 곳으로 다가왔다.

"니은아, 때 거르지 말고 밥 먹으러 오너라. 이럴 때일수록 몸이 든든해야지."

할머니 말이 귀로 들어와 몸을 두드리고 다녔다. 두드리는 느낌만 전달될 뿐 말뜻은 잘 이해되지 않았다. 왕고래집 할머니는 몇번이나 돌아보면서 식당 쪽으로 멀어졌다.

할머니에게도 처용포 사람이면 누구나 아는 유명한 전설이 있었다. 태어날 때부터 저승을 제집처럼 드나들었다는 전설이었다. 갓 태어났을 때 할머니는 아무리 해도 첫숨을 쉬지 않아 윗목에 밀어두었다. 이틀을 기다린 끝에 뒷산에 올라 구덩이를 팠는데 묻으려 보니 아기가 방긋 웃더라고 했다. 처용리로 시집왔을 때는 바다에서 미역 건지다 실종되었다. 온 마을과 바다를 뒤졌지만 보이지 않았다. 사흘째 되는 날 새벽에 그물 걷으러 나가던 어부가 처용암 기슭에 앉아 있는 새댁을 발견했다. 사람들은 할머니가 용왕에 다녀온 게 틀림없다고 말했다. 물론 나는 그런 이야기를 믿지 않았다. 오히려 그런 이야기를 만들어보고 싶다고 생각한 것 같다.

아무리 전설이 많아도, 아무리 오래 방파제에 앉아 있어도 세상은 나와 무관했다. 마음은 엉금엉금 바다로 기어드는데 몸은 결코 움직이지 않았다. 모든 세상이 거짓말이거나 전설 같았고 그 세상마저 몸 바깥에 존재했다. 오른쪽 언덕 너머 정유공장 불빛이 점차 희미해졌다. 바람 방향이 바뀌자 시큼한 화학약품 냄새가 코끝을 스치고 지나갔다. 나는 숨을 참았다. 한동안 그대로 있다가 숨을 들이쉬니 약품 냄새가 더 심해진 것 같았다.

나는 어른들이 여전히 그런 이야기에 솔깃하는 이유가 궁금했다. 그런 이야기를 가지고 놀기도 한다는 게 이상했다. 틀림없이 그날도 엄마 아빠는 처용과 황옥 놀이를 하고 있었을 것이다. 내가 태어나기 전, 처녓적 엄마를 유혹할 때 아빠는 처용포 자랑을 많이 했다고 들었다. 우리나라에서 유일하게 고래를 잡는 항구인데, 기와집만한 고래를 수도 없이 잡는다고. 아빠는 고래 잡는 배를 네 척이나 가진 아빠를 가지고 있었다.

심지어 아빠는 자기가 아랍인의 후예라고 주장했다. 배가 좌초된 후 코끼리와 함께 육지로 올라온 서역 상인들이 그길로 이 땅에 눌러살았다는 것이다. 아빠는 자기 신화를 증명할 자료도 가지고 있었다. 한국과 아랍의 문화교류에 관해 연구하는 어느 교수가 아랍문화가 신라 쪽으로 유입되었다는 논문을 썼다는 것이다. 아빠 고향 사람들이 흰 피부에 매부리코, 무성한 턱수염, 곱슬머리 등의 외모를 가진 점이 그 증거라고 했다. 사투리 중에

서도 특히 모음을 잘 발음하지 못하는 것도 그런 까닭이라는 것
이다.

엄마가 먼저 아빠를 처용이라고 불렀다고 했다. 아빠가 하도
처용포와 아랍 조상에 대해 이야기하기에 농담처럼 그렇게 했다.
그런데 아빠가 마치 화답하듯 네, 황옥님 하고 대답했다. 엄마는
성이 허씨인데, 가무잡잡한 피부와 가로로 길고 큰 눈이 틀림없
이 인도 쪽 조상의 후예일 거라는 설명이었다. 아랍 상인 후예인
아빠와 인도 공주 후손인 엄마 사이에서 태어난 나는 그들과 별
로 닮지 않았다. 엄마 아빠와 처음 해외여행을 갔을 때 사람들은
내게 '니뽄진데스까?'라고 물었다.

어쨌거나, 엄마 아빠가 처용과 황옥 놀이를 할 때면 나는 절대
끼어들지 않았다. 그 호칭에는 내가 상상할 수 없는 많은 것들이
들어 있었다. 엄마 아빠의 청춘과 추억뿐 아니라 내가 알아서는
안되는 둘만의 비밀스러운 의사소통까지. 그날도 엄마 아빠는 나
만 빼고 처용과 황옥 놀이를 하고 있었을 것이다. 그렇지 않다면
중앙선을 넘어오는 유조차를 피하지 못했을 이유가 없었다. 아빠
는 무사고운전 이십년을 자랑하곤 했으니까.

## 비행기가 바다에 내릴 때

햇빛 속에 가만히 앉아 있으면 크고 둥근 손이 공중에서 나와 어깨를 감쌌다. 그러면 살갗 사이에 끼어 있는 얼음이 녹으면서 신경과 감각도 살아났다. 얼었던 몸이 녹을 때 맨 처음 느낀 감각은 허전함이었다. 커다란 삽이 허공에서 나와 가슴을 한 삽씩 퍼내었다. 아픈 것도 아니고 슬프지도 않은데 심장을 한 삽씩 잃어버리는 허전함만 생생했다. 삽으로 퍼낸 가슴 자리가 바닷바람에 쓸려나갔다. 얼었다 녹은 아이스크림이 형체를 잃듯 몸과 마음에 변형이 왔다.

나는 방파제에서 물러나 매립지 둔덕에 자리잡았다. 허물어지는 몸이 바닷바람에 쓸려갈까봐 두려웠다. 혹은 바다에서 올라오는 어떤 것이 두려웠는지도 몰랐다. 처용암에 산다는 바다동물이

나 다리를 다친 거북이 같은 것. 매립지 가장자리에 앉아 나는 여전히 모든 것으로부터 멀어져 있었다. 학교로부터, 세상으로부터, 나 자신으로부터.

매립지의 갈라진 바닥은 나 자신을 방치하기에 좋은 장소였다. 아빠는 매립지 자리에서 굴도 캐고 게도 잡았다고 하지만 내가 처음 보았을 때부터 그곳에는 붉은 흙만 가득했다. 아주 어릴 때는 트럭들이 매립지에 흙을 쏟아붓는 광경을 보았다. 일고여덟대쯤 되는 트럭들이 동시에 나타나 일렬로 방파제로 진입했고, 차례로 흙을 비운 다음 줄지어 마을을 빠져나갔다. 방파제 위에는 빨갛거나 초록색 모자를 쓴 아저씨가 서 있었다. 아빠는 바다를 육지로 만드는 데 시간이 많이 걸린다고 했다. 소금기가 다 빠져나가야만 땅으로 사용할 수 있다는 거였다.

생각날 때마다 찾아와 흙을 쏟아붓던 트럭이 더이상 오지 않고, 소금기가 다 빠졌을 법한데도 매립지는 오래 방치되어 있었다. 아빠는 사람들이 서로 정직하지 않았기 때문이라고 설명했다. 바다를 메울 때 시에서는 그곳에 해상공원을 만들 계획이라고 주민들을 설득했다. 매립이 끝나자 시에서 내놓은 청사진은 부두시설이었다. 주민들은 시에서 고의적으로 자신들을 속였다고 분노했다. 결국 매립지는 어떤 용도로도 사용되지 못한 채 여러 해째 그대로 있었다. 작년 겨울방학에 보았을 때까지.

오래도록 방치되어 있던 매립지 한켠에 건물이 지어지고 있었다. 건축중인 건물을 보고 있으니 모든 사물에는 운명이 바뀌는 한순간이 있는 게 분명했다. 매립지가 바다에서 육지로 바뀌던 그 경계에는 흙을 한 트럭 쏟아붓는 것과 같은 결정적 행위가 있었을 것이다. 영원히 말라갈 듯하던 매립지에 건물이 들어설 때도 측량이라는 최초의 행위가 있었을 것이다. 우리 생에도 많은 것을 달라지게 하는 한순간이 있다고 엄마가 말해주었다. 내가 강아지를 갖고 싶다고 열흘쯤 떼쓰고 투정부린 뒤였다.

엄마도 어릴 때 강아지를 키웠다. 마당에서 키우던 잡종개였지만 오년이나 함께 살아 정이 흠뻑 들었다. 엄마와 이모의 등하굣길에 늘 대문 밖까지 달려나왔다. 초여름 어느날 학교에서 돌아왔을 때 강아지가 문밖으로 마중나오지 않았다. 대신 마루에서 외할아버지가 이웃사람들과 상 가득 음식을 차려놓고 먹고 있었다. 그런 장면은 누가 설명해주지 않아도 한눈에 이해되는 것이다. 엄마는 이모와 함께 문밖에서 덜덜 떨다가 외할아버지가 식사를 마친 후 상 위의 뼈들을 간추려 들고 뒷산으로 올라갔다. 뼈를 큰 소나무 밑에 묻고 그 앞에 엎드려 오래 울었다. 울음소리를 듣고 산에 올라온 외할아버지는 나뭇가지를 꺾어 엄마와 이모를 때렸다. "이년들이 조상한테도 안하는 절을 개한테 하고 그래!" 그날 이후 엄마는 이십년 동안 울지 못했다. 아빠와 결혼한 후 마음이 좀 풀어지기는 했지만 그래도 강아지를 보면 여전히 마음이 아프다고 말했다.

그때 나는 엄마 이야기를 다 이해하지 못했다. 내가 키우고 싶은 강아지는 엄마 개와 엄연히 다른 것이었다. 더구나 이십년 동안이나 울 수 없었다니. 진짜로 한번도 울지 않았는지 궁금했다. 하지만 엄마가 워낙 심각해 보여 더이상 묻지 못했다. 강아지 이야기도 다시 꺼내지 않았다.

아빠에게서도 그런 한순간에 대한 이야기를 들었다. 처용포 앞바다에 비행기가 내렸을 때 그것은 모든 것이 바뀌는 신호탄이 되었다고. 낯선 비행기는 처용만을 몇번 선회하더니 수상스키 같은 바퀴를 바다에 내려놓았다. 그 배는 바다 위를 이리저리 돌면서 부두로 들어왔는데 배에서 내린 이들은 흰 얼굴에 푸른 눈동자를 가지고 있었다. 미국 정유회사 사람들이라고 했다. 그들은 처용포 동쪽 언덕 너머 바닷가에 부지를 마련하고 정유회사를 지었고 그 아내들은 비키니 수영복을 입고 해안에서 수상스키를 탔다. 아빠가 초등학교 일학년 때의 일이라고 했다.

정유공장이 세워져서 기름을 제공할 수 있게 되자 나일론공장, 고무공장, 스테인리스공장 등이 생겨났다. 비료공장 기공식 때는 아빠도 할아버지와 함께 구경가서 시루떡을 얻어먹었다. 공장은 차근차근 생겨 거대한 공단이 되었고, 몇년 후부터 전국에서 관광객들이 구경오는 볼거리가 되었다. 그후에도 선박공장, 자동차공장이 들어서면서 아빠 고향 주변은 우리나라 최대 공업단지가 되었다.

정유공장이 들어선 후 바다에서 수영하고 나면 몸에서 기름냄새가 나기 시작했다. 그래도 아빠는 여름이 시작되면 누구보다 먼저 바다로 뛰어들었다. 처용암에 산다는 바다동물은 만나지 못했어도 언젠가는 큰바다로 헤엄쳐 태양을 안고 오겠다는 꿈을 꾸었다. 그러나 육학년 여름 이후 그 꿈을 접었다.

그해 여름에도 아빠는 헤엄칠 수 있는 가장 이른 시기에 바다에 들어갔다. 단숨에 곤두박질쳐 바다 밑까지 잠수했다. 바다 밑바닥에는 조개들이 가득 쌓여 있었다. 팔을 뻗으니 팔이 쑤욱 들어갈 정도로 조개가 두꺼웠다. 기쁜 마음으로 두 손 가득 조개를 거머쥐고 나왔다. 물밖에 나와 손바닥을 펴보니 조개들이 모두 입을 벌리고 있었다. 무슨 일인지 알아차리기도 전에 조개들에서 검은 물이 주르륵 흘렀다. 아빠는 그때까지도 그것이 무슨 뜻인지 이해하지 못해 조개를 받쳐든 채 가만히 있었다. 그러다가 다시 바다 속으로 자맥질했다. 다음 조개, 다음 조개 들도 마찬가지였다. 아빠가 캐온 조개는 모두 껍데기뿐이었다. 빈 조개껍데기마다 검은 물이 흘러내렸다.

나는 아빠의 조개 이야기를 수도 없이 들었다. 환경오염에 관한 뉴스를 볼 때, 매운탕에 든 조개를 볼 때, 해수욕장이 개장한다는 소식을 들을 때, 그때마다 아빠는 바다 속에 죽어 있던 조개무덤을 이야기했다. 처음에는 십 센티미터 두께라고 말했는데 시간이 갈수록 조개무덤은 두꺼워져 나중에는 이십 센티, 삼십 센티가 되었다. 옛날옛적 이야기를 지치지도 않고 반복하는 아빠가 나는 이따금 지루했다.

이제 나는 모든 것이 바뀌는 한순간이 있다는 것을 이해할 수 있다. 엄마 아빠가 처용과 황옥 놀이를 하고 있었을 그날 이후 나도 모든 것이 달라졌다. 발밑에 굵은 선이 그어지고 모든 것이 그날 이전과 그날 이후로 나뉘었다. 그날 이후 나는 할 줄 아는 일이 하나도 없다는 것을 알았다. 밥을 지을 줄 몰랐고 사과를 깎을 줄 몰랐다. 세탁기를 돌릴 줄도, 학교에 갈 줄도 몰랐다. 세상은 내 바깥으로 지나가고 나는 세상과 무관한 사람이 되었다.

진정 내가 일부러 학교에 가지 않은 것이 아니었다. 한순간에 부모를 잃고, 사흘장을 치르고, 비몽사몽인 일주일을 보내고 다시 학교에 다니기 시작했다. 매일 아침 등교준비를 해서 집을 나섰다. 늘 다니던 등굣길을 걸었다. 그러나 아무리 가도 학교가 나타나지 않았다. 이제쯤 학교에 도착할 때가 되었는데 생각하면서도 계속 걸었다. 학교를 지나친 것은 아니었다. 학교가 이렇게 멀었나 생각하는데 눈앞이 텅 비듯 논밭이 펼쳐졌다. 다리에 힘이 빠져 논둑에 주저앉았다. 어디서 길을 잘못 든 걸까 생각하면서 길을 되짚어 돌아오니 저녁이었다.

다음날도 학교에 갔다. 갈림길에 도달했을 때 전날과 다른 길로 들어섰다. 이제쯤 학교가 나오겠지 싶었는데 문득 길 끝에 구름다리가 나타났고, 구름다리를 건너자 호수였다. 납량특집극에서 보았던, 산속에서 길을 잃고 코앞의 집을 찾아 밤새워 헤매는 사람 이야기가 거짓이 아니었다. 호숫가에 앉아 학교가 있는 방향을 가늠하며 한나절을 보냈다. 뒤늦게 아무도 등교하는 친구가 없었다는 사실이 떠올랐다. 휴일이었거나 시간이 늦었거나 그랬을까. 알 수 없었다.

맹세코 일부러 학교에 가지 않은 것은 아니었다. 셋쨋날도 학교에 갔다. 비가 내려 후드점퍼를 덧입고 우산을 받쳐들었다. 학교 쪽으로 다가갈수록 빗방울이 점점 굵어져 우산을 더욱 낮게 들어야 했다. 이제쯤 다 왔겠지 싶어 멈춰섰더니 눈앞에 우뚝한 산이 막아서 있었다. 산꼭대기는 구름에 싸여 보이지 않았다. 산 초입에는 긴 벤치들과 몇가지 운동시설이 있었다. 나는 벤치에 앉아 점점 몸을 일으켜세우는 듯한 산을 바라보며 하루를 보냈다. 내게 일어나는 일을 이해할 수 없었고, 이해할 수 없는 경험에 대해 물어볼 사람이 없었다.

그날 이후 나는 내가 무서워졌다. 어디서 무슨 일을 저지를지 두려웠다. 정신을 차리면 갈라파고스나 파푸아뉴기니에 있을 것 같았다. 내가 무서워지니 눈에 보이는 모든 사물이 무서웠다. 처음에는 아빠 시계, 엄마 지갑이 무서웠다. 현관의 신발과 벽에 걸린 액자가 무서웠다. 나중에는 집의 모든 공간이 무서웠다. 결국은 울면서 이모한테 전화했다.

단숨에 달려온 이모가 어떻게 지냈느냐고 물었지만 나는 그 시간 동안 무엇을 먹었는지 어떻게 잠들었는지 기억나지 않았다. 부산 이모 집이 답답해서 울산 고모 집으로 옮겼다가, 울산 고모 집도 숨막혀 처용포로 왔다. 이곳에 와서야 비로소 숨이 제대로 쉬어지는 것 같았다. 주변 사물들이 낯설기는 해도 무섭지는 않았다. 내가 비어 있던 할아버지 집에 머물기 시작하자 장포수 할아버지가 보일러와 대문을 손봐주었다.

매립지에 올라가는 건물은 얼추 외형이 갖추어져 있었다. 가로로 길쭉한 유선형이 배나 물고기와 닮아 보였다. 시와 주민들이 어떻게 합의했는지 모르지만 부두시설도 아니고 해상공원도 아니었다. 고래박물관을 짓는 중이라는 소문을 들은 것 같았다. 박물관을 지은 후 주변 조경을 잘하면 그게 공원 아니겠느냐는 이야기도 들렸다. 벌써 고래박물관에 전시할 물품들을 모은다는 소문도 있었다. 게와 조개가 사는 바다였다가, 폐허처럼 땅이 갈라지는 매립지였다가 이제 박물관을 갖춘 공원이 되는 곳. 매립지에 앉아 눈앞의 광경을 바라보며 삶에도 그런 변화가 찾아오고 또 찾아올 거라는 사실이 두려웠다.

나는 주머니에서 주민등록증을 꺼내 바라보았다. 햇빛에 반사되는 주민등록증은 움직일 때마다 홀로그램의 숨은 무늬를 드러내었다. 동심원이나 폐곡선, 삼각형 같은 도형들이 흐릿하게 드러났다가 울렁거리며 사라졌다. 그러나 홀로그램보다 보기 불편한 것은 사진이었다. 사진 속의 나는 행복한 사람처럼, 희열에 넘치는 표정으로 웃고 있었다. 주민등록증 발급 통지서를 받았을 때 엄마는 과장되다 싶게 감격했다. "우리 니은이가 다 컸구나." 그 말을 몇번이나 되풀이해서 억지로라도 어른이 되도록 강요하는 듯했다.

엄마는 내게 성숙해 보이는 셔츠를 골라 입히고 사진관으로 데려갔다. 거기서도 엄마는 불필요한 자랑을 했다. "주민등록증용 사진을 찍으려고요. 얘가 벌써 주민등록증 나올 나이가 됐네요." 사진관 아저씨는 주민등록증용 사진에 대한 규제가 많이 완화되었다고 엄마에게 장단을 맞추었다. 이제는 이빨이 보이도록 웃는 사진도, 고개를 살짝 돌리고 찍은 사진도 사용할 수 있다고 했다.

엄마는 카메라 앞에 앉은 내게 웃기를 요구했다. "너는 웃는 모습이 예쁘니까 웃는 사진으로 하자. 고개를 살짝 돌려서 보조개가 보이게 하면 더 좋겠다." 엄마 주문에도 내가 웃지 않자 느닷없이 스튜디오 구석을 손가락질했다. "저기 만득이 지나가네……" 대체 언젯적 만득이던가. 내가 초등학생 때 엄마에게 들려준 유머를 그런 식으로 돌려주려고 했다. 저기 만득이 지나가네. 그 말에 나는 결국 웃고 말았다. 이빨이 다 보이게 활짝, 입꼬리 끝의 보조개까지 패도록 웃었다. 사진관 아저씨는 그 순간 셔터를 눌렀다.

아무리 봐도 그토록 활짝 웃는 사진은 석 달 후 고아가 될 미성년자의 것이 아니었다. 모든 것이 변하기 전의 세계에서는 그 사진도 괜찮았을 것이다. 그러나 지금은 웃음도 주민등록증도 쓸모없었다. 그것을 제시하고 직업을 얻을 수도 없고 술이나 담배를 살 수도 없었다. 주민등록증은 내가 시간의 계곡에 빠져 있음을 알려줄 뿐이었다. 청소년도 아니고 청년도 아닌 시간, 미성년도 아니고 성인도 아닌 시간. 앞으로 이년 동안 주민등록증으로 할 수 있는 일이란 가끔 꺼내서 햇빛에 비치는 입체무늬를 구경하는 것뿐이었다.

## 미국자리공 그늘

틀림없이 아빠 목소리를 들었다. 새벽 잠결에 아빠가 문간에서 나를 부르고 있었다. 재빨리 겉옷을 걸친 후 대문 밖을 내다보니 길 건너 매립지에 아빠가 어스름한 새벽빛을 받으며 서 있었다. 나는 한달음에 매립지로 달려갔다. 그러나 눈을 한번 깜박이고 나자 매립지가 텅 비어 있었다. 머리카락이 쭈뼛 섰다. 계속 달리지도 못하고 집으로 돌아가지도 못한 채 그대로 길바닥에 주저앉았다. 석유공장 굴뚝에서 솟는 불꽃이 뱀 혓바닥처럼 날름거렸다. 그쪽 하늘은 새벽빛보다 밝았다.

언 땅이 녹으며 아지랑이가 피어나는 것과 같은 증상이었다. 얼어붙었던 감각이 깨어나자 자꾸만 헛것이 보이고 들렸다. 등뒤에서 아빠가 이름을 부르는 듯해 돌아보면 바람만 지나갔다. 때로는 엄마가 할아버지 집 부엌에서 밥상을 차리고 있다는 생각이 들었다. 그 생각에 너무나 확신이 생겨 한달음에 부엌까지 달려가곤 했다. 뒷산 할머니 할아버지 무덤에서 벌초하는 엄마 아빠를 본 듯하여 단숨에 산중턱까지 달려올라갔다. 가는 동안 산에 사람이 없는 게 틀림없어도 마음은 눈에 보이는 것을 믿지 않았다. 잠시 앉아서 쉬는 거라고, 키큰 덤불에 가려 보이지 않는 거라고 생각했다.

심지어 엄마 아빠가 숨바꼭질하듯 마을 어딘가에 숨어 있을 것 같았다. 그런 생각이 들 때면 세상을 다 뒤져서라도 엄마 아빠를 찾아야 할 것 같았다. 엄마 아빠가 교통사고로 세상을 떠났다는 사실과, 엄마 아빠가 마을 어딘가에 숨어 있을 거라는 생각은 전혀 다른 것이었다. 두 마음은 서로를 몰랐다. 부모를 잃었다는 절망감과 엄마 아빠가 어디선가 나타날 거라는 희망이 공존했다. 마음이 잠시도 한자리에 머물지 못했다. 그럴 때면 너풀거리는 치마를 입고 머리에 꽃을 꽂은 여자가 늘 거리를 떠도는 이유가 이해되었다.

집으로 돌아가지 못한 채 나는 몸을 일으켜 뒷산으로 걸음을 옮겼다. 해군초소와 교회 사잇길로 접어들자 바람이 좀 가라앉았다. 그 근처 집들은 거의 다 비어 있었는데 빈집들은 언제 보아도 싸다 만 보따리 같았다. 내용물을 함부로 구겨넣고 허술하게 입구를 봉한 기와집, 덜 닫힌 여행가방 모양의 슬래브집, 노끈으로 대충 묶어놓은 듯한 일본식 나무집. 그 집들은 지붕 귀퉁이가 무너져내렸거나 대문이 뜯겨 있었다. 벽에 크고 둥근 구멍이 뚫려 방 안 구들장이 보이는 집도 있었다.

아빠 말에 따르면 바다에서 수영을 못하게 된 후부터 아빠의 유토피아가 파괴되기 시작했다고 한다. 산성비가 내려 섬과 뒷산 나무들이 죽어가기 시작했다. 나무가 죽으니 새들도 없어지고, 보리밭에 까맣게 내려와 앉던 까마귀도 보이지 않았다. 정유공장 담장 안 넓은 땅에 살던 노루며 살쾡이도 사라져갔다. 뒷산 나무들은 머리카락 빠지듯 듬성듬성 비어갔고 나무가 간직했다가 조금씩 내보내는 물을 공급받지 못하는 개천도 말라갔다. 나뭇잎이 정화해주지 못하는 대기에는 악취가 떠돌았다. 악취는 공단의 굴뚝에서만 나오는 것이 아니었다. 빨리 순환되지 못하는 부두, 말라가는 개천에서도 악취가 흘렀다.

그리고 마을사람들 몸이 아프기 시작했다. 늘 머리가 아픈 사람, 눈이 침침해진 사람, 소화가 안되는 사람이 많아졌다. 관절염이 갑자기 심해져 하루아침에 걸을 수 없게 된 이도 있었다. 그것을 공해병이라고 한다는 사실을 주민들은 다 아픈 다음에야 알았다. 흐린 날이면 화학약품에 오염된 공기가 바다로 빠져나가지 못한 채 마을 위에 까맣게 떠 있었다. 공장에서 근무하는 사람들 중에는 이가 빠지는 사람, 코가 내려앉는 사람도 생겼다. 이웃 마을에서는 공장에서 근무하던 여성이 기형아를 낳았다는 소문도 있었다.

그러나 정작 마을이 비게 된 이유는 공해 때문만이 아니었다.

주민들이 공해문제의 심각성을 인식하고 공장과 정부에 항의하기 시작할 때 처용포에는 느닷없이 고래잡이 금지령이 내렸다. 국제포경협회에서 세계 이십여개 국가가 합의한 내용이었다. 우리나라도 동의했다. 처용포 주민들은 공해를 내뿜는 공장보다 불법포경감시단이 더 무서웠다. 사십여척의 포경선을 가지고 오직 고래잡이만을 하던 처용포는 하루아침에 기능이 마비되었다. 고래배는 처분되고 선원들은 떠나고 마을은 텅 비었다.

그 무렵 정부에서는 공해 피해지역 주민들을 위해 이주 및 보상 대책을 내놓았다. 그러나 그것은 동쪽 언덕 너머 공단지역 주민에게만 해당되는 이야기였다. 처용포는 포구인데다가 공단과도 거리가 멀어 공해의 직접 피해지역이 아니라고 판정되었다. 그렇게 산도 바다도 마을도 비어갔다.

산을 오르며 나는 그곳이 아빠 말대로 유토피아이던 시기에는 어땠을까 상상해보았다. 집집마다 아이들이 뛰어놀고 밥짓는 연기가 피어났을까. 잘 그려지지 않았다. 산중턱쯤에서 갑자기 나도 모르게 뒤를 돌아보았다. 누군가 따라오는 기척을 느꼈지만 아무도 없었다. 오히려 눈앞에 개 한 마리가 나타났다. 개는 공격적으로 짖거나 꼬리를 사리고 도망치지 않았다. 그저 가만히 내 눈을 바라보기만 했다. 네 앞길을 방해하지 않을 테니 너도 내 공간을 침해하지 마. 그렇게 말하는 눈빛이었다. 나는 개한테 고개를 끄덕여주고 옆으로 지나갔다.

방치된 짐보따리 같은 마을이 조금씩 움직이는 듯했다. 땅에 박힌 뿌리를 스스로 뽑아내기 위해 애쓰는 것도 같았다. 보자기 귀퉁이로 비어져나온 참기름병처럼 보이는 굴뚝, 그 굴뚝 끝에 푸르스름하게 머무는 안개, 스멀스멀 파고드는 연기를 흔연히 받아들이는 하늘. 푸르스름한 여명 속에서 산과 마을이 하나의 짐보따리처럼 보였다. 당장이라도 누군가가 들고 떠날 것 같은.

마을이 끝나는 지점에서 나는 잠시 걸음을 멈추었다. 풀숲에서 움직이는 물체가 보였다. 또 헛것을 보았나 싶었는데 왕고래집 할머니였다. 할머니가 아침마다 노란 앞치마를 두르고, 하얀 양동이를 들고 가는 곳이 거기였다. 할머니는 주민들이 떠나면서 남긴 동물들을 돌보고 있었다. 식당에서 나오는 음식물과, 새벽 시장에서 얻은 생선 대가리로 개밥을 만들었다. 개뿐 아니라 고양이도 함께 먹었다. "동물이 포악해지는 거는 배가 고파서 그라는 기다. 먹이만 나누면 얼마든지 어울려 살 수 있다." 마을에 남겨진 개와 고양이를 소탕하자는 의견이 나왔을 때 할머니가 말렸다고 들었다.

할머니는 하루도 빠짐없이 노란 앞치마를 두르고 뒷산으로 갔다. 개는 두 마리, 세 마리가 되었고 고양이는 네 마리, 여덟 마리가 되었다. 마을사람들은 할머니의 개와 고양이가 사람보다 많아질까봐 걱정했다. 그러나 동물들은 일정한 수 이상 늘지 않았다. 아빠는 그것을 자연의 법칙이라고 설명했다. 모든 생물들은 생존에 적정한 개체수를 유지하는 법을 알고 있다고. 엄마 이야기는 좀 달랐다. 복날 무렵이면 멀리서 개장수들이 와서 개체수를 유지하게 도와준다는 것이다. 고양이도 신경통에 좋다고 찾는 이들이 있다고 했다.

내가 다가가자 할머니 앞에서 밥을 먹던 고양이 두 마리가 꼬리를 세우며 노려보았다. 호랑이 같은 얼룩무늬를 가진 고양이와 검은 바탕에 흰 무늬가 있는 고양이였다. 방금 만난 개보다는 고양이가 한결 경계심이 많아 보였다.

"본래 집고양이라 순하다. 한번 쓰다듬어볼래?"

할머니는 고양이 머리를 쓰다듬으며 나를 안심시켰지만 나는 고개를 저었다. 살아 있는 것들이 문득 무서워졌다. 그것들이 언젠가는 죽을 것이기에. 그 생각을 하는 순간 가슴이 덜컥 내려앉았다. 강아지가 죽은 후 이십년 동안 울지 못했다는 엄마 마음을 이해할 것 같았다. 나는 조용히 몸을 일으켜 그 자리를 떠났다.

"때 거르지 말고 밥 먹으러 오너라."

산길로 접어드는 내 등에 대고 할머니는 또 그 말을 했다. 오른쪽 언덕 너머 정유공장 굴뚝은 여전히 꽃뱀 같은 불길을 뿜고 있었다. 불꽃은 삼백육십오일 꺼지지 않았다. 불꽃은 바람을 따라 육지 쪽으로 흔들리고, 그 불꽃을 따라 고개 돌리는 순간 발목이 삐끗했다. 왼쪽 무릎을 굽히며 왼손으로 땅바닥을 짚을 때 눈앞의 바다가 비스듬히 기울어졌다. 바다가 만 입구 쪽으로 흘러넘쳤고 만 안의 작은 배들이 덩달아 출렁거렸다. 넘어지는 순간 내가 무엇을 하는지 알아차렸다.

아빠는 어린시절 낙원에 대해 거듭 이야기하는 것으로도 모자라 나를 추억의 장소들로 데리고 다녔다. 방파제, 매립지, 처용초등학교, 고래해체장 자리. 언젠가는 고래떼가 새겨진 바위그림도 보여주겠다고 했다. 그 바위그림은 선사시대 기록인데 이미 옛날부터 이 바다에서 고래를 잡았다는 증거라고 했다. 예전부터 고래를 잡았다는 사실이 왜 중요한지 모르지만 아빠는 바위그림을 매우 자랑스러워하는 눈치였다.

이제 나는 아빠 추억을 아빠보다 더 잘 말할 수 있었다. 처용초등학교 정문 양편에 아치 모양으로 세워진 고래 턱뼈는 삼십년쯤 된 것이라 했다. 플라스틱 같은 질감의 고래 턱뼈는 사람 키 두 배쯤 되게 높았다. 아빠는 고래 이빨로 썰매를 탔다고도 했다. 고래 이빨 하나가 책상만한 크기였다고 설명했다. 아빠는 내게 고래배도 보여주었다. 처용포에 단 한 척 보관되어 있는 그 배는 장포수 할아버지 것이었다. 고래배는 다른 어선보다 높이가 높고, 폭이 좁고, 날렵한 형태를 하고 있었다. 미끈한 선체 맨앞에는 고래를 찾을 때 올라서는 높은 망루와, 고래를 향해 작살을 쏘는 고래포도 있었다.

아빠는 미국자리공과 사철나무숲이 경계를 이루는 곳으로도 나를 데려갔다. 미국자리공은 유조선과 함께 미국에서 건너온 식물이라고 했다. 봄에 갓 피어날 때부터 줄기가 붉은색이어서 멀리서 보면 산 전체에 붉은 물감을 엎질러놓은 듯했다. 가을에 맺히는 검은 열매를 터뜨리면 선혈처럼 붉은 과즙이 흘렀고 초겨울까지 두면 고약처럼 검고 끈적끈적한 덩어리가 되었다. 미국자리공은 처용포 뒷산 토종식물들이 모두 죽어갈 때 홀로 생명력을 자랑하며 산을 점령했다.

미국자리공에 뒤덮인 산에 장포수 할아버지가 어느날부터 나무를 심기 시작했다. 우선 미국자리공을 뽑아내고 그 자리에 소나무를 심었다. 소나무는 한 계절도 지나지 않아 검붉게 말라죽었다. 그때 할아버지가 아빠한테 전화를 하셨다고 한다. 할아버지는 공해에도 잘 견디는 나무가 있는지, 그렇다면 어디서 구할 수 있는지 알아봐달라고 부탁했다. 마침 환경처에서 환경정화식물 마흔두 종을 발표한 게 있었다. 공해에 강하고 오염물질을 흡수하는 기능이 있다면서 도심과 공단 주변에 심도록 적극 권장한 나무들이었다. 아빠는 그 나무들 목록을 할아버지한테 부쳐드렸다고 한다.

할아버지는 환경정화식물 목록을 벽에 붙여놓고 처음으로 은행나무와 사철나무를 심었다. 묘목들이 시들거리자 매일 산으로 물을 길어나르며 종일토록 나무 곁에서 살았다. 은행나무와 사철나무가 일년 넘게 죽지 않자 이듬해에는 가시나무, 상수리나무, 꽝꽝나무를 심었다. 할아버지는 자비를 털어 먼 곳까지 묘목을 사러 다녔다. 그렇게 한 지 벌써 십오년이 되어 이제 뒷산이 제법 푸르고 무성해지고 있었다. 아빠는 미국자리공과 사철나무숲이 땅따먹기하듯 경계를 이루는 곳에 서서 장포수 할아버지 혼자 힘으로 그 숲을 가꾸었다고 몇번이나 강조했다.

나는 바로 그곳들을 찾아다니고 있었다. 아빠와 다녔던 추억

의 공간들을. 내가 처용포에 와 오래 앉아 있은 방파제와 매립지
도 그런 공간이었다. 그 사실을 알아차리자 온몸에서 힘이 빠졌
다. 한걸음도 옮길 수 없게 몸이 무거워지며 피로가 몰려왔다. 그
렇지만 나는 다시 힘을 내어 비탈을 올랐다. 기어이 미국자리공
과 사철나무가 붉은색과 초록색으로 경계를 이루는 지점에 도착
하여 몸을 내려놓았다. 미국자리공 그늘에 머리를 두고 사철나무
가지 밑에 다리를 밀어넣은 자세로 누웠다.

"이 사철나무숲은 위대한 상징이다. 미국자리공을 밀어내서
그런 게 아니라 한 사람의 노력이 이토록 큰 변화를 일으켰다는
사실에서 그렇다. 니은아, 이 숲을 잘 봐둬라."

그때 나는 아빠가 또 모든 일에 의미를 부여하려 한다고 생각
했다. 지금도 나는 아빠가 말한 숲의 상징이라는 것을 제대로 이
해하지 못하고 있다. 다만 아빠가 했던 것처럼 미국자리공 줄기
에서 작년 열매를 따서 손가락 사이에 놓고 짓눌러보았다. 검붉
고 끈적한 액체가 손가락을 물들였다. 아빠가 해주었던 것처럼
붉은 액체를 볼에 발랐다. 눈앞이 흐리고 정신이 아득해졌다. 멀
리서 엄마 목소리가 들리고 가까이서 아빠 손길이 느껴졌다.

# 남 같은 나

아침마다 세상이 낯설었다. 날마다 사물들을 새로 익히고 양치질하는 방법을 새로 배웠다. 그중에서도 가장 낯선 것은 나 자신이었다. 내가 누구인지, 어디에 있는지 이해하기 위해 날마다 애썼다. 전날 무슨 일을 했는지 기억나지 않는 때가 많았다. 전날 뒷산에 두고 온 영혼이 몸속으로 들어오지 못한 채 문밖에서 서성이는 듯했다. 방파제나 매립지에 앉아 있던 나도 내가 아니었다. 아침에 눈뜰 때마다 낯선 공간, 처음 보는 세상이 있었다.

오늘은 더 이상했다. 아무리 오래도록 보고 있어도 사물들이 눈에 익지 않았다. 머리맡의 낮은 문갑 위 조개와 돌덩이가 낯설었다. 크고작은 액자들도 처음 보는 것이었다. 액자 옆에는 책이 몇권 쌓여 있었다. 『우리 처용포 이렇게 살리자』 『한국 포경사』

『고래의 삶과 죽음』『반공해 운동』. 아빠 책장에서 본 것 같은 책들이었지만 그것과도 달라 보였다.

"일어났구나. 몸은 좀 어떠냐?"

미닫이문이 열리면서 장포수 할아버지가 냄비를 들고 들어왔다. 할아버지는 문간에 세워진 밥상을 끌어와 다리를 펼친 후 냄비를 올렸다. 나는 액자 속 두 사람과 할아버지 얼굴을 번갈아 바라보았다. 왼쪽 액자에는 키보다 긴 작살을 수직으로 세워든 사람이 웃고 있었다. 그는 희고 둥근 물체에 왼쪽 다리를 올려놓고 있었는데 가만히 보니 고래 몸뚱이였다. 남자 허리쯤에 가로로 검은 띠가 그어져 있고 띠에 흰색으로 굵은 글자가 새겨져 있었다. '오늘도 땀흘리는 산업의 역군이 있습니다.' 남자의 오른쪽 바짓자락 근처에는 음료수병 사진과 함께 한 제약회사 이름이 찍혀 있었다. 장포수 할아버지가 예전에 광고모델을 했다는 이야기를 들은 적이 있었다.

오른쪽 액자에는 중년남자가 있었다. 그 역시 활기차게 움직이는 부두 앞에 서서 오른손을 들어 왼쪽 어깨 너머를 가리키고 있었다. 그의 손가락이 가닿는 곳에는 할아버지의 고래배와 같은 배들이 포구 가득 정박해 있었다. 중년남자 얼굴 쪽에 세로로 굵은 글자가 새겨져 있었다. '고래잡이 규제 풀릴 날만 기다리죠.' 사진 밑에는 좀더 작은 글자가 서너 줄쯤 인쇄되어 있었다. '국제포경위원회가 5년 기한으로 고래잡이를 금지시킨 후 고래배를 바다에 묶어놓고 포경이 재개되기만을 기다리는 장승길(63)씨.' 예전에 할아버지가 신문과 잡지에 많이 나왔다는 이야기도 들었다.

액자 속 두 사람은 지금의 장포수 할아버지와 달라 보였다. 광고 속 할아버지는 활기찬 꽃미남이지만 기사 속 할아버지는 우울한 표정 때문에 지금보다 나이 들어 보였다. 어쨌든 할아버지는 실물보다 사진이 잘 안 나오는 것 같았다.

"왕고래집에서 죽 쒀주길래 가져왔다. 앞으로는 아무데서나 잠들지 마라."

할아버지는 나를 뒷산 미국자리공 그늘에서 건져왔다고 말했다. 바다에서 그물을 건져내듯, 잡은 물고기를 집으로 가져오듯 나를 집으로 옮겨놓았다. 긴급구조대를 부르거나 병원에 연락하지는 않았다. 내가 푹 자고 있다는 것을 알았다고 했다.

"마음이 피곤하면 가끔 그런다. 두꺼비집 퓨즈 나가는 것 한가지지. 건강하다는 증거니까 걱정 말거라."

할아버지는 예전에 죽어버리겠다면서 바다로 걸어들어가다가 바닷물에 발목을 잠근 채 곯아떨어진 사람도 봤다고 했다. 나는 얼마나 오래 살면 할아버지처럼 될 수 있을까 생각했다. 할아버지는 놀랄 일도 슬플 일도 없어 보였다. 입 안에서 죽을 우물거리며 고개를 드니 천장 밑 벽을 따라 한 줄로 걸려 있는 액자가 보였다. 액자 속 사진마다 거대한 고래가 중심에 버티고 있었다. 바다에서 서서히 숨을 거두는 고래를 뱃머리에 서서 지켜보는 선원들 사진, 잡은 고래를 갑판 한가득 올려놓은 사진, 고래 꼬리에 긴 쇠줄을 묶어 해체장으로 끌어올리는 사진. 그 모든 사진들 속

에는 오색깃발이 휘날리고 사람들이 빼곡했다. 고래 주변을 둘러
선 사람들은 걸리버 주변에 모여든 소인국 사람들 같았다.

"저 고래들을 다 할아버지가 잡으셨어요?"

할아버지는 웃으며 사진 한 장을 가리켰다. 다른 고래들이 대
체로 검은색을 띠는 데 비해 그 고래는 머리며 몸통이 희고 가슴
에는 주름치마를 펼쳐놓은 듯 골이 많이 져 있었다. 고래 주변에
모여든 사람도 제일 많아 보였다.

"장수경이다. 배운 사람들은 흰수염고래라 한다만 우리는 그
저 장수경이라 한다. 저거 잡았을 때가 1987년인가 그랬지. 포경
금지되고 네 척만 조사포경 하던 때였는데, 오랜만에 귀한 놈 잡
아서 마을사람들이 다 구경왔다. 저 사진 속에 니 할아버지 할머
니도 있을 게다."

흰수염고래. 나는 그 단어를 입밖에 내어 발음해보았다. 별다
른 울림이나 감동은 없었다.

"니 할아버지는 좋은 선주였다. 신식 고래포를 만들어 고래잡
이를 수월케 했다. 부산서 철물점 하다가 이리로 왔거든. 바다에
고래가 마르자 고래배 처분하고 다시 철물점으로 전환했지."

식도로 넘어가던 죽이 가슴께에 걸리는 듯했다. 숨을 쉬어가
며 목에 걸린 덩어리를 삼키고 나자 갑자기 무언가 시시하다는
생각이 들었다. 목선 옆구리에 매달린 고래를 힘 모아 끌어올리
는 사람들, 고래 몸뚱이에 사다리를 기대놓고 오르는 사람, 고래
몸에 올라서서 긴 칼로 고래를 자르는 사람. 거대한 고래 주위에

성냥갑만하게 서 있는 사람들이 시시하고, 내가 시시하고, 우리가 사는 모든 일들이 시시했다. 이상한 느낌이었지만 아빠가 했던 말을 이해할 것 같았다.

"수렵인의 후예로 태어나 사무직 노동자로 일하기가 쉽지 않아."

아빠는 회사에 무슨 일이 생길 때마다 그 말을 했다. 엄마는 아빠 말에 진심을 다해 맞장구쳤다.

"맞아, 당신은 넓은 바다에서 파도와 맞서 고래를 잡았어야 하는데……"

예전에는 그 말이 핑계처럼 들렸다. 수학공부 하기 싫을 때 내 재능은 미술에 있다고 믿었던 것처럼. 벽 가득 여러 자태로 누운 고래를 보고 있자니 아빠 말이 어렴풋이 이해되었다. 많은 것들이 문득 시시해지면서 다시 한번 내가 누구인지 모르게 되었다. 내 영혼이 고래해체장이나 코끼리바위 근처를 떠돌고 있을 것 같았다. 영혼을 찾아 먼바다로 나가야 할 것 같았다. 어제처럼, 당장이라도 방문을 열고 나가 마을을 떠돌게 될까봐 나는 할아버지 시선을 붙잡았다.

"할아버지는 열일곱살 때 뭐 했어요?"

이렇게 아무것도 아니었어요? 다음 질문을 삼키는데 또 체한 듯 가슴이 아팠다. 할아버지는 내 얼굴을 찬찬히 바라보더니 시선을 멀리 밀어냈다.

"열여섯에 처음 고래배를 탔다. 왜정 때였으니까 일본 포경회사에 취직했지."

"그때 벌써 고래를 잡았어요?"

"웬걸, 나이가 어려서 화공일부터 했다. 부엌에서 불때서 밥
하는 사람을 화공이라 한다. 갑판원보다 낮은 보직이지. 화공을
삼년 한 다음에야 갑판원이 되고 또 삼년이 지나서야 망루에 올
라갈 수 있었다."

나는 속으로 할아버지 나이를 계산했다. 16세에 화공, 19세에
갑판원, 22세에 망루에 올라가기. 19세는 우리가 법적으로 성인
이 되는 나이였고 22세는 대부분의 젊은이들이 어디선가 직장생
활을 시작하는 시기였다.

망루에 올라가 고래 찾는 일을 맡게 되었을 때 장포수 할아버
지는 누구보다 눈이 좋았다고 들었다. 망루에 올라가면 십리 밖
에서도 고래가 뿜는 물줄기를 볼 수 있었고, 물뿜기 형태만으로
고래 종류와 크기를 정확히 짚어냈다. 처용포 사람들은 할아버지
눈이 독수리처럼, 다만 눈만이 바다 위를 가로질러 날아가는 것
을 보았다. 그건 할아버지가 전생에 대왕고래였을 거라는 이야기
보다 더 심했다.

"그거는 다 부풀려진 이야기다. 고래가 그리 쉽게 나타나는 게
아니다. 나중에 바다가 말라갈 때는 이틀 사흘 동안 고래 그림자
도 못 보는 날이 많았다."

할아버지는 예전에 고래를 수도 없이 잡은 일등 포수였는지
몰라도 지금은 야채 같았다. 바다에서 파도와 싸웠을 법한 근육

도, 몇날며칠 고래를 쫓았다는 오기도 없어 보였다. 오히려 할아버지는 뽑힌 지 사흘쯤 지난 양배추나 오이 같았다.

"니은아, 니 할아버지는 좋은 선주였고 니 아버지는 훌륭한 사람이었다. 처용포가 공해문제로, 고래배 보상문제로 시끄러울 때마다 니 아버지는 시간을 아끼지 않고 내려왔었다. 우리가 포경금지를 철회해달라고 서울에 호소하러 갔을 때도 니 아버지가 같이 가줬다."

나는 잠시 할아버지가 하는 말을 따라가지 못했다. 숟가락을 내려놓으면서야 할아버지가 갑자기 내 감각의 예민한 곳을 찔렀음을 알았다. 통증이 느껴지다니, 그게 더 신기했다.

"니은아, 내가 무슨 말 하는지 알지? 마음을 굳게 먹어야 한다."

내가 옆구리쯤에서 시작되어 온몸으로 퍼져나가는 통증을 따라가고 있을 때 다급하게 방문이 열리더니 왕고래집 할머니와 고모가 들어왔다. 고모는 얼굴 가득 그림자를 깔고 싸울 기세로 내 옆에 와서 앉았다.

"밥 먹고 짐싸라. 고모 집에 가자."

나는 고개를 저었다. 걱정하는 고모 마음을 모르는 건 아니지만 울산 고모 집도 부산 이모 집도 편하지 않았다. 무엇보다 이제는 내가 왜 이곳으로 왔는지 알게 되었다. 내가 계속 고개를 젓자 왕고래집 할머니가 고모 옆구리를 찔렀다.

"지금은 그라지 마라. 어디든 야가 편하다는 데 있게 해야지."

장포수 할아버지도 말없이 고개를 주억거렸다.

"여기 장포수 영감도 있고, 마을사람들이 다 식구 한가진데. 짐승도 아프면 저 편한 데를 찾아든다."

고모는 한걸음 물러나는 눈치였다. 사실 나를 다시 고모 집에 데려다놓는다 해도 뾰족하게 달라지는 건 없었다. 오히려 고모도 나만큼이나 답답해질 게 뻔했다. 고모는 마음을 접듯 크게 한숨을 쉬었다.

"요즘 바다에 고래가 많이 돌아왔다면서요?"

"이십년 동안 금지했으니 바다에 고래가 넘칠 때도 됐지."

"이제는 다시 고래잡이를 허용해도 괜찮을 텐데."

"석유가 마르면 모를까…… 석유가 말라도 대체에너지라는 게 개발되고 있으니."

할아버지도 그렇게 생각하는 모양이었다. 고래잡이가 금지된 진짜 이유가 환경보존 때문이 아니라 석유가 개발되었기 때문이라고. 석유가 개발되어 공업용으로 사용하던 고래기름이 필요없게 되어서라고. 가장 마지막까지 국제포경협회의 포경 금지에 반발한 나라들은 일본, 노르웨이처럼 고래고기를 식용으로 사용하는 나라였다고 아빠가 말해주었다.

"예전에는 고래로 뭐든 다 했지. 비누도 만들고, 화장품도 만들고, 공장기계도 돌리고. 기름기 빼고 남은 고래뼈는 과수원 거름도 했지. 고래 없으면 못살 줄 알았는데."

왕고래집 할머니는 장포수 할아버지 배를 타고 바다에 나갔던 경험을 이야기했다. 한국 어선들이 배에 여자 태우면 부정탄다고 믿을 때 일본 포경선은 여자를 배에 태웠다. 해방 후 우리 포경선들도 그 관행을 버리지 않았다. 장포수 할아버지는 서해 어청도로 길게 고래잡이 떠날 때면 아내를 데리고 갔다. 그때 장포수 할아버지 부인이 왕고래집 할머니, 우리 할머니와 함께 간 일이 있었다.

"사흘 동안 배 타고 가면서 고래 잡는 거 구경했다. 고래가 배 밑으로 슉 들어갔다가 저리로 나오고, 저리로 들어갔다가 이리로 나오고…… 니은아, 니 할머니는 용기가 대단한 사람이었다."

왕고래집 할머니에 따르면 우리 할머니는 파도도 바다도 전혀 무서워하지 않았다. 갑판 난간에 붙어서서 바닷바람을 맞으며 선원들처럼 고래를 찾았다. 고래를 끌어올릴 때도 선원들과 함께 힘을 썼다. 폭풍우친 다음날 처용포에는 어디서 왔는지 알 수 없는 시체가 해변에 떠올랐는데 시체를 건져내면 해골바가지에서 문어들이 기어나왔다. 그런 날은 문어가 똥값이 되었다. 우리 할머니는 유독 그때마다 문어를 사다가 아빠와 고모에게 먹였다. 그 문어 먹으면 머리 좋아진다는 말이 있었기 때문이다. 옆에서 듣고 있던 고모가 갑자기 소리질렀다.

"그럼, 그 문어가 그 문어였어요?"

"야가 왜 이리 놀라노. 그래서 너희 남매가 공부 잘했지. 니은이 니 애비는 참 아까운 사람이다. 훌륭한 일을 많이 할 인물인데."

또 가슴으로 칼날이 지나갔다. 자꾸 몸에 자극이 오는 그 기분은 좋지 않았다. 내가 낯을 찡그렸을까, 고모가 나를 바라보며 달래듯 부드러운 말투를 했다.

"오늘은 어디 가지 말고 여기서 푹 쉬어라. 그리고 담임선생님과 통화했다. 괜찮아지는 대로 학교 가겠다고 일단 말해두었다."

고모와 왕고래집 할머니가 그만 떠나려는데 문밖에 방문객이 서 있었다. 할아버지는 잘 아는 사람인 듯 그를 맞았다. 감색 양복을 입은 아저씨는 조심스러운 동작으로 할아버지가 내미는 방석에 앉아 역시 조심스럽게 입을 열었다.

"어르신, 이제는 마음의 결정을 하셨습니까?"

할아버지는 냉장고에서 주스를 꺼내 방문객 앞으로 밀어주었다.

"보셔서 아시겠지만 박물관 건물이 완공단계에 있습니다. 어르신께서 결정을 내려주셔야 일정에 늦지 않게 개관할 수 있습니다."

"날이 많이 더워졌어. 그래도 바람이 부니까 매연은 덜하지?"

방문객은 헛기침을 한 후 음료수 깡통을 따서 한모금 마셨다. 그러고는 자세를 바로잡았다.

"어르신께서 소중히 보관해오신 물건들을 내놓기 아까워하는 마음은 충분히 이해합니다. 하지만 저희도 어르신만큼 정성껏 보관하고 안전하게 관리하겠습니다. 사라져간 포경산업을 기리고, 후손들에게 처용포 포경문화에 대한 이해와 자부심을 함양시키는 자료로 소중히 사용하겠습니다."

방문객은 내가 좀전에 보았던 액자며 물건들을 나와 같은 눈
으로 살펴보았다. 할아버지는 천천히 자리에서 일어나더니 방문
을 열고 나가 마루를 가로질러 건넌방 문을 열었다. 내가 앉은 곳
에서도 방 안이 환히 건너다보였다. 그곳에는 보물창고처럼 낯설
고 기이한 물건들이 가득했다. 여러가지 모양의 작살과 작살 끝
에 이어진 밧줄이 고스란히 보관되어 있었다. 관우의 청룡언월도
처럼 생긴 칼, 어디에 사용되는지 알 수 없는 크고작은 집기들,
알코올에 든 바다생물 표본과 물고기 박제도 있었다.

"참말로 이것만 갖고는 안되나?"

방문객은 대답이 없었다. 그러더니 조심스럽고 또 조심스럽게
입을 열었다.

"어르신께서도 아시다시피 이제 포경업은 재개될 리 없습니
다. 설사 고래잡이를 다시 한다 해도 저 배를 그대로 띄울 수 없
잖습니까. 저희에게 넘겨주시면 이 땅의 포경문화를 기리는 일에
의미있게 쓰겠습니다."

포경 관련 물품뿐 아니라 할아버지 고래배까지 박물관에 기증
해달라고 요청하는 것 같았다.

"포경선은 따로 전시공간을 만들 예정입니다. 박물관 밖에 도
크를 지어 야외에서 전시할 계획입니다. 어르신의 성함과 업적을
밝혀 고래배와 함께 오래 기리도록 하겠습니다."

나는 할아버지와 방문객을 남겨둔 채 방을 나왔다. 서로 난처
해하는 두 사람을 보기가 좋지 않았다. 방문객이 원하는 것은 고

래배만이 아닌 듯했다. 고래배의 역사와 현재, 그리고 그것이 바람에 사위고 햇빛에 말라가는 나날의 시간까지 요구하고 있었다. 그가 원하는 것은 고래배의 미래이기도 한 것 같았다. 나는 다시 이상하고 낯선 느낌 속으로 빠져들었다. 내 영혼이 고래배와 함께 낯선 시간 위를 떠도는 듯했다.

# 내 몸속의 물고기들

　뱃속에서 물 흐르는 소리가 나기 시작했다. 물소리뿐 아니라 물 흐르는 출렁임까지 고스란히 느껴졌다. 뱃속의 물소리가 시끄러워 잠들 수 없었다. 내장을 따라 물이 흐르고 소장이나 대장쯤에는 잉어나 거북이가 헤엄치는 것 같았다. 시간이 흐를수록 물의 양이 많아지고 생명체들도 늘어났다. 물고기들이 떼지어 몸을 누비고 다니는 곳마다 별별 통증이 다 일었다. 장어가 꿈틀거리듯 장이 꼬였고, 거북이가 자리잡은 듯 가슴께가 갑갑했다. 가끔은 꽃게가 꼬집는 것처럼 살갗이 아팠다. 어떻게 몸속에 바다가 들어앉고 그곳에 생명체들이 살기 시작했는지 모를 일이었다.

　장포수 할아버지 집에서 돌아와 계속 잠들었던 게 기억났다. 잠 속에서도 온몸의 숨구멍마다 울음이 배어나듯 땀이 흘렀다.

팔다리에서는 화가 나는 듯 소름이 돋았다. 통곡처럼 잠꼬대하다
가 비명처럼 하품했다. 몸속에 들어 있는 것과 몸밖으로 표현되
는 것이 어긋났다. 비명을 지르며 눈을 뜨니 이모가 보였다. 고모
에 이어서 이모라니. 다들 유난스러워. 그런 생각을 하면서 몸을
일으키다가 또 놀랐다. 그 목소리는 내가 아닌 것 같았다. 이모는
내 이마에서 물수건을 걷어내고 내 얼굴을 한참 들여다보았다.

"언제 왔어요?"

"좀 됐다. 너 깨는 거 보고 가려고 기다렸어. 이제 괜찮니?"

이모는 냉장고에서 참외를 꺼내 깎기 시작했다. 무슨 말인가
를 하고 싶지만 참고 있는 듯 이모는 오래 말이 없었다. 장례식에
서 가장 서럽게 운 사람은 이모였다. 이모 울음은 까무러칠 듯 안
으로 잦아들었다. 모든 감각이 마비되어 울지도 슬퍼하지도 못하
면서 나는 이모가 우는 모습을 바라보곤 했다. 이모는 낮은 한숨
을 길게 쉬더니 참외 한조각을 집어주었다.

"과일 상한 거 버렸다. 새로 넣어두었으니 잘 챙겨먹어."

이모가 하고 싶은 말의 주변을 떠돌고 있다는 생각이 들자 나
는 용기를 냈다. 이모에게 오래 궁금했으나 물어보지 못한 질문
이 있었다.

"이모, 예전에 개 잃어버린 적 있었잖아요. 엄마랑 같이."

이모는 과도를 내려놓으며 무슨 이야기를 하느냐는 듯한 눈빛
을 했다. 나는 외할아버지가 잡아먹어서 잃게 된 엄마와 이모의
강아지 이야기를 했다. 뒷산에 뼈를 묻고 절하다가 회초리로 맞

았다는 그 사건. 이모는 아, 그 일! 하면서 활짝 웃었다.

"이모도 그뒤로 울지 못했어요? 이십년 동안이나?"

"아니. 언니가 나보다 예민했던 거지. 강아지를 잃은 것뿐 아니라 아버지한테 맞았다는 사실도 참을 수 없었을 거야. 아버지가 편애한 딸이었거든. 나는 그렇게 큰 상처를 받지는 않았어. 나중에 언니 이야기 듣고 나도 놀랐다. 이십년 동안이나 울지 못했다니."

나는 참외를 꼭꼭 씹어 힘있게 삼켰다. 나는 그러지 않을 것이다. 엄마 아빠를 잃었다고 이십년 동안이나 울지 못하는 사람이 되고 싶지는 않았다. 사람마다 생각이나 감수성이 다르니까 이모처럼 나도 엄마와는 다를 것이다.

"니은아, 너는 언니 많이 닮았어. 언니가 너 태어났을 때 정말 기뻐했다는 거, 엄마 아빠가 많이 사랑했다는 거, 그건 너도 알지?"

이모는 순식간에 스리쿠션을 날렸다. 포크를 입에 문 채 잠시 동작이 멎었다. 이모는 방울토마토를 집어 내 입에 넣어주었다. 나는 입 안 가득 참외와 토마토를 넣은 채 다시 몸이 굳었다.

이모는 다르다고 말하지만 내가 보기에는 이모도 엄마와 비슷했다. 황옥 놀이를 좋아하는 엄마처럼 이모도 약간 왕비병이었다. 이모는 절벽의 꽃을 꺾어다 바치면 그것을 받아드는 무슨 부인이 되고 싶어하는 것 같았다. 늘 단정하게 화장을 하고 러플이나 레이스가 달린 원피스를 즐겨입었다. 이모의 가장 큰 행복은 이모부가 가끔 사다주는 꽃다발이라고 했다. "다른 주부들은 꽃 사다주면 돈 아깝게 이런 걸 사오냐고 타박한다더라. 니은아, 너는 절대 그러지 마. 그건 자기 자신을 꽃보다 못한 존재로 취급하는 거야." 왕비병 이모의 장점은 이모부를 왕처럼, 자식들을 왕자나 공주처럼 대하는 점이었다. 심지어 조카까지도. 이모는 내 이마를 짚으며 낮게 속삭였다.

"남자친구한테는 연락했니?"

역시 이모는 왕비병이었다. 백마 탄 기사가 모든 걸 해결해주리라 기대하는 게 틀림없었다. 내가 웃자 이모는 "부끄러우면 대신 연락해줄까?" 하고 다시 물었다. 나는 웃음을 거두고 고개를 저었다. 내가 육개월째 사귀면서 엄마 아빠는 물론 이모까지 알게 된 남자친구는 그러나 내 스타일은 아니었다. 고등학교에 입학한 날부터 눈에 들어온 아이는 따로 있었다. 그 아이는 진지해 보이는 눈빛 위에 검은 뿔테안경을 끼고 있었다. 계발활동 시간에는 신문을 읽고 분석하는 시사읽기 활동을 했다. 그 아이에게 밸런타인데이에 초콜릿을 선물했더니 화이트데이에 카드가 왔다. 지금은 공부에 집중하고 싶어. 그것이 완곡한 거절의 뜻이라는 정도는 알고 있었다.

남자아이들은 세 부류로 나뉜다. 내가 좋아하는 아이, 나를 좋아하는 아이, 그도저도 아닌 아이. 나를 좋아한다는 아이는 클럽활동 시간에 마술을 선택한 아이였다. 얼굴에 여드름이 많고 힙합바지를 즐겨 입었다. 내가 좋아하는 아이에게 거절당한 뒤 나를 좋아한다는 아이를 만났다. 거절당한 마음이 어떤지 알게 되었기 때문이다. "쿨하게 만나봐. 뿔테안경보다는 힙합바지가 여자를 위할 줄 아는 스타일이야." 나무가 마치 선수처럼 등을 두드렸다.

힙합바지는 재미있었다. 그애가 말을 많이 했기 때문에 내가 말을 하지 않아도 괜찮았다. 그애는 늘 행복해 보였다. 내가 무언가를 해주어야 한다는 부담도 없었다. 그애를 만나도 뿔테안경에게 거절당한 마음은 그대로 있었지만 다른 종류의 위안은 되었다. 그러나 나는 결정적으로 힙합바지한테 차였다. 학교 가는 길을 잃어 두번째 결석한 날 그애가 집으로 찾아왔다. 걱정 가득한 얼굴로 내 앞을 막아설 때는 하마터면 개 어깨에 기댈 뻔했다. 돈가스집으로 갔을 때 그애는 내가 앉기 편하도록 의자를 빼주었다.

"뭐 먹을래? 나는 돈가스 먹을 거야. 난 돈가스가 정말 좋아. 매일 돈가스만 먹으라고 해도 살 수 있을 거야."

돈가스 말고 다른 메뉴는 없었다. 힙합바지는 내 돈가스를 얇게 썰어주고 피클을 접시에 덜어주었다. 나의 슬픈 생각을 잊도록 하기 위해서인지 혼자서 계속 이야기를 이어나갔다.

"난 이제부터 초록색을 좋아하기로 했어. 얼마 전에 알게 됐는데 초록색은 부자가 되는 색이래. 전세계 지폐의 칠십 퍼센트 정도가 초록색이래. 잘나가는 은행 간판도 초록색이고. 우선 지갑부터 초록색으로 바꾸려고."

식사 중간에 내가 포크를 떨어뜨리자 힙합바지는 재빨리 새것

을 가져다주었다. 내가 식사를 끝내자 냅킨을 건네주었고 입을
닦는 동안에는 물을 따라주었다. 음식점을 나와 생과일주스집에
가서도 개는 이야기를 계속했다.

"올 여름휴가 때 우리 가족은 영국에 가기로 했어. 런던에서
지내게 될 거야. 엄마는 벌써부터 쇼핑목록을 만들고 계셔. 나는
비틀즈 고향에 가보려고 해. 벌써부터 기대돼. 지난겨울 뉴질랜
드에서 보낸 그린 크리스마스도 끝내줬거든."

힙합바지는 오클랜드의 그린 크리스마스에 대해 오래 설명했
다. 크리스마스이브 정오가 되자 사람들이 피크닉가방과 돗자리
를 들고 공원으로 모여들었다. 공원에서는 자잘한 축제며 놀이
들이 계속되었는데 저녁 무렵이 되자 허공에 스크린이 걸리고 거
대한 영상쇼가 펼쳐졌다. 음악이 공중에 가득 차고 하늘에서 불
꽃이 터졌다. 록밴드의 라이브공연이 시작되자 공원에 앉아 있던
사람들이 모두 제자리에 서서 춤을 추었다.

들뜬 표정으로 추억을 이야기하는 힙합바지를 보고 있으니 그
애는 내가 얼마 전에 부모를 모두 잃었다는 사실을 모르는 게 틀
림없어 보였다. 내가 다시는 엄마 아빠와 휴가여행을 갈 수 없다
는 사실도, 부모와 여행하는 친구 이야기를 들으면 기분이 어떨
지도 모르는 것 같았다. 그나마 다행은 개가 내게 휴가계획이나
가족여행에 대해 묻지 않았다는 것이다. 나를 집까지 바래다주고
헤어질 때 그애는 얼굴 가득 행복한 표정을 지었다.

"너랑 대화하는 일은 언제나 즐거워. 잘 자."

사실 그애는 꽤 괜찮은 아이였다. 혼자 떠든 것을 대화라고 여기는 점만 빼면 말이다. 방금 부모를 잃은 친구 앞에서 행복한 가족여행을 이야기한 점만 빼면 말이다. 기술적으로 남을 배려하는 것과 마음으로 배려하는 것이 다르다는 사실을 모른다는 점도 제외해야겠다.

"애, 남자들은 여자가 힘들 때 도와달라고 하면 으쓱해진다. 자기를 믿음직스럽게 여긴다고 생각하고 인정받는 기분을 느끼거든."

나는 그냥 웃었다. 이모가 공주병이거나 부모 세대가 우리와 다르거나 둘 중 하나였다. 내 또래들은 그런 구질구질한 이야기를 부담스러워했다. 아무도 자기가 외롭다거나 슬프다고 말하지 않았다. 그랬다가는 단박에 왕따가 될지도 몰랐다. 오히려 친구들은 자기네 가정의 행복과 부유함을 부풀려 말했다. 가끔은 거짓으로 꾸며 말하는 친구도 있었다. 나는 물론 이모에게도 그런 이야기까지 할 마음은 없었다. 몸속에서 흐르는 강물과, 강물 속에서 꿈틀거리는 고기떼에 대해서도 말하지 않을 것이다. 그러고 보면 나는 엄마를 닮은 게 틀림없었다. 그렇다고 이십년씩이나 울지 못하는 사람이 되고 싶지는 않았다.

나는 묵묵히 이모 이야기를 듣고, 이모가 주는 과일을 먹고, 이모가 주는 약봉지를 털어넣었다. 그런 다음 잠 속으로 빠져들었다. 잠결에 이모가 방문을 열고 나가는 소리를 들은 것 같았다. 잠에서 깨니 이번에는 왕고래집 할머니가 밥상을 펴놓고 앉아 있었다. 할머니는 밥상 위에서 무엇인가를 쓰다가 내가 깨자 공책을 덮고 다가와 이마를 짚었다.

"잠깐 정신차리고 있거라. 내 죽 데워오마."

할머니가 부엌에서 달가닥거리는 소리를 들으며 나는 몸을 일으켜 벽에 기대앉았다. 이모에 이어 왕고래집 할머니구나 하는 생각이 지나갔다. 밥상에는 초등학교 일학년 받아쓰기라고 적힌 공책이 있었다. 공책 옆에는 만화캐릭터가 그려진 필통과 연필도 있었다. 할머니는 쟁반에 죽그릇과 물김치를 담아가지고 와서 공책 앞쪽으로 놓아주었다.

"어서 먹거라. 먹고 기운차려야지."

할머니는 내가 몇숟가락 뜨는 걸 지켜보다가 연필을 집어들고 공책을 펼쳤다. 공책에는 커다란 네모칸이 가득 쳐져 있고 네모칸 위에는 날짜가 적혀 있었다. 4월 29일 수요일, 날씨 맑음. 맨 위칸에는 큰 글자가 한 자씩 적혀 있었다. 파도, 파김치, 펴다, 포도, 포수, 푼수.

"계속 먹거라. 내는 하던 거 마저 하마."

할머니는 큰 글자 밑으로 파도 파김치 등 같은 글자를 반복해서 쓰는 중이었다. 공책은 반쯤 메워져 있었다. 나는 죽을 떠먹으며 할머니가 글자를 한 자씩 써나가는 것을 보았다. 포, 도, 포, 도, 포, 도. 할머니는 글자를 힘주어 눌러썼다. 세번째 포 자가 좀 작다 싶었는지 지우개로 지우고 다시 썼다. 글자들은 고함치듯 크면서도 부끄러워하듯 삐뚤거렸다. 할머니는 포도를 다섯 번 쓴 다음 나를 건너다보며 웃었다.

"니가 보고 있으니까 더 안 써진다."

할머니 웃음이 내 친구들보다 훨씬 귀여워 보였다. 할머니는 오래 식당을 경영하면서 매일 돈을 계산했고 은행도 이용했다. 절에 가면 아무것도 보지 않고 삼십분 이상 불경을 외울 수 있다고 들었다. 내가 너무 유심히 할머니를 보았던 모양이다.

"글 모르는 게 부끄러워 평생을 비밀처럼 숨겼다. 헌데 환갑 넘기니 부끄러울 게 없더라. 그제야 글자를 배워야겠다고 마음먹었다. 그런 거 가르쳐주는 데 없나 한 십년 두리번거렸는데 한 날 라디오에서 그러더라. 여성회관에서 한글교실을 연다고."

할머니는 혼자서 숫자만 익혔다. 한 장씩 뜯어내는 달력을 보며 아라비아 숫자를 익혀 돈계산하고 전화 걸고 버스 타는 일은 할 수 있었다. 약속장소를 찾을 때는 음식점 간판 밑에 적힌 전화번호로 확인했다. 모든 걸 머릿속에 기억했다. 식구들의 생일이며 이웃에서 빌리거나 빌려준 돈, 집안 대소사들. 신문을 보지 못하니까 늘 라디오를 틀어놓고 살았다.

"숫자는 일부터 구까지만 외우면 되더라. 그런데 한글은 외워야 할 게 너무 많아 보였어. 알고 보니 이리 간단한 걸."

할머니는 이제 포수를 쓰기 시작했다. 포수를 네 번 썼을 때 연필심이 부러졌다. 할머니는 잘못한 아이처럼 놀란 표정으로 필통에서 칼을 꺼내 연필을 깎았다. 힘 조절이 안되는지 나무 부분이 뭉텅 잘려나가면서 연필심이 또 부러졌다. 나는 숟가락을 놓고 할머니의 연필과 칼을 끌어당겨 깎기 시작했다. 할머니는 내가 연필 깎는 모습을 유심히 지켜보았다.

"오늘은 피읖을 배웠다. 우리 선생님이 피읖으로 시작하는 낱말을 말해보세요 하면 학생들이, 학생들이 다 노인네들인 줄 알겠지만 안 그렇다. 젊은 엄마도 있고 그래. 학생들이 말하지. 파도, 파김치, 그렇게."

할머니는 꿈꾸는 듯한 표정을 지으며 또 귀엽게 웃었다. 우리 선생님이 참 곱다. 노처녀라는데 왜 여직 시집을 안 갔나 몰라,라고 혼잣말을 했다.

"나도 큰 소리로 아는 낱말을 말했지. 포경! 그랬더니 학생들이 흉보는 소리를 내면서 망측스럽게 쳐다보는 거라. 나는 고래잡이 포경을 말했는데 그 노인네들은 포경수술을 생각하고는."

할머니는 잠시 멈칫하더니 니도 이제 다 알지? 하고 환하게 웃었다. 나는 깨끗하게 깎은 연필을 필통에 넣고 그 안에 있는 부러진 연필을 꺼내 깎기 시작했다.

"그래, 내가 한술 더 떴다. 피임!"

할머니는 또 한번 유쾌하게 웃은 뒤 새로 깎은 연필을 들고 푼수를 쓰기 시작했다. 할머니가 온 정성을 기울여 한 획씩 글자를 쓰는 모습을 보고 있자니 이상한 느낌이 왔다. 작고 다양한 물고기들이 저마다 영역다툼을 하던 뱃속에 갑자기 상어나 고래 같은 동물이 나타난 느낌이었다. 큰 동물이 잔챙이 물고기들을 단숨에 잡아먹고 포만감에 휴식을 취하는 듯한 느낌. 그 느낌을 더 세밀하게, 딱 맞는 단어로 설명할 수는 없었다. 그저 고래 한 마리가 뱃속에 들어 있는 느낌.

"우리 선생님이 내가 말한 낱말들을, 포경하고 피임 말이다, 그걸 칠판에 적었는데 할매 하나가 우리는 그런 거 몰라도 돼요, 하더라. 그래 우리 선생님이 그 글자를 도로 지웠다. 포경하고 피임하고."

고래가 뱃속에 들어 있는 느낌 때문이었을까. 내 입에서 불쑥 질문이 나갔다.

"할머니는 열일곱살 때 뭐 했어요?"

"열일곱살에⋯⋯"

할머니는 잠시 생각하는 눈빛이었다. 손가락을 몇개 꼽아보기도 했다.

"내가 열다섯에 시집갔으니, 열일곱에는 첫아 가지고 시집살이하고 있었다. 시집살이가 매웠다. 우리 시어머니 나쁜 사람이었다는 게 아니라 내가 워낙 일손이 서툴러서 그랬다. 너무 어려서 시집갔으니 아는 게 없었지. 이래저래 글 배울 기회도 없었고."

나는 열다섯살에 중학교 삼학년이었다. 여름방학 때는 친구들과 수영장에 갈 궁리를 했고 겨울방학에는 스키장에 갈 수 없는 것을 한탄했다. 나는 어쩌면 영영 할머니처럼 될 수 없을지도 모른다.

"할머니는 몇번이나 죽었다 살아났다면서요?"

"이제는 다 남의 일 같다."

공책 위로 고개 숙인 채 대답하는 할머니 목소리가 덤덤했다.

"죽은 뒤 세상은 어때요? 천국이나 지옥 같은 데가 정말 있어요?"

할머니는 공책에서 고개를 들고 나를 건너다보았다. 그러더니 팔을 뻗어 내 이마의 머리카락을 쓸어넘겼다. 이미 넘긴 머리카락을 몇번이나 반복해서 쓸었다.

"니은아, 니가 시원하게 못 울어서 몸이 아픈 거다. 슬픔이 몸 안에서 돌아다니면서 몸을 두드리는 거지."

내가 몸 안에 있다고 느낀 꽃게, 자라, 장어 들이 모두 슬픔이라는 것을 할머니도 알고 있었디. 슬픔이거나 화난 마음, 부서움 같은 거. 그런데 왜 슬픔이 느껴지지도, 눈물이 나오지도 않는지 알 수 없었다. 그냥 온몸이 먹먹하고 딱딱할 뿐이었다.

"걱정 마라. 니은이 부모는 다 좋은 데 갔다. 살아서 그리 바르고 선했는데."

갑자기 몸 안에 해일이 이는 듯했다. 질문할 때는 그런 의도가 아니었는데 할머니가 오버하는 것 같았고, 어떻게 그렇게 단정적으로 말하는지 반문하고 싶었다. 그러나 몸 안에 들어앉은 고래 때문에 말이 잘 나오지 않았다. 갑자기 몸이 무거워지면서 졸음이 몰려왔다.

"사는 게 다 빚 갚는 일이라 하더라. 나는 빚이 많아 세상에 오래 남아 있는 거지. 그러니 니은이 니도 때맞춰 밥 먹으러 오너

라. 이 늙은이 도와주는 셈치고.”

　나는 할머니의 마지막 말을 이해하지 못했다. 내가 밥 먹는 게 어떻게 할머니를 돕는 일인지 이해하지 못한 채 고래처럼 깊은 잠 속으로 자맥질해 들어갔다.

# 유관순 언니에게 묻고 싶은 것

기절하듯 누운 바다에 혈색이 돌면서 먼하늘이 서서히 밝아왔다. 하늘이 검은색을 띠면서 환해지는 동안 조선공장 불빛들이 서서히 흐려졌다. 정유공장 불꽃도 형체만 유지한 채 빛을 잃어갔다. 바람은 공장 굴뚝에서 나오는 연기를 데리고 바다 쪽으로 불어갔다.

사흘이나 나흘쯤 잠들어 있었던 것 같다. 자고 일어나면 왕고래집 할머니가 책상에 앉아 무엇인가를 쓰고 있었고, 또 자다가 깨면 고모가 있었다. 때로는 장포수 할아버지가 앨범을 넘기면서 앉아 있었다. 자다가 깰 때마다 죽과 약을 먹고 다시 잠으로 빠져들었다. 뱃속에서는 여전히 물 흐르는 소리가 났고 많은 물고기들이 헤엄쳐다녔다. 놈들은 때로 몸 바깥으로 뛰쳐나갈 듯 펄떡거렸다. 자다가 깰 때마다 나는 줄곧 한가지를 생각했다. 할머니는 열다섯에 시집을 갔고 할아버지는 열여섯에 고래배를 탔다는 것. 그리고 나는 열일곱살이라는 것.

우체국과 냉동공장 사이 공터에 늘 그렇듯이 새벽장이 서 있었다. 고래잡이가 금지되고, 근처 해안을 따라 거대한 공단이 조성되었어도 처용포에서는 여전히 고기를 잡았다. 처용만 안에 조선공장, 냉동공장, 어묵공장 등 많은 공장이 있었지만 새벽마다 어부들은 바다에 나가 그물을 건져왔다. 공단 불빛이 바다를 잠들지 못하게 해도 그 바다에는 여전히 생선이 살았다. 새벽이면 외지에서 온 활어차가 시동을 걸어둔 채 고기를 실었다. 구들장을 뜯어내고 방이 있던 자리마다 수족관을 만들어 안방에는 광어가, 건넌방에는 장어가 머무는 저장시설도 있었다.

어시장 초입에는 노란색 장화에 꽃무늬 몸뻬를 입은 아주머니가 생선대야를 앞에 놓고 서 있었다. 생선대야에서는 애들 손바닥만한 생선들이 퍼덕이고 있었다. 매가리라는 생선이었다. 얼마나 몸부림쳤는지 비늘이 삼분의 일쯤 떨어져나간 놈도 있었다. 아주머니 머리카락에는 생선비늘이 묻어 은빛 새도를 칠한 듯 빛났다.

"매가리젓은 많이 담글수록 맛나다. 멸치보다 낫지."

아주머니는 스무 마리쯤 되는 생선을 건네고 천원짜리 두 장을 받아들었다. 나는 대구, 가자미, 고등어 들이 담긴 함지박들이 나란히 놓인 거리를 열병하듯 지났다. 지난 며칠간 내 뱃속에 산다고 느껴졌던 그 생선들이었다. 생선 거리가 끝나자 옷장수, 과일장수, 야채장수 트럭들이 서 있었다. 반찬가게 아주머니는 깨, 고춧가루, 삶은 나물 등을 진열해놓고 있었다. 차도에는 시내 방향으로 출근하는 차량들이 줄을 이었다. 자동차에는 젊은 노동자들, 젊은 직장인들이 둘이나 셋씩 타고 있었다.

시장 거리가 끝난 지점에 잘못 떨어진 듯 검붉은 함지박이 놓여 있었다. 함지박 안에서는 길고 검은 장어들이 서로 몸을 부대끼며 꿈틀거렸다. 머리를 양갈래로 묶어 소녀처럼 보이는 아주머니는 초록색 플라스틱 바구니에 담긴 장어를 저울에 올려놓았다. 아주머니 앞에 마주선 사내는 꿈틀거리는 장어 한 마리를 손으로 집어 바구니에 추가했다.

"안된다, 일 킬로가 넘었다."

말은 그렇게 하면서도 아주머니는 바구니에 담긴 장어를 도마에 올려놓고 손질하기 시작했다. 옆에 서 있던 사내도 거들었다. 두 사람은 똑같이 칼끝으로 장어 목을 눌러 우선 숨을 멎게 했다. 아낙은 장어의 배를 갈라서 내장을 꺼내고 사내는 등 쪽을 갈라서 내장을 빼냈다. 그런 다음 똑같이 머리 쪽 껍질을 잡고 꼬리 쪽으로 잡아당겼다. 옷을 벗듯 껍질이 벗어지고 연분홍 장어 속살이 드러났다. 두 사람은 꿈틀거리는 장어 살점을 저미기 시작했다. 장어를 산 사람이 큰 소리가 나도록 꿀꺽 침을 삼켰다.

"생선은 회가 최고야. 그다음은 굵은 소금 뿌려서 구워먹는 거고. 국이니 찌개니 하는 거 다 소용없다."

아주머니는 회를 접시에 담아 건네주고 지폐를 받아넣었다.

아빠도 새벽시장에서 사다 먹는 회를 좋아했다. 할아버지 집에 올 때마다 직접 새벽시장에 나가 회를 떠왔다. 아직도 잠들어 있는 나를 깨워서 고등어회나 아나고회를 입에 넣어주었다. 접시에 담긴 회만 보다가 직접 칼질하는 광경을 보니 허당을 디디는 느낌이었다. 나는 서둘러 장어 함지를 지나왔다.

냉동창고를 지나도 허방에 빠진 듯한 느낌은 그대로였다. 몸속에서 회오리바람이 부는 듯 속이 울렁거렸다. 숨을 들이쉬고 침을 삼켜도 무엇인가가 한사코 바깥으로 솟구쳐올랐다. 나는 두 손으로 냉동창고 뒷벽을 짚고 토하기 시작했다. 온 내장이 달려 나오는 듯한데 눈에 보이는 건 맑은 액체뿐이었다. 눈물 콧물도 말라 있었다. 나는 힘없이 창고 담벼락에 기대앉았다.

예전부터 늘 그것이 궁금했다. 유관순 언니가 독립만세를 부르다 옥에 갇혔을 때, 한석봉이 홀로 산에 들어가 붓글씨 쓰기에 전념했을 때 그들은 내 또래였다. 오성과 한음이 신의있는 우정을 나누었을 때 그들은 나보다 어렸다. 위인전을 보면 그들은 용맹스럽고 지혜로웠다. 위험하고 어려운 일과 맞닥뜨려도 굳은 신념과 자발적인 의지로 정의를 실천했다. 나는 언젠가 위인전 속 인물들을 만나면 꼭 한번 물어보고 싶었다. 진짜로 그 어린 나이에도 자기가 하는 행동에 확신이 있었는지, 겁나거나 도망치고 싶은 마음은 없었는지. 냉동창고 담벼락에 기대앉아 속엣것을 올리면서 나는 반드시 유관순 언니를 만나봐야겠다고 다짐했다.

"니은이 일어났구나. 찬바람 쐬기는 아직 이른데, 어서 들어오
너라."

내가 왕고래집 식당 문을 열고 들어가자 할머니가 큰 소리로
맞았다. 할머니는 내게 다가와 이마를 짚어보고, 눈을 들여다보
았다. 식당에는 아침식사를 하러 온 사람들이 많았다. 새벽에 그
물을 올리고 온 어부처럼 보이는 이도 있고, 아침을 못 먹고 나온
공무원처럼 보이는 이도 있었다. 해안경찰 두 명도 바다가 보이
는 쪽 창가에 앉아 식사중이었다. 할머니는 나를 늘 앉는 카운터
옆자리로 데려간 후 따뜻한 보리차를 따라주었다.

"니은아, 너 아픈 동안 우리 엄마 걱정 많았다. 나중에 크면 우
리 엄마한테 효도해야겠어."

주방에서 할머니 딸이 고개만 내민 채 소리쳤다. 왕고래집 아
주머니는 오래전부터 할머니가 하던 식당을 물려받아 운영하고
있었다. 아주머니는 고모하고 소꿉친구인데 두 사람이 만나면 아
직도 크고 씩씩한 목소리로 서로를 이년아, 저년아 하고 불렀다.

"애한테 별소리를 다 한다."

할머니가 쟁반에 음식을 담는 동안 나는 보리차를 마시며 식
탁에 놓인 할머니의 한글공책을 넘겨보았다. 피읖을 배우고 히읗
도 다 배운 듯했다. 공책에는 하늘, 허리, 호박, 후회 같은 단어들
이 열 번씩 쓰여 있었다. 할머니 필체가 전보다 시원시원해 보였
다. 다음 장에는 받아쓰기 시험본 흔적이 있었다. 가위, 나비, 도
시, 리본, 미음, 부뚜막, 사랑, 아기, 진흙 등의 단어가 쓰여 있고

그 위에 붉은 색연필로 동그라미가 쳐져 있었다. 할머니는 리본을 리봉으로, 부뚜막을 부두막으로, 진흙을 진흑으로 써서 곱표를 세 개 받았다. 공책을 들여다보고 있는데 뚝배기를 받쳐들고 오던 할머니가 부끄러운 듯 웃었다.

"받아쓰기 했는데 칠십점 받았다."

할머니는 음식쟁반을 식탁에 내려놓은 뒤 공책을 거둬갔다. 계란찜이 뚝배기에서 아직도 끓고 있었다. 내가 밥을 한숟가락 뜨자 그제야 할머니는 내 앞자리에 앉았다. 할머니는 공책의 새로운 면을 펼쳤다. 맨 위칸에는 '내가 좋아하는 것들'이라고 적혀 있었다.

"숙제다. 우리 선생님이 좋아하는 거 열 개 이상 써오라 했다. 한 페이지 가득 채워도 된단다."

할머니는 제목 밑에 맨 먼저 부처님이라고 써놓았다. 예상치 못한 낱말이어서 입에 숟가락을 문 채 물끄러미 글자를 바라보았다. 그 아래로 죽은 영감, 딸년, 사위, 손주라고 적혀 있었다. 할머니는 나를 한번 건너다본 다음 필통에서 연필을 꺼내 그 밑에 니은이라고 적었다. 그러고는 "니 이름 이래 쓰는 거 맞제?"라고 물었다. 나는 다시 속이 울렁거리기 시작했다. 겨우 몸속으로 밀어넣어둔 솟구치는 것들이 다시 회오리쳐나올 것 같았다. 할머니는 그런 내 기척을 아는지 모르는지 그 아래로 또 글자들을 썼다. 당골손님. 그러더니 생각난 듯 나를 건너다보았다.

"니은아, 너 앞으로 내 과외선생 해라. 공부가 할수록 점점 어렵다. 진흙 할 때 흙에 왜 리을이 들어가나?"

그건 나도 모르는 일이었다. 흙에 왜 리을이 들어가는지는 배운 적도 없고 생각해본 적도 없었다. 내가 당황하여 가만히 있자 할머니는 혼잣말처럼 중얼거렸다.

"흙에 물이 있어서 그렇나?"

내가 웃기 전에 주방에서 고개를 내밀고 있던 왕고래집 아주머니가 먼저 웃음을 터뜨렸다.

"하여튼 우리 엄마 총기 하나는 알아줘야 돼. 요즘 세상에 태어나 공부 많이 했으면 국회의원도 됐을 텐데."

"또, 또, 에미 놀린다."

왕고래집 할머니와 아주머니뿐 아니라 식당 안 사람들이 모두 웃고 있을 때 식당 문이 열렸다. 낯선 아주머니가 고개만 들이민 채 할머니를 찾았다. 할머니가 일어나자 아주머니는 낮은 목소리로 조심스럽게 말했다.

"곱새기가 올라왔다 하네요. 쪼만한 곱새기가……"

"어디서?"

"저쪽 초소 근처라 하데요. 그물에 걸렸답니다."

할머니는 공책을 덮고 겉옷과 모자를 걸쳤다. 그동안 문간에서 기다리던 아주머니가 추가 정보를 내놓았다.

"암놈이라 카네예."

할머니가 나간 뒤 나도 슬그머니 숟가락을 놓고 식당을 나섰다. 텔레비전에서 자주 본 고래, 동물원에서 쇼하는 것과 같은 돌고래를 아빠는 곱새기라 불렀다. 이제는 고래를 잡지 않아도 방학이나 명절에 할아버지 집에 올 때마다 늘 바다에서 올라오는 고래 이야기를 들었다. 한바다에서 그물에 걸린 고래도 있었고 어장에 들어왔다가 나가지 못한 고래도 있었다. 해변까지 올라와 길고 슬픈 울음을 울며 숨을 거둔 고래도 있었다. 고래가 올라오면 경찰과 수협에서 나온다고 했다. 경찰은 고래를 불법으로 포획한 건지 아닌지를 조사하고 수협에서는 고래를 잡은 사람에게서 위탁받아 수요자에게 판매했다. 왕고래집 할머니는 그런 고래를 사다가 냉동창고에 넣어놓고 식당에서 팔았다. 할머니의 냉동창고에는 고래고기가 적어도 이년치는 보관되어 있다고 들었다.

날이 완전히 밝은 해안초소 앞 바다는 푸르고 투명했다. 그 바다를 배경으로 고래는 씨멘트 바닥에 검은 몸체를 드러낸 채 누워 있었다. 고래 주변에는 이미 사람들이 많이 모여 있었다. 경찰과 수협 직원뿐 아니라 근처 공무원들이 거의 다 나온 듯했다. 방송국 카메라와 환경단체 녹색 제복을 입은 사람도 보였다. 주민들 사이에는 왕고래집 할머니와 장포수 할아버지도 있었다. 고래는 그 사람들 발치에 방치된 듯 누워 있었다. 언뜻 부당하다는 생각이 들었다.

"바다로 돌려보내지."

"벌써 죽었습니더."

낮은 소곤거림이 들렸다. 경찰은 고래를 포획한 어부에게 경위를 듣고 있었고 수협 직원은 줄자를 꺼내 고래 몸통을 쟀다. 고래의 검은 살갗은 물기 때문인지 기름기 때문인지 심하게 번들거렸다. 군데군데 검은 살갗이 찢어져 붉은 속살이 드러난 곳도 있었다. 실제로 보는 고래는 그림이나 화면에서보다 초라했고, 이야기로 듣던 것보다 시시했다. 이상하게 또 속이 울렁거렸다.

그때 장포수 할아버지가 고래 가까이 다가앉더니 손을 내밀어 고래 몸을 쓰다듬었다. 손바닥은 힘없이 미끄러져 꼬리지느러미 쪽으로 밀려났다. 펼친 손바닥에 물기와 함께 기름기가 번들거렸다. 할아버지는 다시 손을 들어 고래 등허리에 올려놓았다. 이번에는 힘주어 고래를 미는 듯했다. 그러더니 다시 고래 배 쪽을 두드렸다. 토닥토닥 달래는 듯한 손길이었다. 그래도 고래는 움직이지 않았다. 고래는 뭍에 나오면 오래 견디지 못한다고 말해준 사람은 아빠였다. 집에서 강아지를 키울 수 없다면 고래라도 기르자고 졸랐을 때 설명해주었다.

"고래는 허파로 숨쉬니까 물밖에서도 오래 살 것 같지만 그렇지 않다. 몸이 워낙 무겁기 때문에 부력을 받지 못하면 내장기관들이 자기 살덩이에 눌려 제기능을 하지 못한다."

장포수 할아버지도 그 정도는 알고 있을 것이다. 할아버지는 이번에는 고래 머리를 쓰다듬었다. 고래를 깨우기 위해서라기보다는 고래를 잠재우기 위해서인 듯했다. 손바닥으로 고래와 이야기를 나누는 것도 같았다. 바로 그 순간 나는 보았다. 고래가 잠시 눈을 떴다가 다시 감는 것을. 눈을 뜬 고래가 정확히 할아버지를 바라보는 것을. 잠시 후 할아버지는 두 손을 늘어뜨린 채 몸을 일으켰다. 할아버지 시선이 닿는 먼바다가 더 멀리 달아나고 있었다. 할아버지 별명이 왜 대왕고래인지 이해할 것 같았다.

"바다에 고래가 저리 많은데, 이제 그만 금지를 풀어줘도 될 텐데……"

누군가 던진 말이 허공으로 떠올랐다가 그대로 씨멘트 바닥에 떨어졌다. 왜 그랬는지 모르지만 바로 그 순간 나는 고래 옆에 쭈그리고 앉았다. 할아버지가 했던 것처럼 손을 내밀어 고래 몸뚱이에 얹었다. 차고 단단하고 서러운 느낌이 손바닥에서 가슴으로 밀려들었다. 축축하고 서러운 그것은 온몸을 한바퀴 돌아 뱃속으로 들어갔다. 그러더니 몸속에 떼지어다니던 잉어며 거북이를 데리고 몸을 빠져나갔다. 거북이가 몸에서 나갈 때는 어깨가 움찔거렸다. 뱀장어가 떠날 때는 상체가 앞으로 숙어졌다. 두 팔을 크게 벌려 고래 몸통을 안자 잉어 두 마리가 양팔을 타고 헤엄쳐나갔다. 뱃속에서 출렁거리던 물은 넘칠 듯 솟구치더니 기어이 몸 밖으로 쏟아져나왔다. 나는 양팔로 고래를 안고 얼굴을 고래 몸통에 바짝 붙인 채 울기 시작했다. 몸속을 떠돌던 격랑이 끝없이 몸 밖으로 밀려나갔다.

울면서, 나는 이제 어른이 되어야겠다고 생각했다. 할머니는 열다섯살에 시집을 갔고, 할아버지는 열여섯살에 고래배를 탔다. 나는 열일곱살이다. 법적으로는 미성년이지만 나이로 어른이 되는 건 아닐 것이다.

## 어떻게 어른이 되는가

몸이 부드러워진 것 같았다. 고래를 안고 운 것은 창피했지만 몸 안에 살던 물고기들이 몸 밖으로 나간 것은 다행스러웠다. 놈들은 바다로 돌아갔을 것이다. 물고기와 함께 쏟아지던 물줄기는 몸 안에 조금 남았지만 그 정도는 괜찮았다. 고래를 쓰다듬으며 울 때 시선이 허공으로 떠올라 내 모습을 내려다보았다. 아름답지도 진실하지도 않았다. 진심으로 고래를 사랑하고 고래 죽음을 슬퍼해서 우는 게 아님을 머리 위 시선은 알고 있었다. 고래를 핑계대다니, 창피한 일이야. 내면에서 목소리가 들리는 순간 울음이 멎었다. 쏟아져나오던 물이 다시 몸 안에 갇혔다.

그날 어른이 되기로 결심한 후 나는 마주치는 어른들을 유심히 보았다. 새벽 방파제에 앉아 있을 때도 그물 거두는 어부 부부를 눈여겨보았다. 그들은 바다에 닻을 내리고 배를 고정하는 데 이십분, 전날 내린 그물을 거두어올리는 데 삼십분쯤 걸렸다. 그동안 해가 떠서 어부들은 떠오르는 해를 안고 작업했다. 바다에 펼쳐져 있는 방바닥만한 그물을 거두어 기다란 채로 고기를 퍼올렸다. 네 번쯤 고기를 함지에 쏟아부은 다음 함께 올라온 나무토막, 스티로폼, 빈병, 비닐조각을 건져 다시 바다에 던졌다. 그들은 오직 고기와 그물만 싣고 부두로 돌아갔다.

부두로 돌아왔을 때는 또다른 어른들을 보았다. 처용포 이쪽 부두에서 건너편 조선소까지 사람을 실어나르는 통통배에서였다. 평생 그 배를 저으며 바다를 오간 듯한 사공은 배와 한몸처럼 보이는 노인이었다. 젊은 경찰관은 운항일지에 배 이름과 출발 시간을 적으며 왜 구명동의를 입지 않느냐고 노인에게 물었다. 노인은 건너편 언덕을 바라보며 대답이 없었다.

"경찰서에 신고가 들어가, 서에서 파출소로 지시가 내려와, 우리가 말 들었습니다."

젊은 경찰은 최대한 부드러운 말투를 하려고 애썼다. 경찰 뒤편 건물 벽에는 표어가 붙어 있었다. '육상에선 안전벨트, 해상에선 구명동의.' 노인은 긴 갈고리로 배를 밀어 부두에서 멀어지면서 끝내 말이 없었다.

유심히 보기 시작하자 어른들은 좀 이상했다. 바다에 버린 쓰레기는 내일 또 그물에 걸려 올라올 것이다. 구명동의는 목숨을 보호하는 도구 아닌가. 어른이 된다는 건 자기 고집 속에 갇히게 된다는 뜻일까? 그런 생각을 하며 집을 나서다가 격투기 선수처럼 보이는 사람과 맞닥뜨렸다. 그는 집앞에서 두리번거리다가 내 쪽으로 다가왔다.

"여기, 예전에 고래잡이 포수였던 사람 집이 어디지?"

격투기 선수처럼 거대한 몸집을 지닌 사람 옆에는 가늘고 긴 체격을 가진 사람이 서 있었다. 그는 공연히 미안한 듯한 표정을 지으며 덧붙여 물었다.

"장승길 포수라던데…… 혹시 모르니?"

나는 그들을 장포수 할아버지 집으로 안내한 뒤 마치 할아버지의 손녀처럼 그들 사이에 앉았다. 두 사람은 각각 명함을 장포수 할아버지한테 건넸다. 할아버지는 명함을 받아 테이블 위에 놓고 냉장고에서 음료깡통을 꺼내 방문객 앞에 놓았다. 내게도 오렌지주스를 주었다.

"저는 엔터프라이즈 코리아라는 회사를 운영하고 있습니다. 이분은 저희 회사 고문이신데, 시인이자 향토사학자이기도 합니다. 특히 처용포를 사랑해서 바다와 고래에 관한 시를 많이 쓰셨습니다."

가늘고 긴 체격의 아저씨는 아빠와 나이가 비슷해 보였다. 그는 우리반에서 가장 숫기 없는 친구보다 더 수줍은 낯빛으로 웃었다. 시를 쓰려면 수줍음이 많아야 하는 걸까. 어쨌든 어른들은 이상했다. 격투기 아저씨는 서류가방에서 종이뭉치를 꺼내 할아버지에게 건넸다. 겉장에 '처용포 생태관광 사업안'이라고 적혀 있었다. 할아버지는 그것을 펼쳐보지 않은 채 방문객을 향해 계속하라는 듯 고개를 끄덕였다.

"여기 처용포가 예전에 고래 잡던 항구로 유명하지 않습니까. 포경이 금지된 후 바다에 고래가 많아졌다고 들었습니다. 고래잡이의 옛 영광을 추억할 수 있는 처용포에서 저희가 고래 생태관광 사업을 시작해보려 합니다. 배를 타고 바다에 나가 고래떼를 관찰하며 바다 정취를 만끽하게 하는 관광상품입니다."

격투기 아저씨는 서류를 넘겨가며 다른 나라의 성공사례들을 예로 들었다. 미국의 뉴베드포드는 처용포처럼 예전에 고래 잡던 포경기지이자 소설 『백경』 무대로 유명한 곳이다. 그곳은 이제 고래 관광지로 유명해졌다. 국립공원과 박물관이 조성되어 있고, 배를 타고 바다로 나가 고래를 관찰하는 관광상품도 운영된다. 일년에 삼십만명 정도의 관광객이 방문한다. 일본 큐우슈우 지방도 예전에 고래 잡던 포구였는데 포경업 하던 사람이 업종을 전환해서 고래 관광업을 시작했다. 그는 고래 잡을 때보다 수익도 높고 행복하다고 말한다.

"시에서 고래박물관을 짓는다고 하니, 저희는 그와 연계해서 고래 관광업을 구상했습니다. 큐우슈우 관광업자에 따르면 일단 바다에 나가면 최소한 한 종 이상의 고래와 맞닥뜨릴 수 있다고 합니다. 고래뿐 아니라 다양한 바다생물을 경험하게 되지요."

격투기 아저씨는 다시 서류철을 넘겼다. 그곳에는 고래 생태 관광상품이 구체적으로 적혀 있었다. 웨일 워칭, 공단 학습관광,

로맨틱 크루즈. 배를 타고 바다로 나가는 것까지는 같은데 나가서 무엇을 보는지, 어떻게 즐기는지에 따라 상품에 차별성이 있다고 설명했다. 연인들은 로맨틱 크루즈를, 학부모들은 학습관광을 선호할 것이라 예상했다. 아이들에게 해안을 따라 조성된 조선소, 화학공장, 자동차공장 들을 견학시키는 상품은 뉴베드포드나 큐우슈우에는 없는 처용포만의 특별함이라고 강조했다.

"모든 상품의 본질은 크루즈 개념입니다. 배에서 놀이도 하고 바비큐 파티도 합니다."

"그래서 나를 찾아온 목적이 뭔가?"

할아버지가 길게 이어지는 그의 이야기를 잘랐다. 할아버지의 낯빛에서 무엇을 알아차린 것은 아니지만 나는 갑자기 할아버지의 마음을 짐작할 것 같았다. 고래를 구경거리로 만들자니. 마음속에 남아 있던 물줄기가 출렁거렸다.

"선생님께서 포경선을 소유하고 계시다고 들었습니다. 외람된 부탁이지만 그 배를 저희에게 넘겨주십사 부탁드리려 합니다."

"그 배는 벌써 박물관에 기증해달라고 부탁받았네."

"알고 있습니다. 선생님께서 포경선뿐 아니라 훌륭하고 가치 있는 포경 관련 자료를 다수 간직하고 계시다고 들었습니다. 의미있고 뜻깊은 자료는 모두 박물관으로 넘기십시오. 다만 고래배만은 꼭 저희에게 주십시오."

"그 배를 가져다 어쩔 셈인가?"

"그 배가 여전히 쓸 만하다고 들었습니다. 손봐서 그대로 웨일

위칭용으로 사용하려고 합니다."

할아버지는 얼굴에 희미한 웃음을 띤 채 고개를 끄덕였다. 두 방문객은 할아버지 얼굴에 시선을 고정한 채 숨죽이고 있었다. 나도 갑자기 입 안이 마르는 것 같았다. 주스를 한모금 마셨지만 갈증이 가시지 않았다.

"잘못 알고 있네. 그 배는 이십년 동안이나 부두에 묶여 있어 전혀 쓸 만하지 않아. 바다로 띄우려면 엔진부터 도색까지 전부 새로 손봐야 할 걸세."

방문객들은 잠시 대답이 없었다. 마치 동작을 맞춘 듯 마주보더니 한동안 침묵했다. 할아버지 말이 사실인지, 완곡한 거절인지 짚어보는 것 같았다. 만약 거절의 의사라면 설득이 가능한지 아닌지도 계산하는 것 같았다. 확실히 어른들은 이상했다. 그냥, 할아버지한테 대놓고, 거절의 의사를 그렇게 표현하시는 겁니까?라고 물어도 될 텐데 어른들은 절대로 그런 말을 꺼내지 않았다. 침묵 속에서 격투기 아저씨는 다른 해법을 찾은 것 같았다.

"선생님, 죄송하지만 저희에게 배를 좀 보여주실 수 있으십니까?"

"그야 어렵지 않네."

할아버지가 의외로 선선히 대답하자 두 사람은 또 잠시 마주 보았다. 방문객들의 생각과 할아버지의 마음이 좀 다른 것 같았다. 방문객들이 대문 밖에서 기다리고 할아버지가 외출준비를 하는 동안 나도 마음을 정했다. 그림자처럼 어른들을 따라가보기로. 그것 말고 딱히 할일이 없기도 했다.

할아버지의 고래배는 부두 가장 깊은 곳에 가장 조용한 모습으로 서 있었다. 높고 날렵한 몸체는 틀림없이 배들의 귀족처럼 보였다. 귀족적인 몸체가 바닷바람과 햇빛에 적갈색으로 그을려 더욱 매혹적이었다. 이따금 아빠와 함께 배를 보러 오면 고래배는 어깨를 비스듬히 기울인 채 깊은 생각에 빠져 있었다. 혼자 조용히 있어도 고래배는 외로워 보이지 않았다. 이십년이나 시간이 흘렀다는데도 낡아 보이지 않았다.

"보게, 전혀 쓸 만하지 않네."

할아버지는 팔을 높이 들어 배를 가리켰다. 입으로는 쓸 만하지 않다고 말하지만 할아버지 동작에는 자랑스러움이 깃들어 있었다. 귀족적인 선체 옆에 서 있는 할아버지는 배와 굳은 언약을 맺은 약혼자처럼 보였다. 언젠가는 함께 저 바다로 나가자고 닻에 손가락을 걸고 맹세했는지도 몰랐다. 두 방문객은 뜻없이 고개를 끄덕였고 나도 덩달아 그렇게 했다.

할아버지는 두 방문객을 배 위로 이끌었다. 나도 맨 뒤에서 갑판으로 올라섰다. 늘 덮개로 덮여 있던 선수의 고래포가 몸체를 드러내고 있었다. 검고 반들거리는 포신 옆에는 종이상자와 맥주 깡통이 놓여 있었다. 조금 전까지 누군가가 포 앞에 앉아 맥주를 마시며 고래포를 정성스레 쓰다듬었을 것 같은 광경이었다.

"관리가 잘되어 있습니다. 제 눈에는 당장 바다로 나갈 수도 있어 보이는데요."

"겉보기만 그렇지 손볼 데가 많네. 이십년이나 세워둔걸."

"이 배는 언제 건조된 것입니까?"

"포경금지 되기 직전이지. 1985년 봄이니까."

"우리 기술로 만든 배지요?"

"아무렴. 해방된 후 일본 배 타던 선원들이 퇴직금조로 받은 목선만 일본 거였다. 그뒤로는 줄곧 우리 손으로 배를 만들었지. 1960년대부터 이런 철제어선을 건조하기 시작했고. 우리 배 만드는 기술이 얼마나 좋아."

할아버지는 그때 일본에서 가져온 배를 해방호라고 이름붙였고, 철제어선은 영광호라고 이름붙였다고 묻지도 않은 이야기를 길게 했다. 방문객들은 앞갑판의 망루, 고래포, 고래를 끌어올리는 윈치, 레이더와 항해등을 차례로 둘러보았다. 그들은 선교와 기관실을 더 보고 싶어하는 눈치였지만 할아버지는 갑판 외에는 보여줄 마음이 없어 보였다.

"이 배가 지금 시동이 걸립니까?"

"안될 걸세. 하도 오래 방치해놔서."

방문객들은 또 완곡하게 의사를 표했고 할아버지는 단호하게 거절했다. 역시 어른들은 이상했다. 그냥, 기관실을 볼 수 있을까요?라고 물으면 될 텐데. 이상한 대화가 오가고 배 위에는 잠시 어색한 침묵이 흘렀다. 하늘과 바다가 한빛으로 푸르게 사방에서 다가오고 있었다.

"선생님께 죄송스러운 말씀이지만 이제 포경산업은 막을 내렸습니다. 더구나 세계적으로 환경문제가 초미의 관심사가 되어가고 있는 이때 고래잡이를 다시 시작할 리는 없습니다. 이제 고래를 가지고 할 수 있는 사업은 관광산업밖에 없습니다."

격투기 아저씨는 설득의 마지막 카드를 내밀고 있었다. 그는 고래 생태관광 산업이 자리잡으면 처용포에 새 미래가 열릴 것이라고 말했다. 일자리가 창출되고, 관광수입이 늘고, 마을 경기가 살아날 것이다. 앞으로 삼년 내에 처용포는 새로운 관광명소로 부상할 게 틀림없다. 격투기 아저씨는 조용히 설득하듯 말했다가, 확신에 찬 큰 목소리로 말했다가, 희망에 부푼 듯 과장된 말투를 했다. 어른들이 이상해 보이는 건 말투 때문이기도 한 것 같았다.

"선생님께서 고래배를 직접 운행해주셔도 좋습니다. 고래 생태를 설명하는 해설자 역할을 맡아주셔도 좋습니다. 선생님처럼 생생한 현장지식을 갖춘 분을 모시게 된다면 저희도 한없는 영광이겠습니다."

내 생각에 그건 할아버지를 구경거리로 만들겠다는 뜻이었다. 예전에 처용포 앞바다에 고래가 살았는데, 그때 포를 쏘아 고래를 잡던 포수가 있었는데, 이 사람이 바로 그 사람이다, 라고 사람들 앞에 세우겠다는 이야기였다. 내 마음속에서 이상한 비틀림이 이는 것과는 달리 장포수 할아버지는 덤덤해 보였다. 혹시 할아버지가 그 일을 수락하는 게 아닐까 싶었다. 예전에 할아버지는 출항허가증도 없이 고래배를 몰고 바다에 나간 적이 있다고 들었

84

다. 서해에 식인상어가 나타나 사람들이 희생될 때 상어를 잡으러 가겠다고 나섰다는 것이다. 고래배는 만을 벗어나지도 못한 채 경찰선에 이끌려 회항했지만 그 사건으로 할아버지는 출입국 관리소의 요주의 인물이 되었다. "장포수 아저씨는 바다로 나갈 수만 있다면 무슨 일이든 하실 거야." 이야기 끝에 아빠는 그렇게 덧붙였다.

할아버지는 방문객들에게 잘 알아들었으니 그만 가보라고 했다. 방문객들은 몇번이나 긍정적으로 검토해달라고 당부한 뒤 고래배를 떠났다. 그들이 떠난 뒤에도 할아버지는 한동안 갑판에 서서 바다를 보고 있었다. 방문객들이 모퉁이를 돌아 보이지 않게 되자 할아버지는 기관실로 향하는 문을 열었다. 할아버지는 내게도 따라오라는 듯 문을 열어둔 채 계단을 내려갔다. 배 밑은 완전히 낯설고 새로운 세계였다. 기관실, 부엌, 선장실, 선원실 등이 문마다 이름표를 달고 나란히 서 있었다.

할아버지는 기관실 문을 열고 들어갔다. 낯설고 위험해 보이는 기계들이 가득한 가운데 서서 익숙한 손길로 나사를 열어보고 배관을 쓰다듬었다. 한동안 그런 동작을 하더니 어떤 기계를 특별히 조작했다. 요란한 기계음이 나면서 배는 금방이라도 달려나갈 듯 몸체를 움찔거렸다.

"가끔 이렇게 엔진을 달궈줘야 한다."

여전히 기계에 시선을 둔 채 할아버지는 덤덤한 투로 말했다. 나는 마치 처음 보는 사람처럼 할아버지 얼굴을 바라보았다. 그제야 할아버지가 나를 향해 싱긋 웃어 보였다.

"니은이 니, 당분간 별일없제? 내일부터 나 좀 도와다오."

할아버지를 도울 일이 무엇인지, 내가 할 수 있는 일인지도 모르는 채 얼떨결에 고개를 끄덕였다. 이상한 것으로 치면 할아버지도 틀림없이 어른이었다.

# 내 마음의 압력밥솥

왼쪽으로 누울 때는 다 큰 여자처럼 느껴지면서 무슨 일이든 할 수 있을 것 같았다. 한바다에 나가 고래포를 쏠 수도 있겠다고 마음이 풍선처럼 부풀었다. 오른쪽으로 돌아누우면 풍선 바람이 빠지듯 마음이 쭈그러들었다. 온종일 바닷가에 앉아 세월을 보내거나, 처용포 부두를 걸으면서 평생을 흘려보낼지도 모른다는 마음이 들었다. 머리에 꽃을 꽂은 채 부두를 떠도는 여자가 떠오르면 몸이 먼저 잠자리에서 일어났다. 그런 때면 무릎을 꿇고 엎드려 내가 잘 알지 못하는 신들을 떠올려보았다. 언젠가는 그곳으로 귀의하게 되어 있다는 나무의 신도 상상했다.

나무 생각이 났을 때 처음으로 내게 휴대전화가 있다는 사실이 떠올랐다. 전화기는 가방 깊숙한 곳에 배터리가 방전된 채 방치되어 있었다. 충전을 하여 전화기를 켜자 십분도 지나지 않아 전화벨이 울렸다. 나무는 내가 괜찮은지, 어디에 있는지 물었다. 당장 갈 테니 꼼짝 말고 있으라고 했다. 전화를 끊고 나자 이상하게 마음이 편안해지면서 내가 전부터 나무 목소리를 듣고 싶어했다는 것을 알았다.

나무는 중학교 때부터 친구였다. 어른 흉내를 내며 술을 마시고 담배를 피워보았을 때도 함께했다. 나무는 어떤 금지된 행동을 할 때도 당당했고, 어떤 스트레스를 받아도 낙천적이었다. 등 뒤에 든든한 지원군을 한 사단 정도 거느린 사람 같았다. 심지어 나무는 자퇴할 때조차 서슴없었다. 나무는 날마다 학교에서 자행되는 인격모독을 참을 수 없다고 했다. 선생님들이 우리를 무시하거나 멍청이 취급하는 것은 어제오늘 일이 아니지만 고등학교 들어가니 좀 심해지기는 했다. 그 점수 받고도 잠이 오니? 대가리는 장식이니? 나무는 그런 종류의 언어폭력을 참을 수 없다고 했다.

나무가 자퇴하겠다고 했을 때 나무 부모는 좀더 생각해보라고 설득했다. 한 달 후 나무가 충분히 생각해봤는데 역시 자퇴해야겠다고 하자 나무 부모는 자퇴 후 계획을 세워오라고 요구했다. 나무는 길게 고민하지 않고 계획을 짰다. 검정고시로 대입자격증을 딸 것이고, 실용음악과에 진학해서 대중음악을 공부하고, 궁극적으로는 서태지 같은 음악가가 될 것이다. 나무 부모는 "그 모든 결정에 스스로 책임지고, 후회하지 않을 자신이 있느냐?"고 물었다. 나무가 그렇다고 대답하자 모든 일이 나무 뜻대로 진행되었다. 우리 엄마 아빠라면 어림도 없었을 텐데, 나무 부모님은 외국유학을 다녀오신 분들이기 때문에 그런 걸까, 나무에게 물어보았다.

"그 때문은 아니야. 우리 할머니가 늘 그랬거든. 부처님이 주신 아이는 언젠가 부처님 품으로 돌아간다고. 그러니 뭐든 저 하고 싶은 대로 하게 두라고."

나무가 귀의한다는 뜻이라고 들었으면서도 그 말의 진짜 의미를 나는 그제야 알아들었다. 나무 이야기도 처용암에 나타나는 바다동물 이야기와 비슷했다. 사실 여부와 관계없이 그런 이야기들에는 힘이 있는 것 같았다. 아빠가 바다동물 이야기를 할 때 절대 양보하지 않는 것처럼 나무의 등뒤에 포진해 있던 한 사단 분량의 지원군도 그것이 아닐까 싶었다.

거의 한 달 만에 만나는 나무는 여전히 특별해 보였다. 찢어진 청바지에 흰 티셔츠를 입고 팔목에는 각양각색의 가죽팔찌를 두르고 있었는데 멀리서 보아도 얼굴에서 화사한 빛이 났다. 주홍색으로 물들인 머리카락은 석양을 받아 불타올랐다. 나무는 고속버스를 타고, 또 택시를 갈아타고 왔다고 했다. 나를 만나자마자 얼굴을 빤히, 오래도록 바라본 후에야 팔을 벌려 나를 안았다. 오랜만에 느끼는 나무의 체온과 숨결이 몸속 깊이 들어오는 것 같았다.

"나는 이제 고아가 됐어."

포옹을 풀면서 나는 가벼운 마음으로 농담을 던졌다. 보통때라면 재치있게 받아넘겼을 나무가 말이 없었다. 내가 나무를 놀라게 한 것 같았다. 물론 나도 알고 있었다. 고아라는 말은 나이가 더 적은 어린애에게나 어울렸다. 고아 청소년이라는 말은 없었다. 열일곱살에 부모를 잃으면 어떻게 불러야 하는지 아무도 모르는 것 같았다.

"그래서 고아보다는 어른이 되기로 했어."

내 말이 허공으로 떠올라 머리 위를 한바퀴 돌고 귀로 들어왔을 때 그 말은 내가 듣기에도 어색했다. 혼자 생각할 때는 그렇지 않았는데 입밖에 뱉고 보니 유치하기 짝이 없었다. 나를 바라보는 나무의 시선도 낯설었다.

"저기 왕고래집 식당 할머니는 열다섯살에 시집갔대. 처용포의 전설적인 고래잡이 포수 할아버지는 열여섯살에 고래배를 탔대. 우리는 열일곱살이고."

나무가 어른이 된다는 내 말뜻을 이해했으면 싶었다. 진짜 어른이 된다는 건 우리가 그동안 해봤던 일들과 다르다는 것을. 처음 맥주를 마셨을 때, 취해 잠들었다가 깨어난 다음날 세상이 조금 달라져 보였다. 취한 상태에서 그동안 몰랐던 감정의 어느 지점에 도달했고 마음이 커진 듯했다. 담배를 처음 피웠을 때도 그랬다. 담배연기와 함께 세상의 내밀한 속살에 닿은 듯했다. 그때마다 어른이 되어간다고 믿었다. 그러나 아니었다. 어른이 된다는 것은 짐작과 달랐고 말로 설명할 수도 없었다. 나무도 나처럼 답답한지 바다며, 마을을 두리번거리기만 했다. 나는 나무 손을 잡고 왕고래집으로 향했다.

"밥 먹으러 가자. 아까 말했던 그 왕고래집 식당에."

"저건 무슨 공장이야? 저 굴뚝 불꽃은 왜 저렇게 타오르는 거니?"

나무는 정유회사 굴뚝 불꽃과 그 옆 굴뚝에서 나온 연기가 바다 쪽으로 불어가는 것을 보고 있었다.

"정유회사 굴뚝인데 기름 찌꺼기들을 태우나봐. 늘 불꽃이 타오르지만 유독하지는 않대. 위험하지도 않고."

"공기에서 이상한 냄새가 나는 거 같아. 비린내 말고."

"바닷바람이 세게 불기 때문에 대기오염은 없대. 오히려 바닷가에는 오존이 풍부하다는데."

나무의 말에 대답하면서 내 말이 이상하다는 것을 느끼고 있었다. 내가 정유회사 굴뚝 불꽃에 대해, 처용포 대기에 대해 변명하는 것 같았다. 나무가 느끼고 궁금해하는 것을 나도 궁금해하면서도 어쩌자고 그렇게 대답하는지 알 수 없었다.

"너는 어떻게 지냈니?"

"언더그룹을 알게 됐어. 사촌언니 친구들이 하는 클럽에서. 음악적으로 배우는 게 많아."

"검정고시는 준비하고 있어?"

"내년에나 시작하려고. 엄마는 검정고시 그만두고 유학을 생각해보라는데 나는 외국에 나가고 싶지 않아. 아직 우리나라도 잘 모르는데."

나는 또 한번 내가 이상하다고 느꼈다. 나무가 엄마와 유학 이야기를 하자 이상한 생각이 머릿속을 지나갔다. 너는 걱정해주는 엄마가 있구나. 언더그룹을 소개해주는 사촌언니도. 더구나 유학이 싫다니. 배부른 소리야. 나는 당황한 마음을 누르며 나무의 남자친구 안부를 물었다.

"레더 재킷은 잘 있어. 걔는 나한테 완전히 세뇌당했어. 너는 참 복도 많다. 어디서 나같이 예쁘고 재미있고 창조적인 여자친구를 만나겠니? 가끔 그렇게 말했더니 이제는 진짜로 그렇게 믿어."

나는 문득 걸음을 멈췄다. 먼저 안부를 물었고 그들이 잘 지내는 것을 다행이라고 생각하는 중에도 마음속에서 또다른 마음이 일었다. 너 남자애들한테 인기 좋은 거 알아. 그렇지만 꼭 그렇게 잘난 척해야겠어? 걷잡을 수 없이 나무가 불편해졌다. 내가 가장 좋아한다고 생각했던 친구의 말투, 옷차림, 자신감이 견딜 수 없었다.

"나는 요새 도어스에 꽂혔어. 언더그룹 언니들에게서 알게 된 록그룹인데, 이해하기 좀 어렵기도 해. 언제 너도 한번 들어봐."

나무는 팔짱을 껴 내 걸음을 재촉했다. 그럴수록 내 속에서는 더 많은 것들이 올라왔다. 마음속에 일그러진 거울이 큼직하게 자리잡고 나무를 예전과 다르게 비추었다. 압력밥솥이 들어 있어 내면에서 출렁이던 물을 가열하고 있었다. 속이 뜨거워지면서 수증기가 뿜어져나올 것 같았다. 한떼의 오리가 지나가면서 나도 몰랐던 말들을 꽥꽥거리며 쏟아냈다. 내면이 잠시도 고요하지 않고 시끄러웠다. 나무는 나의 내면에서 일어나는 만화경 같은 변화를 눈치채지 못한 채 여전히 환하고 밝은 낯빛이었다. 마침 왕고래집 식당에 닿아서 다행이었다.

식당에는 할머니만 있었다. 왼손은 턱을 받치고 오른손은 연필을 쥔 자세로 연필 뒤끝을 입에 물고 있었다. 우리가 들어서고도 삼사초쯤 흐른 뒤에야 할머니는 고개를 들었다.

"니은이 친구 왔나보구나. 서울서 왔나?"

나무는 활짝 웃으며 큰 소리로 할머니한테 인사했다. 할머니는 나무에게 "이쁘게 생겼네. 이리 앉거라"라고 말하며 자리에서 일어났다. 나는 할머니가 내게는 한번도 그런 말을 하지 않았다는 사실을 떠올리며 또 당황했다. 할머니는 생선을 구워 찌개와 함께 상을 차려준 뒤 다시 식탁에 앉아 공책을 펼쳤다.

"니은아, 안 그래도 잘 왔다. 숙제가 점점 어려워진다."

할머니는 공책을 내 쪽을 향해 펼쳐 보였다. 공책 맨 위에 '내가 화날 때'라고 적혀 있었다.

"우리 선생님이 전번처럼 낱말만 쓰지 말고 그 이유까지 써오라고 했다. 달랑 우리 영감, 이렇게 쓰지 말고 우리 영감이 술 먹고 주정할 때, 그렇게."

할머니가 숙제 몇가지를 해놓았다. '석유 냄새 나서 머리 아플 때.' 석유를 석규라로 쓴 것만 빼면 다른 글자는 다 맞게 쓰여 있었다. '바다가 점점 더러버져서.' 두번째 문장은 사투리로 쓰여 있었다.

"이게 옳게 써졌나? 우리 선생님은 남한테 물어보지 말고 진짜로 자기 생각을 써오라더라. 진짜로 자기가 화나는 때를. 그런데 나는 화나는 일이 몇가지 안된다."

할머니는 공책을 도로 책상에 내려놓고 연필을 집어들었다. 나무가 밥을 먹으며 유심히 할머니를 보고 있었다. 나는 지금 내 마음속에서 가열되는 압력밥솥이나 일그러진 거울이 혹시 화나는 마음일까 짚어보았다. 그때 할머니가 얼굴 가득 웃음을 머금은 채 고개를 들었다.

"학생 중에 나처럼 식당 하는 아주머이가 있더라. 그 아주머이가……"

할머니는 말씀을 중단하고 또 웃었다. 그 아주머니는 '내가 좋아하는 것들'이라는 전번 숙제에 죄다 먹을 걸 적어왔더라고 했다. 고등어회, 갈치조림, 해물파전, 동동주, 복매운탕, 전어회 그런 것들. 숙제를 돌려가며 읽느라 한 시간 내내 웃었다. 화투를 좋아한다는 이도 있고 한증막이 좋다는 이도 있었다.

"세상에서 제일 좋은 게 돈이라고 쓴 사람도 있더라. 돈하고 금. 사람마다 어찌 그리 다른지."

할머니는 수업 내용을 전하며 소녀처럼 웃었고 나무는 그 이야기를 들으며 아이처럼 즐거워했다. 활짝, 손뼉까지 치면서 즐거워하는 나무 모습을 보는데 또 가슴으로 서늘한 기운이 지나갔다. 나는 할머니 앞에서 그처럼 크고 환하게 웃은 기억이 없었다.

"할머니는 열다섯살에 시집을 갔다면서요?"

나무가 천연덕스러운 표정으로 할머니를 건너다보고 있었다. 내가 당황하는 동안 할머니는 나무를 바라보며 그랬지,라고 대답했다. 나라면 어른에게 그렇게 대놓고 묻지 못할 질문을 나무는 아무렇지도 않게 내밀었다. 그것도 나무의 특별함이었다. 생각하는 대로 말하고 마음먹은 대로 행동하는 것. 그 과정에서 누구의 눈치도 보지 않는 것. 그것마저 오늘은 이상하게 마음에 걸렸다.

"그럼 할머니는 그때 이미 어른이 되었어요?"

"웬걸, 겨우 초경만 한 아이를 시집보냈지. 산속에서 하도 가난하게 사니까, 그때는 내남없이 가난하던 시절이었다, 저 하나 배곯지 말라고 시집보냈지. 여기 처용포는 그때 부자 동네였으니까. 첫날밤에야 이런 게 시집이구나 하고 놀랐다. 영감이 짐승 같은 게……"

할머니는 놀란 듯 말을 중단하고는 "에구, 내가 별 이야기를 다……"라며 말을 흐렸다. 나무는 할머니 말이 끝나기도 전에 대답했다.

"저희도 다 알아요, 할머니. 그럼 언제 어른이 되었다고 느끼셨어요?"

나무는 다시 질문하면서 나를 바라보았다. 나무의 시선을 한 두 번 마주한 게 아님에도 내면에서 또다른 마음이 일었다. 할머니 말씀을 잘 들어보라는 뜻이니? 내 이야기에 동의할 수 없다는 거구나.

"첫아이 낳았을 때 그런 생각을 했다. 이제 엄마가 되었구나. 아이가 다 클 때까지 나는 아파도 안되고 다쳐도 안되겠구나. 어른이 된 건 모르겠고 그때부터 아이한테 밀려올라가듯 억지로 나이를 먹었다."

할머니 말씀은 내가 예상했던 것과 달랐다. 나는 새삼스럽게 나무를 돌아보았다. 친구지만 특별한 아이임에 틀림없었다. 오래도록 좋아했던 그 특별함에 대해 나는 그동안 한번도 느껴본 적 없는 고통을 느꼈다.

# 꽃피는 고래

기억은 뜨겁거나 차갑고 뾰족하거나 거칠었다. 시장바구니를 현관에 내려놓으며 숨을 고르는 엄마, 출근하다 되돌아와 서류봉투를 찾는 아빠 모습이 뜨거운 덩어리처럼 가슴에서 회오리쳤다. 아무렇지도 않고 아무것도 아닌 기억이란 없었다. 나를 캠프 보내놓고 엄마 아빠만 일본여행 다녀온 일은 뾰족한 꼬챙이처럼 옆구리를 찔렀다. 이불을 잡아채며 늦잠에서 깨우던 엄마 목소리가 떠오르면 손발이 시려왔다. 예상치 못한 기억들의 출몰 때문에 몸에서 힘이 빠졌다. 기억들이 의식으로 떠오르지 않도록 억누르느라 더욱 힘이 들었다. 언젠가 할아버지한테 기억을 어떻게 처리하는 게 좋은지 여쭤봐야겠다고 생각했다.

장포수 할아버지도 기억을 분류하고 있었다. 나는 그동안 몇번이나 할아버지가 시키는 대로 할아버지 집과 고래배 사이를 오 갔다. 배에 있던 상자를 집으로 옮기거나 집에 있던 도구들을 배로 옮기거나 했다. 할아버지가 어떤 기준으로 물건들을 옮기는지 알 수 없었지만 그것들이 모두 할아버지 기억들인 것은 분명했다. 용도를 짐작할 수 없는 쇳덩어리나 낡아서 부서질 듯한 나무 조각들을 할아버지는 이따금 물끄러미 바라보았다. 그럴 때 마음속에서 무엇이 떠오르는지 언젠가는 그것도 물어봐야겠다.

물건정리를 끝내자 할아버지는 내게 '제2영광호 비품목록'이라는 서류철을 주었다. 속지에는 칸이 네 개 쳐져 있고 맨 위칸에 품목, 수량, 상태, 비고 등이 적혀 있었다. 할아버지는 나를 데리고 가장 먼저 기관실로 내려갔다.

"내가 부르는 대로 적으면 된다. 맨 위에 '기관실 비품'이라고 쓰고, 여기 품목에다가 엔진, 수량 하나, 상태 양호, 그렇게 쓰면 된다."

할아버지는 비고란을 손가락으로 짚으며 예비용 비상엔진 하나 보유라고 불러주었다. 나는 그대로 적었다. 엔진오일은 상태 양호, 2007년 1월 5일 교체라고 비고란에 기록했다. 그런 식으로 동력전달 벨트, 물탱크, 연료탱크, 배수장치 등을 하나씩 점검하고 기록했다. 페이지 맨끝에 '기관실 이상 무'라고 쓴 다음 주방으로 이동했다. 서류철 새 페이지를 펼쳐 '주방비품'을 쓴 다음 물품들을 하나씩 적었다. 주방에는 냉장고, 식탁, 테이블, 화덕 등이 있었는데 금방이라도 만찬을 요리할 수 있을 정도로 모든 준비가 갖추어져 있었다. 쌀, 반찬거리, 물, 땔감까지. 배는 바다 한가운데 고립되어도 한 달 이상 버틸 수 있어 보였다. 주방에 이어 선실과 화장실도 점검했는데 그 모든 곳이 방금 출항준비를 마친 듯 상태 양호였다.

"한때는 이게 사는 낙이었으니까. 고래배 손보고 하는 거 말이다."

할아버지는 내가 배를 보며 속으로 놀라고 있다는 걸 아신 모양이었다. 그래도 이해되지 않는 게 있었지만 더는 여쭤보지 않았다.

오늘은 비품목록을 정리하는 셋쨋날이었다. 나는 나무에게 장포수 할아버지 고래배 정리를 도우러 가야 한다고 설명했다. 장포수 할아버지는 예전에 고래잡이 일등 포수였는데 아직도 고래배를 간직하고 있다고 말했다. 고래박물관과 고래 생태관광업자가 서로 할아버지 고래배를 원한다는 사실도 말해주었다. 나무는 재미있겠다면서 벌써부터 기대에 찬 눈빛을 했다.

나무와 함께 배에 도착했을 때 할아버지는 앞갑판에서 먼바다를 바라보고 있었다. 나무는 부두에서 배로 건너가는 일도 두려워하지 않고 성큼 건너뛰었다.

"안녕하세요? 저는 니은이 친구 한나무예요."

할아버지는 우리 쪽으로 몸을 돌려 나무를 바라보았다. 나무의 특별한 외모가 잠시 마음에 걸렸으나 오히려 할아버지는 환하게 웃었다.

"잘 왔다. 우선 그쪽에서 좀 쉬고 있거라. 니은이는 이리 오고."

나는 비품목록을 들고 할아버지 곁으로 갔다. 오늘은 앞갑판 물품들을 점검할 차례였다. 할아버지는 먼저 마스트라고 불렀다가 망루라고 고쳐쓰게 했다. 망루는 앞갑판에 하늘을 향해 높이 세워진 기둥이었다. 기둥 꼭대기에 올라가 바다 멀리 있는 고래를 찾을 때면 이 킬로미터 전방까지 보인다고 했다. 다음으로는 마스트 스텝을 점검했다. 마스트 스텝은 망루로 오르는 계단인데 따로 항목을 잡아 기록했다. 할아버지는 계단을 하나씩 디디고 올라갔다가 내려온 뒤 마스트 스텝을 망루대라고 고쳐쓰게 했다. 상태는 양호였다.

"할아버지, 고래배를 어떻게 하실 거예요?"

할아버지는 마스트 옆에 있는 또다른 기둥을 살피는 중이었다. 그 기둥 끝에는 접시 안테나 같은 둥근 모형이 달려 있었는데 그건 누가 봐도 레이더장치 같았다. 할아버지는 레이더라고 말씀하신 뒤 수량 하나, 상태 양호라고 덧붙였다. 나는 할아버지가 불러주는 대로 썼다. 다 쓰고 나자 레이더 마스트라고 불렀다.

"고래배를 박물관에 넘길 거예요, 관광업자한테 줄 거예요?"

"레이더 마스트도 수량 하나, 상태 양호다. 단단히 적거라."

할아버지는 일부러 그러는 것처럼 나를 향해 낯빛을 찡그리며 웃었다. 아직 마음의 결정을 못 한 건지, 마음을 알려주고 싶지 않은 건지 알 수 없었지만 나는 더이상 묻지 않았다. 기억처리법을 물어볼 때 함께 여쭤보리라 미뤄두었다.

갑판 앞쪽으로 이동하던 할아버지는 갑자기 생각난 듯 상자로 가서 무엇인가를 찾기 시작했다. 그 상자는 기관실에서 들고 올라온 것인데 각종 연장과 소품 들이 들어 있었다. 스패너, 망치, 테이프, 노끈, 접착제 같은 것들. 낡은 책과 수첩도 보였다. 할아버지는 연장 틈에 손을 넣어 뒤적거리다가 동작을 멈추었다. 잠시 허공을 바라보며 골똘히 생각하는 표정이더니 털어내듯 한숨을 쉬었다.

"할아버지, 뭐 찾으세요?"

"틀림없이 뭘 찾고 있었는데 중간에 잊어버렸다. 내가 찾던 게 뭔지."

나는 웃음을 참았다. 할아버지가 허무 개그를 하는 게 아니라는 것을 알았기 때문이다. 그런데 뒤편에서 낭랑한 웃음소리가 들렸다.

"할아버지, 저도 그래요. 어떤 때는 세수하다가 얼굴에 비누칠한 채 그냥 나와요. 얼굴이 따끔거려서 보면 비누가 묻어 있는 거 있죠."

나무는 할아버지의 도구상자를 들여다보며 또 웃었다. 나는 나무의 태도가 마음에 걸렸다. 세상이 자기에게 호의적이라 믿는 저 태도는 대체 어디서 나오는 거지? 내 속에서 올라오는 나무에 대한 낯선 생각들이 점점 강해지는 것도 마음에 걸렸다. 할아버지가 불편해할 줄 알았는데 오히려 나무를 바라보며 나무와 같은 모습으로 웃고 있었다.

"할아버지는 열여섯살에 어른이 되었다면서요?"

나는 나무의 어깨를 슬쩍 건드렸다. 그러나 나무는 할아버지한테 시선을 고정한 채 내 말은 들은 척도 하지 않았다.

"어른이 된 건 아니고, 어른들하고 일하기 시작했지."

"그럼 할아버지는 언제 어른이 되었어요?"

나무는 또 나를 바라보았다. 전날과 같은 눈빛이었고, 내 속에서도 역시 전날과 같은 불편함이 솟았다.

"생각해보지 않은 질문이구나. 처음 망루에 올라 고래를 발견했을 때 내가 전과 달라졌다는 느낌은 받았다. 망루 높이 서니 바다가 좀 만만해 뵈는 것도 같고. 고래를 발견했을 때는 느디어 해냈다 싶었지."

나무는 진지하게 할아버지 말씀을 듣고 있었다. 할아버지는 일단 이야기를 끝내려 했으나 나무가 할아버지한테 시선을 집중한 채 열중한 모습을 보더니 말을 이어갔다.

"처음 고래를 잡았을 때 그랬지 싶다. 큐우슈우 근해였는데 어쩌자고 처음 쏜 작살이 급소를 맞혔다. 잠시 후 고래가 꽃을 피워 올리는데, 아, 이제 됐구나 싶더라."

할아버지가 꿈꾸는 듯한 표정을 짓더니 얼굴에 환한 웃음이 어렸다. 웃음은 환할 뿐 아니라 갑판과 공중까지를 가득 채웠다. 할아버지에게서 한번도 보지 못한 표정이었다. 바다에서 불어온 바람이 나무를 지나 할아버지 쪽으로 불어갔다.

"그런데 할아버지, 고래가 꽃을 피운다는 게 무슨 뜻이에요?"

"그건 말이다…… 고래가 작살을 맞으면 쉽게 죽지 않고 도망치면서 물속에 숨었다 숨쉬러 나왔다 하거든. 그러면서 두 시간, 세 시간씩 고래배를 끌고 다닌다. 그러다가 고래가 지치면 배를 고래 가까이 붙이고 정확하게 급소에 작살을 꽂는다. 급소를 맞은 고래는 죽기 전에 마지막 숨을 내뿜는데, 그 숨에는 피가 뿜어져나온다. 핏빛 물뿜기가 공중으로 솟구쳤다가 온 바다 가득 퍼진다. 그걸 꽃핀다 한다."

할아버지는 말끝에 "누가 들으면 죄 많다 하겠다. 우리는 고래 말고는 닭 한마리도 못 잡는데"라고 덧붙였다. 할아버지의 환한 웃음이나 꿈꾸는 듯한 표정뿐 아니라 조심스러운 태도도 처음 보는 것이었다.

"고래를 사냥할 때는 어떤 동물을 죽이는 일과는 다른 게 있다. 고래를 쫓아다닐 때는 저와 내가 서로 마음이 통하는 게 있다. 작살을 쏠 때도 그렇고. 나는 새끼 데리고 다니는 고래는 안 잡았는데 고래와 마음이 통해서 그랬다. 고래가 꽃을 피울 때는 고래 영혼이 내 몸으로 들어온다. 고래 생명력이 몸속으로 스며든 것처럼 그후 며칠간은 먹지 않고 자지 않아도 피곤한 줄 모른다."

"와, 할아버지 시인 같아요."

나무는 박수까지 치며 진심으로 할아버지 말씀에 감동한 눈빛을 했다. 할아버지는 부끄러워하는 것 같았다. 하늘을 올려다보더니 서두르듯 갑판 앞쪽으로 돌아갔다.

"니은아, 하던 거 마저 끝내자."

나는 할아버지가 불러주는 대로 전동 윈치, 수량 하나, 상태 양호를 적었다. 항해등, 현등도 기록했고 소나도 점검했다. 소나는 음파발생기인데 고래가 세상에서 가장 듣기 싫어하는 소리를 낸다고 한다. 그동안 나무는 도구상자를 뒤적이더니 그 안에서 수첩을 꺼내 읽기 시작했다. 몇장 넘겨보더니 수첩을 든 채 갑판 앞쪽으로 다가왔다. 할아버지 가까이서 낮은 목소리로 수첩을 읽기 시작했다.

"5월 3일 한무리 돌고래와 대왕고래를 보았다. 대왕고래만 잡았다. 5월 7일 한무리 대왕고래와 한 미리 장수경을 보았다. 모두 놓쳤다. 5월 9일 한무리 돌고래와 한 마리 참고래를 발견했다. 참고래에 작살을 명중시켰으나 밧줄을 끊고 달아났다."

읽기를 중단한 뒤 나무는 "할아버지, 여기 적힌 고래들을 다 할아버지가 잡았어요?"라고 물었다.

"다 잡은 건 아니라고 거기도 쓰여 있구나."

"그동안 할아버지가 잡은 고래가 모두 몇마리예요?"

"글쎄다, 그런 건 계산해보지 않았다."

"그럼, 할아버지가 잡은 고래 중 제일 큰 건 얼마만했어요?"

"말로는 설명할 수 없지. 육지에서는 큰 집을 고래등 같다고 하지. 바다에서는 큰 고래를 기와집 같다고 한다. 황소 잡으면 고기가 백 관 나가는데 고래 큰 건 이백 관도 나가니까."

할아버지는 아예 일손을 놓고 나무의 질문에 답하고 있었다. 나도 비품목록을 덮었다.

"위험한 경험도 많았겠어요."

"고래잡이로서는 험한 일이 한번도 없었다. 없는 이유가, 파도가 있으면 조업이 안된다. 파도가 있으면 고래가 안 보이니까. 또 고래배는 속력 위주로 만들어졌기 때문에 파도가 있으면 흔들림이 심해서 못 견딘다."

"할아버지는 일등 포수였다면서요? 비결이 뭐예요?"

"자꾸 쏘면 숙달돼서 고래가 어떤 때 쏘면 안 맞더라, 어떤 때 쏘면 잘 맞더라를 저절로 알게 된다. 내 경험에는 고래가 숨쉬러 나올 때 머리, 등허리, 꼬리 순서로 올라오는데, 그중 꼬리를 막 들려고 할 때, 그때 쏘면 작살이 내장 안에 쑥 들어간다. 간이나 허파에 맞아 즉사한다."

나무는 온 마음을 집중해서, 아니 온몸으로 할아버지 이야기를 듣고 있었다. 이야기 속 고래처럼 고개를 쳐들었다가 어깨를 움츠렸다가 했다. 그처럼 집중하는 태도가 할아버지 이야기를 계속 끌어내는 것 같았다.

"또 남한테 신경쓰지 말아야 한다. 고래포가 제일 앞에 있으니 포수는 자연 등뒤 사람들이 신경쓰인다. 다들 주시하고 있으니까. 그때 긴장하지 말고 오직 나와 고래만 생각하면 헛방하는 일이 없다."

나도 궁금했으나 미처 묻지 못한 궁금증, 혹은 내가 미처 생각하지 못한 의문들을 나무는 계속 질문했다. 할아버지가 순순하게, 그리고 상세하게 대답하는 모습도 뜻밖이었다. 할아버지 얼굴에 저토록 환한 웃음과 충만한 즐거움이 깃든 것도 처음이었다. 그보다 더 놀라운 것은 내가 느끼는 고통이었다. 나는 아빠가 출장에서 돌아오면서 엄마 선물만 사왔을 때 느꼈던 실망과 질투를 똑같이 느끼고 있었다. 스스로도 믿을 수 없었다.

"할아버지, 어딘가 고래가 죽으러 가는 바다도 있어요?"

"그런 이야기는 못 들어봤다. 내가 바다에 그리 오래 있어도 고래 시체를 본 일이 없다. 그걸 보면 어디 그런 데가 있는 것도 같고."

할아버지는 이제 비품목록 같은 건 잊은 모양이있다. 푸른 하늘과 푸른 바다 사이에 마주서서 다정히 이야기 나누는 할아버지와 나무를 보고 있자니 온몸에서 힘이 빠졌다. 엄마 아빠가 나만 두고 떠났다는 사실이 온몸에 통증으로 퍼져나갔다. 그 생생한 통증을 잊기 위해, 할아버지 관심을 내게 돌리고 싶은 마음으로, 나도 오래 궁금했던 것을 물어보았다.

"할아버지, 고래는 어떻게 숨을 쉬어요?"

"고래마다 물뿜기가 다르지. 돌고래 숨결은 부챗살처럼 퍼지는 모양이고, 참고래나 대왕고래는 한 줄기로 높이 뿜어올리지. 떨어질 때는 꼭 굵은 눈송이들이 흩어지는 것 같다. 한번 숨쉬러 올라오면 수면에 오분이나 십분쯤 머문다. 그림책에서 자주 보는 것처럼 두 갈래로 갈라져 솟는 물뿜기는 수염고래 것이다."

할아버지는 고래가 숨쉬는 모양을 자세히 설명해주었지만 내가 알고 싶은 것은 그게 아니었다. 고래가 어떻게 신화처럼 숨을 쉬는가 하는 거였다. 하지만 내가 품고 있는 궁금증의 고갱이를 할아버지에게 잘 여쭤볼 수 없었다. 내가 잠시 생각하는 사이 나무가 또 할아버지한테 질문했다.

"할아버지는 고래박물관이나 생태관광에 찬성하세요?"

"내가 찬성하든 말든 일은 진행되겠지."

"고래박물관이 생긴다는 건 무슨 뜻이에요?"

"그건 고래한테 발을 달아주는 일이지."

허공에서 햇살이 쨍 소리를 내는 것 같았다. 나무가 입을 크게 벌리고 웃음을 쏟아냈다. 하지만 나는 전에 본 적 없는 할아버지의 농담이 좀 낯설었다.

"돼지 목에 진주목걸이, 고양이 목에 방울 달기는 들어봤어도 고래에게 발 달아주기는 처음이에요."

스쿠버다이빙으로 물속에 들어가 고래에게 발을 달아주는 광경을 상상하니 우습기는 했다. 그러나 어쩐 일인지 웃음이 나오지 않았다. 슬픔이 표현되지 않듯이 웃음도 그랬다. 나무는 여전히 웃으며 이야기를 계속했다.

"지네에게 신발 신겨주기, 잠자리에게 썬글라스 씌워주기, 매미 목에 마이크 달아주기……"

나무는 생각이 마구 내달리는 모양이었다. 할아버지도 즐거운 낯빛에 환한 웃음을 짓고 있었다. 두 사람 사이에 굳은 얼굴로 서서 나는 거듭 가슴을 긋고 지나가는 칼날을 느꼈다. 내가 나무의 재치에, 나무와 할아버지의 즐거운 모습에 느끼는 질투가 해일이나 태풍만큼이나 컸다.

# 비둘기에게 먹이를 주지 맙시다

　버스를 타고 공단을 지나면서 나는 시각이 바뀌고 있음을 알아차렸다. 내가 맨 처음 공업단지를 본 것은 다섯살이나 여섯살 때였다. 저녁 어스름을 배경으로 은빛 건물들이 둥글거나 네모나게, 길거나 뾰족하게 끝도 없이 이어져 있었다. 우주를 배경으로 전개되는 만화영화의 한장면 같았다. 공단에서 뿜어올리는 불빛이 얼마나 밝은지 밤이 될수록 그쪽 하늘은 대낮처럼 환해졌다. 아빠 고향에 저런 곳이 있다니, 신기하고 자랑스러웠다.

　조금 더 커서는 공단 안으로 들어가보았다. 아빠 자동차 뒷자리에 앉아 있었는데 단지에 들어간 지 오분도 지나지 않아 머리가 아파오기 시작했다. 썩은 달걀 냄새, 식초 끓이는 냄새가 공중 가득 떠 있고 공장건물 사이 개천에는 검은 물이 흘렀다. 그 곁에

선 무궁화와 영산홍은 가지가 앙상했다. 그때는 걱정스럽고 속상한 마음이었다. 공장들이 폐기물을 더 깔끔히 처리하고, 폐수정화시설을 꼼꼼히 갖추었으면 하고 혼자 소원했다.

그런데 방금 공단을 지나면서 생전처음 해보는 생각이 떠올랐다. 저 공장들에서 일하는 사람들은 어떤 이들일까? 얼마나 많은 사람들이 저 안에 있을까? 날마다 저 안에서 무슨 일을 할까? 그중에서도 가장 진지하게 떠올린 생각은 이것이었다. 저기 어디쯤에 내가 할 만한 일거리도 있을까. 시각이 바뀌는 것을 어른이 되어가는 증거라 믿고 싶었다.

도심 오거리에서 버스를 내리자 커다란 현수막이 먼저 눈에 들어왔다. 두 그루 가로수 사이에 가로로 걸린 현수막에는 붉은 글씨가 커다랗게 인쇄되어 있었다.

'비둘기에게 먹이를 주지 맙시다.'

큼지막한 문구 밑에는 그보다 작은 글씨가 덧붙여져 있었다.

'비둘기가 스스로 먹이를 찾아 생태계의 당당한 일원이 되도록 도와줍시다.'

작은 글씨는 검은색으로 쓰여 있었는데 유독 두 글자만 붉은색이었다. 먹이. 그 아래는 더 작은 글씨로 '시청 미화과'라고 적혀 있었다. 나는 나무를 돌아보았다. 나무는 차선도 신호등도 없는 오거리에서 자동차들이 부딪칠 듯 비켜지나가는 광경을 유심히 보고 있었다. 나는 나무에게 눈짓으로 현수막을 가리켰다.

"멋지다. 비둘기가 당당한 생태계의 일원이 되도록 도와주자니."

나무가 현수막을 읽으며 반가운 기색을 했을 때 우리 사이의 균열이 더욱 잘 보였다. 내가 보기에 그것은 비둘기를 위한 문구가 아니었다. 오히려 시청 미화과 직원을 위한 문구였다. 거리 미화를 담당하는 공무원은 사람들이 던져주는 먹이를 찾아오는 비둘기들이 아무데서나 똥싸고 털을 흩뿌리는 게 귀찮았을 것이다. 사람들이 먹이만 주지 않으면 일거리가 한결 줄어들 거라 생각했을 것이다. 자신의 이익을 위해 남을 동원하면서 마치 상대를 위하는 척 말하는 것도 어른들의 습관이었다. 이게 다 선생님을 위해서 드리는 말씀입니다. 관광업자도 장포수 할아버지한테 그렇게 말했다.

나는 나무와 함께 둥근 오거리를 한바퀴 돌아보았다. 다섯 개의 거리 중 두 개는 번화한 상가로 이어지고 한 개는 큰 건물들이 서 있는 관공서로 통했다. 나머지 두 거리는 입구 근처만 번화할 뿐 주택가로 향하고 있었다. 우리는 번화한 거리 중 더 넓은 곳을 택해 접어들었다. 입구에서 얼마 들어가지 않아 식빵 모양으로 입구를 꾸민 빵집이 눈에 띄었다. 사실 빵집 외양보다 더 눈길을 끈 것은 출입문에 붙은 흰 종이였다. 종업원 구함. 급여, 시간 상담 후 결정. 나는 나무를 한번 돌아본 뒤 성큼성큼 걸어 빵집으로 들어갔다. 나는 알고 있었다. 그렇게 행동하지 않으면 주눅이 들어 물러서게 될지도 모른다는 것을.

"문에 붙은 광고 보고 들어왔는데요."

터번처럼 생긴 검은 모자를 쓴 중년여성이 카운터에 앉아 신문을 읽고 있다가 고개 들었다. 아무런 감정도 보이지 않는 얼굴이었다.

"몇살이니?"

"열일곱살이요."

"집은 어디지?"

"처용포인데요."

나는 할아버지 댁을 당분간 내 집으로 삼기로 했다. 그녀는 테이블로 고개를 숙이며 여전히 감정 없는 목소리로 답했다.

"우리는 미성년자는 쓰지 않는다."

나는 잠시 그대로 서 있었다. 그토록 무심히고 긴딘하게 거질당했다는 사실을 받아들이는 데 시간이 걸렸다. 그녀가 앉은 카운터 테이블에는 코팅된 신문기사가 붙어 있었다. '유방암 수술 두 차례 이겨낸 빵집 주인의 투혼.' 사진 속 인물은 테이블에 앉아 있는 그 여성이었다. 사진 속에서도 검은 모자를 쓰고 있었다. 내게 무슨 생각인가가 막 떠오르려 할 때 나무가 테이블 위의 펜과 메모지를 집어들어 내 전화번호를 적었다.

"그래도 연락처는 두고 갈게요. 혹시라도 마음이 바뀌면 연락 주세요."

나무의 말에 주인여자는 다시 고개를 들었고 나무는 내 팔을 잡고 빵집 밖으로 나왔다. 나는 나무의 행동에 화가 났다. 왜 전화번호를 함부로 적어주고 그러니? 왜 내 의견을 물어보지 않았어? 그런 생각을 하는 동안 나무는 내 손을 잡고 번화가 안쪽으로 걸어들어갔다. 나무의 걸음은 보폭이 넓고 경쾌했다. 내 걸음은 신발이 질질 끌리는 듯 보였다. 쇼윈도에 비친 나무 얼굴은 소풍 나온 표정이었고 내 낯빛은 시험장에 들어가는 수험생 같았다. 나무와 나 사이의 틈이 점점 더 벌어졌다.

할머니의 숙제를 보는 게 아니었다. '내가 화날 때'를 쓰는 할머니 숙제를 본 후로 나도 속에서 화가 나는 것 같았다. 할머니는 석유 냄새 나서 머리 아플 때, 바다가 점점 더러워질 때 화가 난다고 했다. 나는 그런 이유 때문에 화가 나는 것 같지는 않았다. 한두 가지로 설명할 수 없는 많은 이유들이 뭉뚱그려져 속에서 열기를 뿜어올리고 있었다.

종업원을 구하는 상가는 의외로 많았다. 쇼윈도에 여종업원 구함이라고 쓴 등산용품점이 있었다. 여직원 급구라고 쓴 고깃집도 있었다. 저녁 일곱시부터 열두시까지 홀써빙을 하는 일이라 했다. 꽃과 중고책을 함께 놓고 파는 가게도 종업원을 구한다고 했다. 꽃이나 책을 정돈하는 일은 좀 쉬워 보였다. 그러나 옷가게와 식당은 미성년자를 고용하지 않는다고 했고, 꽃가게는 보호자 허락을 받아오라고 했다. 계속 허탕치면서 나는 시각이 바뀐다는 의미를 재확인했다.

예전에는 빵집이나 옷가게에 들어가면 맛있는 빵과 예쁜 옷을 먼저 살폈다. 그런데 이제는 상점 분위기나 상점에서 일하는 사람 얼굴을 먼저 살폈다. 그 사람이 주인인지 종업원인지 알기 위해 촉각을 곤두세웠다. 상대방이 주인이라는 것을 알게 되면 벌써 그의 마음에 들고 싶어졌다. 그런 내가 낯설었지만 어쩌면 그게 어른이 되는 길이 아닐까 생각했다. 처음 고래배 화공으로 일했을 때, 처음 시집살이를 시작했을 때 할아버지도 할머니도 그랬을 것 같았다.

나무는 길가에 맥없이 서 있는 나를 근처 패스트푸드점으로 이끌었다. 실내로 들어서니 종업원들의 목소리가 허공을 가득 메우고 있었다. 어서 오십시오, 안녕히 가십시오, 치즈 둘 코크 하나, 감사합니다. 즐거운 하루 되십시오. 종업원들은 발성훈련을 받은 듯 똑같은 높이와 멜로디로 잠시도 쉬지 않고 재잘거렸다. 그동안 무수히 패스트푸드점에 갔지만 종업원들의 목소리가 공간을 가득 채운다는 것도 처음 알았다. 나무는 나를 테이블에 앉혀둔 채 카운터로 가서 음식을 가지고 돌아왔다.

"성급하게 당장 알바 구하려 하지 말고 오늘은 그냥 분위기만 알아보자. 천천히 구경하면서."

나는 나무 이야기를 고깝게 듣지 않으려 애썼다. 나무가 진심으로 나를 위해 그런 말을 한다는 것을 알고 있었다. 나무 등뒤로 한떼의 여학생들이 생일 케이크를 가운데 놓고 둥글게 앉아 있었다.

"도시는 어디나 똑같은 거 같아. 서울이나 시골이나. 똑같은 브랜드, 똑같은 체인점, 그치?"

나무는 휴대전화를 꺼내 간단하게 어디론가 문자를 보냈다.

그런 다음 전화기의 카메라 기능을 켜서 팔을 높이 쳐들었다. 나무는 우선 내 등뒤의 벽을 카메라에 담았고 다음에는 내 모습과 배경을 함께 찍었다. 카메라 액정화면을 살피더니 내 옆자리로 옮겨 나와 머리를 맞대었다. 높이 쳐든 휴대폰에서 다시 셔터 소리가 날 때 슬며시 어지럼증이 지나갔다. 너는 이럴 여유가 있구나. 또다시 내면에서 사나운 것이 올라올 것 같았다.

나무는 여전히 내게 머리를 기댄 채 방금 찍은 사진을 보여주었다. 잘 가꾸어진 가로수 사진을 배경으로 나무는 이제 막 먼길을 떠날 사람, 나는 먼길에서 돌아온 사람처럼 보였다. 우리가 이렇게 다르구나 생각하는데 나무의 전화벨이 울렸다. 액정화면에 '엄마'라는 글자가 떴다.

"잘 있다고 문자 보내면 그런 줄 알고 답문자나 한줄 보내면 되지 촌스럽게 꼭 전화한다니까."

나무는 자기 자리로 건너가며 불만스럽게 말했다. 그래, 너는 엄마가 있구나. 또다시 그런 생각이 허리 뒤쪽, 옆구리 근처를 치고 지나갔다. 평생 한번도 해본 적 없는 생각을 벌써 두번째 하고 있었다. 나는 테이블에 팔꿈치를 얹으며 손으로 이마를 짚었다. 엄마 목소리, 표정 들이 순식간에 떠오르면서 등 전체로 통증이 퍼져나갔다. 내가 잘못되어가고 있는 것 같아 겁이 났다. 나무는 엄마와 통화한 뒤 나를 건너다보며 싱긋 웃었다.

"문자 보냈을 때 전화 오면 황당해. 간 보려고 접근한 남자친구한테서 사랑한다는 고백 들었을 때처럼."

"맞아. 엄마 아빠 들은 우습고 촌스러워. 자기네들이 특별하다는 듯 무슨 세대라고 이름붙이고, 자기네들이 신이라도 되는 것처럼 세상을 바꾸겠다느니, 지난시대를 평가하겠다느니 해. 자기네들만 옳고 정당한 것처럼 군다니까."

나무가 햄버거를 입에 문 채 큰 눈으로 나를 건너다보았다. 나무의 말에 호응한다는 게 지나친 모양이었다. 감정이 이상한 방향으로 내달리는데 어디가 고장났는지, 어디로 튈지 알 수 없었다.

"심지어 엄마 아빠 들은 자기네가 이 나라 경제를 다 살린 것처럼 말해. 경제성장의 주역이라고. 그뿐이니? 자기네가 이 나라 민주화를 다 이룬 것처럼 떠들잖아. 우습지 않니? 그런 일들이 어떻게 한 세대만의 노력으로 뚝딱 만들어지는 거냐고. 진짜 웃긴다니까."

브레이크 장치가 고장난 자동차처럼 멈출 수가 없었다. 내가 진짜 원하는 것은 엄마 아빠를 비꼬거나 미워하는 게 아니었다. 엄마 아빠가 돌아와 예전처럼 함께 사는 것이었다. 벌써 속맘으로 몇번이나 신에게 협상을 제안했는지 모른다. 엄마 아빠를 돌려주신다면 제 눈을 거두어가셔도 좋습니다. 아니, 저를 모두 당신 소유로 하십시오. 신은 아직 대답해주지 않았다.

탈진감이 몰려오고 침묵이 이어졌다. 나무도 나도 묵묵히 햄버거를 먹고 음료수를 마셨다. 맨 처음 먹이사냥을 나간 아기 갈매기의 마음이 이럴까 싶었다. 먹이사냥에서 허탕치고 오는 마음이. 늘어지는 몸과는 달리 마음에서는 압력밥솥이 계속해서 증기를 뿜어올리고 있었다.

"미성년자여서 안되고, 보호자 허락 없으면 안되고…… 없는 보호자 허락을 어떻게 받으라는 거니?"

내 목소리는 내가 듣기에도 힘이 없었다. 나무에게 너 때문이 아니라는 뜻을 전하고 싶었다. 내가 날카롭거나 지친 듯 보이더라도 그건 너 때문이 아니야. 나무는 지갑을 뒤적이더니 주민등록증을 꺼내 내밀었다.

"이거 받아. 사촌언니 거야."

한미래. 810321, 그렇게 시작하는 주민등록증에는 우리와 비슷해 보이는 여자아이 얼굴이 있었다. 디지털파마에 주홍빛 염색까지 한 지금 나무보다 사진 속 사촌언니가 어려 보였다.

"몰래 빌려쓰는 거야. 언니는 학생증이랑 면허증 있으니까. 그 사진, 너랑도 비슷해 보여."

나는 나무에게 고마워해야 옳을 것이다. 그러나 속에서는 전혀 뜻밖의 목소리가 올라왔다. 너는 없는 게 없구나, 사촌언니도, 신분증도. 이런 걸 가지고 있으면서 이제야 내놓다니. 나무를 통해 나의 결핍을 확인받는 것이 싫었다. 나무는 여전히 다정한 눈빛으로 나를 건너다보았다.

"지금 한번 사용해볼래, 한미래?"

나는 나무의 제안대로 몸을 일으켰다. 속맘을 누르며 패스트푸드점을 나와 번화가 안쪽으로 걸어들어갔다. 얼마 지나지 않아 출입문에 구인광고를 붙인 편의점이 보였다. '주말(토, 일) 일하실 분. 12:00~09:00. 시급 조정 가능.' 나무가 먼저 유리문을 열고 들어갔다.

주인은 의외로 젊은 아저씨였다. 그는 한밤 근무가 가능하겠느냐고 거듭 확인한 뒤 내 얼굴과 주민등록증 사진을 번갈아 바라보았다. 나는 한미래라는 사촌언니 이름을 입 안에서 굴리고 있었다. 주인아저씨는 그러나 단 한 번 사진과 얼굴을 대조한 뒤 내 연락처를 물었다. 연락할 테니 돌아가서 기다리라고 했다. 입가에 절로 웃음이 벙글어졌다.

거리로 나오자 오후의 봄햇살이 가로수 위에서 빛나고 있었다. 빛을 반사하는 나뭇잎들이 초록빛이 되었다기 온빛으로 보였다가 했다. 나뭇잎들은 재즈댄써처럼 춤추었다. 그제야 나는 전날부터 궁금하던 것을 나무에게 물어보았다.

"그런데 왜 그랬어? 할머니, 할아버지한테 어른이 되는 것에 대해 물어봤던 거."

나무가 무슨 말이냐는 듯 나를 돌아보았다. 큰 눈이 더욱 커지면서 맥빠진 듯한 표정을 지었다. 그저 궁금한 것을 물었을 뿐인데 돌아오는 과민반응이 신경에 거슬렸다.

"작정한다고 해서, 애쓴다고 해서 어른이 되는 건 아니라고 가르쳐주고 싶었어?"

내면의 압력밥솥이 다시 수증기를 뿜어올렸다. 뜨거운 물방울이 공중으로 튀어올랐다. 여러 방향으로 흩어지는 물방울 중 한

118

두 개가 나무 얼굴에 맞은 것 같았다. 나무는 손바닥으로 얼굴을
쓸었다.

"아무 뜻 없었어. 네가 어른이 되는 것에 대해 말하기에 나도
궁금해서 여쭤봤던 것뿐이야."

나무는 정말 놀란 듯 목소리까지 잦아들었다. 나는 나무의 말
이 진심이라는 것을 알고 있었다. 그럼에도, 나무에 대한 믿음과
속에서 올라오는 분노의 마음은 서로 다른 것이었다. 둘은 서로
를 전혀 모른 체하며 저마다의 길로 한껏 내달렸다.

# 국화를 시들게 하는 법

누군가 내게 국화를 시들게 하는 법, 갈매기를 날지 못하게 하는 법, 숲을 황량하게 만드는 법을 물어봤으면 좋겠다. 부모를 떠나보내는 법, 친구를 화나게 하는 법도 물어봤으면 싶다. 나는 잘 대답할 수 있을 것 같다. 내가 그렇게 했다고 큰 소리로 대답하고 그에 합당한 벌을 받고 싶다. 정작 궁금한 것은 왜 아무도 내게 벌을 주지 않는가 하는 것이었다. 내가 낯선 곳, 낯선 감정을 향해 내달리는데 아무도 제동을 걸지 않았다.

편의점에서는 일주일 만에 연락이 왔다. 내가 도착하자 편의점 주인은 문에 붙였던 구인광고를 떼어 진열장 맨 위칸에 올려놓았다. 나는 저녁 아홉시부터 진열대, 창고, 카운터를 견학하고 그날 자정부터 일을 했다. 두 대의 계산대 중 한 대에는 대학생으로 보이는 남자가 있었다. 그는 틈날 때마다 헤어스타일을 다듬 었다.

나는 계산대에 선 채 맥주와 오징어포의 바코드를 찍었다. 컵 라면 두 개 값을 계산했고, 한 통의 아이스크림을 팔았다. 물건을 산 손님들은 간이 테이블에서 컵라면을 먹거나 가게 앞 파라솔 의자에서 맥주를 마셨다. 자정부터 두시 사이는 잠시도 계산대를 비울 수 없게 손님이 이어졌다. 자정에 가글액을 사러 오는 사람 도 있었고 새벽 한시에 식용유를 사가는 사람도 있었다.

그 일을 하면서 나는 어쩐 일인지 손님들에게 자주 화가 났다. 우유 하나를 사면서도 삼십원짜리 비닐봉지를 사서 담아가는 사 람에게 화가 났다. 엄마는 늘 작은 시장바구니를 가지고 다녔고 시장바구니가 없을 때 상점주인이 비닐봉지에 담아주려 하면 그 냥 들고 가겠다고 했다. 나도 과자나 음료수를 살 때 "그냥 들고 갈게요"라고 말하는 게 몸에 뱄다. 그런데 사람들은 "포장백 별 도 삼십원입니다"라고 말하면 늘 고개를 끄덕였다. 그때마다 비 닐봉지를 집어던질 것 같은 충동이 일었다.

편의점 계산대에 서 있는 동안 나는 계속 화난 상태였다. 내가 일하는 시간이 밤이었기 때문인지도 모른다. 엄마는 밤이면 이성 이 마비되고 감정이 춤추는 시간이어서 밤에 쓰는 편지는 부치지 말라고 말했다. 모든 범죄가 밤에 일어나는 것도 천사가 잠들고 악마가 활동하는 시간이기 때문이라고 했다. 자정에 일하게 된 첫날부터 나는 밤이 갖는 위력을 실감했다. 편의점 계산대에 서

자마자 나는 다른 사람이 된 것 같았다.

나는 편의점에 오는 사람들이 마음에 들지 않았다. 모든 사람들에게서 미워할 트집거리를 찾았다. 어떤 남성은 몸도 가누지 못할 정도로 취한 채 또 술을 찾았고, 어떤 청년은 음료수 하나 사면서 냉장고 안의 병을 모두 뒤적였다. 어떤 사람은 이거 얼마야? 하면서 함부로 반말했고, 어떤 사람은 목소리에서 거친 쉿소리가 났다. 어떤 여성은 키가 너무 작았고, 어떤 여성은 얼굴도 몸매도 지나치게 예뻤다. 나는 그 모든 사람들이 싫었다. 그들이 나를 공격하거나 해를 끼치지도 않았는데 무작정 그들이 밉고 보기 싫었다.

자정부터 시작된 분노는 바쁜 시간이 지나면 좀 가라앉았다. 손님이 뜸해지는 세시쯤 되면 사방이 조용해지고 어둠이 더 짙어졌다. 그 시간이면 화난 마음이 외로움으로 변했다. 사람들이 모두 어딘가에서 홀로, 타인이나 세상과 동떨어진 채 잠들어 있다고 생각하면 우리가 얼마나 외로운 존재인지 실감되었다. 자기 안에 고스란히 갇혀 잠든 사람이나, 잠들지 못한 채 깨어 있는 사람이나. 그런 때면 사람들이 외롭기 때문에 서로 미워하는지, 서로 적대적이기 때문에 저마다 외로운지 궁금했다.

그런 시간이면 편의점 문을 열고 나가 가로수 둥치에 등을 기대고 깊이 숨을 들이쉬었다. 플라타너스가 무슨 이야기를 들려주지는 않았지만 나뭇잎의 시선으로 편의점을 들여다볼 수는 있었다. 상점이 마치 섬처럼, 파도에 실려 바다를 표류하는 배처럼 보였다. 오래 보고 있으면 멀미하듯 울렁증이 일었다. 그런 시간이면 횡단보도를 건너 대각선 모퉁이에 있는 파출소도 위안이 되었다. 그런 시간이면 헤어스타일에 신경쓰는 계산대 남자나, 길거리에 서 있는 플라타너스하고도 사랑에 빠질 것 같았다. 그리고 그런 시간이면 나무가 활짝 웃으며 출입문을 열고 들어설 것 같았다. 엄마 아빠가 유리창 바깥 어둠속에서 편의점을 들여다보고 있는 것도 같았다.

결국 나무는 떠났다. 처용포 앞바다에 기름유출 사고가 있던 날이었다. 김칫거리를 다듬던 왕고래집 할머니가 긴 고무장화를 신고 긴 집게와 양동이를 들고 부두 쪽으로 달려갔다. 장포수 할아버지와 노인정에서 장기 두던 할아버지들도 그쪽으로 갔다. 부두에 도착하니 해양경찰, 항만청, 우체국 등 근처 공무원들이 나와 있었다. 어디선가 방제포가 날라져오고, 어떤 이는 고무장화와 고무장갑을 실어다놓았다. 주민과 공무원 들은 저마다 장화와 장갑을 착용하고 배에 올랐다.

처용만 바깥 바다에서 기름유출 사고가 있었다고 했다. 작은 배가 좌초되었는데 그 배에 실려 있던 기름이 새어나와 해류를 타고 만 쪽으로 흐르고 있다는 거였다. 내륙 깊숙이 팬 만은 한번 오염되면 회복이 더뎠다. 바지선, 해안경비정, 어선이 모두 동원되어 복주머니 같은 만 입구 쪽으로 나가 방제포를 깔고, 긴 막대기와 집게로 저어가며 방제포를 거둬들였다.

부두에는 큰 드럼통이 준비되었고 가장 먼저 출항했던 경찰선이 돌아와 기름 먹은 방제포를 드럼통에 부었다. 양동이 열 개나 되는 방제포를 쏟아 드럼통을 반쯤 채운 후 경찰선은 다시 바다로 나갔다. 나는 나무와 함께 부두에 서 있었다. 무슨 일이든 하고 싶었지만 방법을 몰랐고, 아무도 어떤 일도 시켜주지 않았다. 이런 때 무슨 일을 해야 하는지를 스스로 알아차리는 게 어른일 텐데, 생각하면서 그냥 서 있었다.

비슷비슷하게 들어온 서너 척의 배들이 방제포를 드럼통에 비우고 돌아간 뒤였다. 누가 떨어뜨리고 갔는지 알 수 없는 갈매기 한 마리가 방제포와 함께 씨멘트 바닥에 떨어져 있었다. 흰 날개에 검은 기름이 묻어 반쯤은 까마귀처럼 보였다. 태어나 처음 바다로 먹이사냥 나갔던 아기 갈매기 미음이 이럴까. 전날 했던 생각을 떠올리며 나는 이끌리듯 갈매기 옆에 쭈그려앉았다. 갈매기 가슴이 약하게 오르내리고 있었다. 기름 묻어 무거워진 날개가 미미하게 움찔거렸다. 내가 보는 동안 갈매기가 잠깐 눈을 떠서 주변을 살피기도 했다. 나는 갈매기를 받쳐안고 티셔츠 자락으로 날개를 닦았다. 날개를 활짝 펼쳐 겨드랑이 아래쪽도 닦았다. 눈가에 묻은 기름은 손가락으로 눈곱 닦듯 닦아내었다. 그런 다음 손바닥을 펴 갈매기 가슴을 쓰다듬었다. 그때 나무가 내 손에서 갈매기를 채어갔다.

"그만 해. 이미 죽었어."

그 순간 왜 그랬는지 모르겠다. 나는 나무의 손에서 도로 갈매기를 채어오면서 소리쳤다.

"어떻게 그렇게 단정할 수 있어? 이 새가 죽었다고 네가 어떻게 확신해?"

마음에서 브레이크 장치가 또다시 고장나고 있었다.

"이 갈매기가 얼마나 힘들고 무서웠을지 상상해봤어? 잠깐이라도 새의 입장이 되어봤어?"

나무는 손을 앞으로 내민 자세 그대로 가만히 있었다. 얼어붙은 듯 눈동자도 움직이지 않았다. 나 역시 몸이 굳었다. 굳은 채 딱딱해진 몸이 바람에 흔들리듯 앞뒤로 떨렸다. 잘못하고 있다는 것을 알면서도 멈출 수가 없었다.

"네가 뭔데 새에게 죽음을 선고하니? 무슨 자격으로?"

그제야 나는 말을 중단했다. 나무가 갈매기에게 죽음을 선고한 게 아니었다. 나무가 갈매기를 죽인 것도 아니었다. 나무가 갈매기를 매개로 나를 모욕한 것도 아니었다. 나무에게 화낼 일이 아니었다. 간신히 입을 다물었지만 화가 가라앉지는 않았다. 거칠고 뜨거운 바람이 내면에서 계속 회오리치고 있었다.

"니은아, 너 지금 힘들다는 거 알아. 빨리 네 마음이 편안해졌으면 좋겠어."

그 시점에서 나무가 그런 말을 한 것은 결정적인 실수였다. 그것은 위로가 아니라 모욕이었다. 적어도 내게는 그렇게 들렸다.

"잘난 척하지 마. 네가 뭔데 내 마음에 대해 이러쿵저러쿵 단정하니? 세상이 만만해? 내가 바보로 보여?"

말을 하면서도 도대체 누구에게 무슨 말을 하는가 싶었다. 나무의 낯빛에 번개 맞은 듯한 충격이 지나갔다. 이내 폭우를 뒤집어쓴 듯 슬픈 얼굴이 되었다. 그런 표정조차 마음에 들지 않았다.

"착한 척하지 마. 피해자인 양 굴지 마."

내가 어디까지 파괴적이고 공격적인 사람인지 알 수 없었다. 입을 열 때마다 치명적인 것들이 튀어나갔다. 칼날, 표창, 독침 같은 것들이 내면에 그렇게 많은지 처음 알았다. 나무는 몸을 돌려 내게서 멀어졌고 그길로 서울로 돌아갔다. 나는 나무를 잡을 수 없었다. 그 순간에도 내면에서는 칼날들이 회오리치고 있어, 내 손이 닿으면 나무가 더 크게 다칠 게 분명했다.

밤새도록 편의점 계산대에 서 있으면 내면에 있는 것들이 차례차례 나타났다 사라지곤 했다. 시끄러운 오리떼나 일그러진 거울, 수증기를 내뿜는 압력밥솥 같은 것들 말이다. 방향 없이 날아가는 표창, 혼자 웅크리고 죽은 갈매기 같은 것도. 마음으로는 벌써 몇번이나 초콜릿 상자를 뒤집어엎고 과자봉지를 짓밟았는지 모른다.

오렌지주스 병을 깬 것도 몸 안에 든 것들이 소용돌이치고 있을 때였다. 손님이 집어온 주스병에 바코드 기계를 대는 순간 병이 테이블 밑으로 굴러떨어졌다. 내면의 분노가 조절되지 않듯 근육의 힘도 제멋대로였다. 손님한테 거듭 사과하고, 깨진 유리병을 치우고, 주스값을 계산하면서도 마음이 가라앉지 않았다. 분노가 조절되지 않는 것보다 더 답답한 것은 왜 화가 나는지, 무엇을 향해 화가 나는지 짚어낼 수 없다는 점이었다. 단지 내가 내

126

면의 소용돌이에 잡아먹히는 느낌만이 생생했다.

　새벽 네시쯤이면 편의점에 새로운 손님들이 오기 시작했다. 그 시간이면 옆 계산대의 남자직원은 화장실에 가서 세수를 하고 머리에 물을 묻히고 나왔다. 그 시간이면 나는 몸이 낙엽처럼 바삭바삭해진 느낌이 들었다. 네시가 조금 넘자 아주머니 한분이 바지 허리춤을 잡고 들어와 옷핀을 파는지 물었다. 아주머니는 휴대용 반짇고리를 사서 그 안에 든 옷핀을 꺼내 허리춤에 꽂았다. 그러고는 바지춤을 바로잡으며 나를 향해 희미하게 웃어 보였다. 나는 아주머니의 연약해 보이는 웃음이 마음에 들지 않았다.

　잠시 후 청바지에 흰색 실밥을 묻힌 청년이 컵라면과 담배를 사러 왔다. 그는 늘 그 시간에 들어와 컵라면 다섯 개를 사갔다. 편의점 옆 건물 지하에 있는 작은 공장이 그의 일터였다. 거리에서 창을 통해 내려다보이는 지하 공장에는 가로세로 움직이며 자동으로 천을 짜는 편물기계가 다섯 대 있었다.

　시간이 조금 있으면 손수레를 끌고 지나가는 할아버지가 왔다. 할아버지는 따뜻한 우유를 한잔 마신 뒤 편의점에서 내놓은 빈상자들을 납작하게 접어 손수레에 싣고 갔다. 할아버지는 편의점 옆 약국에서 내놓은 상자도, 그 옆 분식집에서 나오는 상자도 모두 챙기며 거리를 지나갔다.

　물론 나는 그들도 마음에 들지 않았다. 싫은 이유를 대라면 백 가지도 넘게 꼽을 수 있었다. 그들이 새벽 찬바람을 마시며 일하는 것도, 새벽부터 일하는데도 여전히 가난해 보이는 것도, 힘없는 걸음걸이도, 공연히 미안해하는 표정도 다 마음에 들지 않았다. 무엇보다 싫은 것은 희미하게 밝아오는 여명이었다. 창이 밝아오면서 실내의 형광등이 빛을 잃는 한순간이 있었다. 그 순간이면 몸이 오그라들듯 마음이 위축되었다.

그 시간이면 이제 결코 나무가 출입문을 열고 들어서지 않겠구나 하는 생각이 들었다. 그 시간이면 창밖에서 실내를 지켜보던 엄마 아빠가 떠나야겠구나 싶었다. 첫닭이 울면 사라져야 하는 혼령들이 가여웠고 그런 생각을 하는 내가 참을 수 없었다. 빛과 함께 스러지기 전, 혼령들이 유리창 너머에서 마지막 시선을 던지고 있다는 생각. 벌써 사흘째 새벽마다 나는 그런 생각을 떨칠 수 없었다. 정신나간 생각이라는 것을 알면서도 아쉬운 마음으로 유리창 너머를 두리번거렸다. 분노보다도, 외로움보다도 그런 상태가 가장 견디기 어려웠다. 그런 순간이면 편의점을 통째로 들어올려 찻길 쪽으로 집어던질 수도 있을 것 같았다. 편의점을 통째로 집어던지는 대신 나는 카운터 옆 온장고에서 따뜻한 깡통 하나를 꺼냈다. 마음속에서 소용돌이치는 칼날이며 표창 들을 모두 모아 음료수 깡통과 함께 유리창을 향해 집어던졌다.

# 지난날 내린 눈은 어디 있는가

초록색 신발주머니, 오래도록 안고 잤던 곰인형, 무지개색 우산…… 나는 벽에 기대앉아 한때 내 것이었던 것, 그러나 이제는 잃어버린 것들을 짚어보았다. 작년에 공원에 만들어둔 눈사람, 아빠가 선물해준 윤선도 화집, 중학교 때까지 탄 자전거. 그것들은 다 어디로 갔을까. 가장 최근에 잃은 엄마, 아빠 그리고 나무까지도.

잃은 것이 또하나 있었다. 일자리. 고작 사흘 일하고 잘렸을 뿐인데도 실직의 고통을 말하는 사람을 이해할 수 있을 것 같았다. 실직이란 단순히 일거리를 잃는 것만이 아니었다. 나의 가치가 거부당한 느낌, 돈을 벌 수 없다는 불안감, 당장 시간을 어떻게 보내야 할지 모르는 막막함이 있었다. 세상에서 밀려난 듯한 소외감도 느껴졌다.

내가 깬 편의점 유리창은 고모가 달려와 보상했다. 선처를 부탁한다면서 편의점 주인과 경찰에게 거듭 사과하는 고모를 보고 있자니 미안했다. 선처가 잘 이루어지지 않자 고모는 내가 얼마 전에 교통사고로 부모를 동시에 잃었다는 사실을 동원했다. 고모가 비겁하게 느껴졌지만 그 사실 때문에 갑자기 선처가 이루어진 점도 불쾌했다. 나는 세상 모든 곳, 모든 상황, 모든 사람이 마음에 들지 않았다.

알바 자리를 잃은 후 나는 집 안에 죽치기 시작했다. 나 자신에게 너무 놀라서, 세상 어디를 향해 표창을 날릴지 알 수 없어서 문밖에 나가기가 두려웠다. 내가 집 안에 머물기 시작한 뒤 왕고래집 할머니는 더 자주 집에 들렀다. 새벽에 고양이와 강아지 들에게 밥 주러 가는 길에 들렀고, 오전에 한글교실 가면서 또 들여다보았다. 오후 한두시쯤이면 숙제를 들고 왔다. 가끔은 야채 다듬는 일거리를 가지고 오기도 했다. 어떤 날은 마늘을 한 접이나 가지고 와서 다 까달라고 부탁했다.

오늘은 왕고래집 할머니 짐보따리가 더 커 보였다. 머리에는 함지를 이고 손에는 커다란 들통을 들고 왔다. 함지에는 감자가, 들통에는 해물이며 밀가루, 동동주 등이 담겨 있었다. 할머니는 물건들을 부엌에 내려놓고 함지에 얹어가지고 온 한글 공책과 필통을 밥상에 갖다놓았다.

"니은아, 이리 와서 내 숙제 좀 보거라."

할머니는 공책을 펼쳐서 내 쪽으로 밀어주었다. 나는 벽에 기대앉은 채 엉덩이를 뭉그적거리며 시간을 끌었다. 할머니 숙제를 볼 때마다 이상하게 마음이 흔들리곤 했다. '내가 화날 때'라는 숙제부터 보는 게 아니었다. 우연인지 몰라도 그 숙제를 본 뒤부터 화가 나기 시작했다. 이미 몸 안에 화가 나 있었는데 글자들을 보는 순간 그것들이 바깥으로 뛰쳐나왔는지도 모른다.

아직도 화가 가라앉지 않은 상태에서 본 할머니의 다음 숙제는 '내가 슬플 때'였다. 할머니는 숙제를 두 줄 썼는데 '예전에 시집살이할 때 나물하러 가서 양지쪽에 앉아 있을 때'와, '우리 영감 병들어 고생한 거 생각하면'이었다. 단 두 줄이었는데도 읽는 동안 이상한 느낌이 왔다. 몸이 나른해지면서 어깨 쪽이 근질근질하더니 이어 콧날이 시큰거렸다. 온종일 바닷가에 앉아 있던 일이 떠오르면서 그때의 막막함이 되살아났다.

그런데 지난주에 할머니는 더 복잡한 숙제를 들고 와 '우리 선생님' 말투까지 흉내냈다.

"어머님들 늘 그렇게 말씀하시지요? 내가 살아온 이야기를 책으로 쓰면 열 권도 넘게 나올 거라고. 바로 그 이야기를 써오시는 거예요. 그렇다고 책 열 권 분량을 쓰라는 말씀은 아니에요. 공책 열 장은 써야 하지만 부담도 갖지 마시고요. 쓰고 싶은 대로, 쓰고 싶은 만큼만 쓰시면 됩니다."

할머니의 선생님은 마치 초등학생 대하듯 학생들을 다루는구나 짐작했다. 할머니는 공책 맨 위칸에 '나의 이야기'라고 제목을 써놓고 그 아래를 빈칸인 채로 두고 있었다. 그 숙제에는 특별히 더 부담을 느끼는 것 같았다. 사실은 할머니의 제목을 볼 때부터 나도 마음속에서 이상한 무게를 느끼고 있었다. 할머니의 '우리 선생님'은 숙제를 내일도, 모레도 계속해서 이번 한글교실 끝날 때까지만 내면 된다고 했다.

"말로 할 때는 줄줄 나오던 이야기가 막상 쓰려고 하면 한 줄도 안된다. 니은아, 긴 글 쓰는 방법은 따로 있나?"

"긴 글도 말하는 그대로 한 자씩 쓰면 돼요. 할머니 말씀하시는 그대로요."

할머니는 여전히 답답한 눈빛으로 나를 건너다보았다. 나는 할머니의 연필을 집어들었다.

"할머니가 전번에 이렇게 말씀하셨잖아요. 나는 염주가 좋다. 이렇게 정답게 생긴 물건이 또 있을까? 그렇게 말하는 대로 한 자씩 쓰면 되는 거예요."

나는 빈종이에 나, 는, 염, 주, 가, 좋, 다,를 발음과 함께 한 글자씩 천천히 써 보였다. 할머니는 고개를 끄덕이며 집중해서 내 손을 보고 있었다. 그러더니 내가 내려놓은 연필을 들고 공책에 이렇게 썼다. 나, 는, 첫, 정, 이, 무, 섭, 다. 그 문장이 스윽, 가슴을 베고 지나갔다. 나는 새삼 할머니 얼굴을 바라보았다. 일흔살이 훨씬 넘었는데도, 주름과 검버섯이 가득한데도 여전히 귀여워 보이는 그 얼굴을.

할머니는 그날 밤 내가 잠들 때까지 밥상에 앉아 글을 썼다.

나는 첫정이 무섭다. 잠자리에 눕자 다시 그 문장이 떠올랐다. 왕고래집 아주머니 말대로 할머니는 총기가 있는 것 같았다. 요즘 세상에 태어나 공부했다면 국회의원이 아니라 시인이 되었을지도 모른다. 내가 잠자다 깨어 화장실에 다녀올 때도 할머니는 여전히 밥상에 앉아 있었다.

새벽에 일어나니 할머니는 보이지 않고 공책만 밥상에 놓여 있었다. 나는 양치질을 하면서, 세수를 하면서 자꾸 그 공책으로 시선이 돌아갔다. 할머니도 없는데, 할머니 허락 없이 봐서는 안 되는데 생각하면서 궁금증을 증폭시켰다. 나는 첫정이 무섭다. 그 문장 때문이었다. 결국 밥상 앞에 쭈그리고 앉아 할머니 공책을 펼쳤다.


"나는 첫정이 무섭다. 세상에 무서운 게 없는데. 많은 일도 뚝딱 해치우고 독한 욕을 먹어도 괜찮은데. 예전에 산길에서 늑대를 만났을 때도 무섭지 않았다. 헌데 나는 첫정이 무섭다.

정에는 여러 질이 있지. 고운 정, 미운 정도 있고, 낳은 정, 기른 정도 있다. 나는 세상에서 제일 질기고 무서운 게 첫정이다. 범을 만나도 그렇게는 무섭지 않을 기라. 우리 영감 끝까지 나한테 마음을 주지 않았지. 당신의 그 첫정 때문에. 영감한테는 따로 첫정이 있고, 내겐 영감이 그 더러운 첫정이어서. 영감은 죽는 날까지 첫정을 품고 있다가 무덤 속까지 가지고 갔지. 혼령이 있다면 훨훨 날아가겠다고 버릇처럼 말하더니만, 기어이 가버린 모양이다. 꿈에 한번 안 뵈는 거 보면.

　열다섯에 영감한테 시집왔다. 고향은 함안이지. 본도 함안이고. 우리 아버지 독립운동 한다고 만주 가 소식 없고, 엄마 혼자 자식 데리고 고생 많았다. 나 하나라도 배곯지 말라고 시집보낸다는데, 안 가겠다고 못했다. 입 하나라도 덜어야 했으니까.

　첫눈에 영감이 좋더라. 서른 넘은 홀아비라도 내 좋으면 됐지. 보고만 있어도 배가 불렀다. 죽은 전처 제사지내는 것도 좋았다. 아들 낳으면 정이 옮겨간다는데 나는 안 그랬다. 아들은 아들대로 이쁘고 영감은 영감대로 좋았지. 일찍 보내려고 그렇게 정을 쏟았는가 시집간 지 다섯 해도 안 가 영감이 병들었다. 늑막염인가 뭐라는데 내 생각에는 그게 꼭 마음 병 같았다. 죽은 마나님 못 잊어 생긴 병이지. 그래 인동초하고 다른 약재들, 한의원에서 시킨 대로 달여 먹였더니 맥주처럼 흰 거품이 부글부글한 소변을 보고 늑막에 찬 물은 다 빠졌다고 했다. 한시름 놨는데 그 한의원에서 가슴 사진을 찍어보라고 했다. 자기네는 찍을 수 없다고.”


　맞춤법이 틀리고 필체가 흔들리는 연필 글씨로 공책 두 장이 빼곡히 채워져 있었다. 공책을 읽는 동안 나도 모르게 자주 한숨이 나왔다. 할머니는 시인이 아니라 소설가가 되는 게 나을 듯했다. 공책 위에 정체를 알 수 없는 얼룩이 있어 공연한 상상력이 일기도 했다. 아니, 내 눈물이 공책에 떨어질까봐 조심했다. 그리고 결심했다. 다시는 할머니 숙제를 보지 말아야겠다고. 그런데

134

할머니가 또 밥상 위로 공책을 밀어놓았다.

"니은아, 그것 좀 읽어봐다오. 틀린 글자도 골라주고."

할머니는 씽크대로 돌아가 감자를 씻어 찜기에 넣고 그것을 가스레인지에 올려놓았다. 파를 다듬어 씻어놓은 뒤 해물도 씻고 마지막으로 밀가루를 반죽하기 시작했다. 할머니는 적어도 삼십 분은 씽크대 앞에 서 있을 것 같았다. 파를 프라이팬에 놓고 그 위에 밀가루 반죽을 두르고, 그 위에 다시 오징어, 조개, 굴 등을 얹었다. 고소한 냄새가 집 안 가득 퍼졌다. 나는 침을 꿀꺽 삼키며 결국은 공책 앞으로 다가앉았다.


"영감, 그래 우리가 서울 올라가서 큰 병원에서 사진을 찍었잖소. 당신 슬픔이 죄다 폐에 모여서 병이 된 거라고. 그게 부자병이라고 하잖소. 돈 많이 드는 병이라고. 내 정말 당신을 위해 안 한 게 없었지. 뱀을 사다가 구워서 가루내서 마시게 하고, 태반도 구해다가 야채랑 볶아서 먹게 하고, 지금 생각해보면 어떻게 그 일을 했는지. 민물장어도 고아 먹였잖소. 가마솥에 참기름을 두르고 달궈서 그 기름에 장어를 넣으면 장어들이 탁탁 튀어올랐지. 장어가 힘이 얼마나 센지 솥뚜껑이 열리면서 밖으로 튀어나왔지. 놈들은 부엌바닥을 멋대로 기어다녔고 아궁이 속으로, 장작더미 밑으로 들어갔잖소. 그러잖아도 미끄러운 몸뚱이에 참기름까지 발랐으니, 잡았다 싶으면 빠져나가고 잡았는가 싶으면 저만큼 달아나 있고. 저것도 다 생명인데 영감 살리자고 한 목숨 모질게도 절단내는구나 싶고.

　나중에는 내가 주사도 배웠지. 내 손으로 당신 팔뚝에 주삿바늘 꽂을 때 우리 둘 다 손을 벌벌 떨었잖소. 영감은 내 솜씨가 못 미더워 그랬고 나는 혈관이 잘 찾아지지 않아 그랬고. 앓는 당신도 꼬챙이처럼 말라가고 병구완하는 나도 당신처럼 마르고. 그놈의 첫정. 내 몸 하나 애써서 당신이 낫는다면. 그놈의 첫정. 신을 그렇게 모셨으면 복받았을 거고, 돈을 그렇게 귀히 여겼다면 부자 됐을 거요. 영감도 그놈의 첫정 때문에 병들었으니."


　할머니 숙제는 거기서 끝나 있었다. 전번까지는 서술형이던 문장들이 갑자기 한아버지한테 말하는 투로 바뀌어 있었다. 숙제가 완성된 것인지 중단된 것인지도 알 수 없었다. 복잡한 감정이 일었지만 그중 가장 분명한 것은 더이상 읽고 싶지 않다는 것이었다. 할머니 글이 마음을 불편하게 하는 이유가 무엇인지 알 수 없어 더 답답했다.

　"다 읽었나? 어디 틀린 데 있으면 말해다오."

　할머니는 해물파전 한 장을 접시에 담아가지고 와서 내 앞에 앉았다. 나는 할머니한테 재미있게 읽었다고만 말씀드렸다. 틀린 글자가 더러 보였지만 그건 할머니의 '우리 선생님'이 고쳐주실 거였다.

　"먹거라. 그런데 니은아, 글을 쓴다는 게 원래 그런 기가?"

　나는 해물파전을 우물거리며 할머니를 건너다보았다. 저렇게

순하고 귀여운 할머니가 한때 누군가를 그토록 사랑했구나, 그런
생각이 밀물처럼 아스라이 밀려들었다.

"글을 쓰다보니 마음이 이상해지더라. 그냥 글자만 쓰는 거라
여겼는데 그게 아니더라. 마음을 깊이 뒤집어 밭을 가는 것도 같
고, 맘속에서 찌개를 끓이는 것도 같고."

할머니가 무슨 말씀을 하시는지 알 것 같았다. 나는 잘 모르겠
다고 말씀드렸다. 나 역시 그것을 이해하기 위해 애쓰는 중이었
으므로. 할머니는 곰곰 생각하는 낯빛으로 주방으로 돌아가 계속
해물파전을 만들었다.

나는 좀전과 같은 자세로 벽에 기대앉아 방금 읽은 할머니의
글을 생각했다. 할머니는 원이 없을 것 같았다. 할아버지를 잃지
않기 위해 할 수 있는 노력을 다했으니 후회나 죄의식도 없을 것
이다. 내가 나쁜 아이여서 엄마 아빠가 떠났을 거야. 내가 좀더
잘했다면 엄마 아빠를 잃지 않았을 텐데. 그런 종류의 감정 말이
다. 준비되지 않은 때에 예상치 못하게 찾아오는 이별이 최악 같
았다. 손쓸 틈도 없이 불가항력적으로 찾아오는 상실들.

이제 나는 어쩌면 엄마 아빠를 이해할 수도 있을 것 같았다.
엄마가 잃은 강아지나 아빠가 잃은 바다도 손쓸 틈 없는 상실이
었을 것이다. 아빠에게 바다를 잃는다는 것은 다만 거대한 푸른
물과 그 속에 사는 생명체들을 잃는다는 뜻만이 아니었다. 몸에
와닿는 파도의 감촉, 입 안으로 들어오는 짜고 비린 맛, 손가락
사이에서 살강거리는 모래알 소리…… 그런 모든 감각을 빼앗긴

다는 뜻이었다. 오감과 기억과 삶 일부를 잃는 거였다. 바다에서 올라오는 신비한 이야기까지. 강아지를 잃는 일도 마찬가지일 것이다. 엄마는 강아지와 나눈 시간, 교감, 애착을 몽땅 잃었다. 열 살쯤 되는 아이에게 그것은 존재의 절반을 잃는 경험이었을 것이다. 진작 알아차렸더라면 이십년씩이나 울지 못했다는 엄마를 예민하다고 몰래 비웃지 않았을 텐데 싶었다.

여전히 벽에 기대앉은 채 나는 잃은 것들을 어떻게 해야 하는지 생각했다. 예전에 탔던 노란 자전거가 몹시 그리울 때, 어린시절 곰인형을 다시 안고 싶을 때, 작년에 내린 눈을 다시 한번 만지고 싶을 때, 그런 때 어떻게 해야 하는지 알 수 없었다. 그때마다 누군가 가슴을 한 삽씩 퍼가도록 내버려둬야 하는지.

"니은아, 이거 고래배에 갖다줘라. 오늘 고래배가 분주하다."

할머니가 부르는 소리에 나는 몸을 일으켰다. 할머니는 커다란 찬합에 삶은 감자와 해물파전을 담았다. 냉장고에서 막걸리도 꺼내 비닐봉지에 넣어주었다. 양이 꽤 많았다. 내가 방문을 나설 때 할머니는 다시 밥상에 앉아 공책을 끌어당겼다.

할아버지는 고래배 바깥에 페인트를 칠하고 있었다. 할아버지가 직접 칠하는 게 아니라 도장장이 두 사람을 고용하여 일을 시키는 중이었다. 도장장이들은 긴 밧줄 끝에 매달려 있었다. 밧줄에 사각형 나무판이 매달려 있고 그 위에 앉아 두 다리로 배에 디뎌 몸을 고정한 채 작업했다. 고래배는 허리쯤을 경계로 위쪽은 감색으로 아래쪽은 자주색으로 칠해지고 있었다. 단장중인 고래배는 화사한 봄빛을 받아 금방이라도 바다로 헤엄쳐갈 듯 싱싱해 보였다. 배 주변에는 페인트통이며 밧줄이며 사다리가 늘어져 있고 할아버지는 그것들 사이에 서서 배를 올려다보고 있었다.

내가 다가가자 할아버지는 내 손에서 물건을 받아들더니 노인회관에 가서 신문지를 좀 얻어오라고 했다. 신문지를 얻어가자 그것을 갑판에 나란히 펼쳐놓게 했다. 날아가지 않게 무거운 물건으로 네 귀퉁이를 누르고 나자 도장장이 아저씨들을 불렀다. 도장장이 아저씨와 그들을 돕기 위해 함께 온 사람, 지나가다 참견하던 아저씨까지 모두 여섯 명이 갑판에 둘러앉았다. 할아버지는 찬합에 든 음식물을 펼쳐놓았다. 삶은 감자, 해물파전, 동동주뿐 아니라 김치와 회무침이 있었다.

할아버지는 이제 고래배를 내주기로 결심한 듯 보였다. 그러기에 고래배를 저토록 깨끗이 손보는 거지 싶었다. 엄마도 사용하지 않는 물건을 재활용쎈터에 갖다줄 때는 보통때보다 더 깨끗이 빨고 단추까지 살폈다. 나는 선수에 앉아 포장 벗긴 고래포를 바라보며 할아버지 일행이 식사를 마칠 때까지 기다렸다. 내 속에서 부글거리는 것들에 대해 할아버지한테 물어보고 싶었다.

식사가 끝난 뒤 도장장이 아저씨들은 갑판에 기대어 담배를 피웠고 할아버지는 그릇들을 정리했다. 길가던 아저씨는 다시 갈 길을 계속 간 듯 보이지 않았다. 할아버지를 도와 그릇들을 치우며 나는 벌써 궁금했던 것을 입밖에 내놓았다.

"할아버지, 고래잡이 중단했을 때 그 많던 배들은 다 어떻게 됐어요?"

"정부에서 보상금 주고 사들여 어초로 가라앉혔지."

"어초요?"

"어초는 물고기들이 사는 집이라고 보면 된다. 그때 니 할아버지는 좀 안됐다. 미리 고래배 처분하고 전업했기 때문에 보상을 하나도 못 받았다. 나도 보상금을 안 받았지. 조사포경 하겠다고 신청했으니."

조사포경 이야기는 아빠한테 들어 알고 있었다. 1985년에 국제포경위원회에서 전세계에 포경금지령을 내렸다. 1990년까지 오년간 일시적으로 상업포경을 금지한다는 명령이었다. 그 기간 동안에 처용포에서는 네 척의 배기 상업포경이 아닌 조사포경을 하도록 허가받았다. 조사포경이란 고래 생태를 연구하고 환경을 보존하는 데 필요한 만큼만 고래를 잡을 수 있도록 허락한 조치였다. 몇몇 종류의 멸종위기 고래는 조사포경을 하더라도 잡지 못하도록 금지했다. 국제포경위원회는 각 포경기지마다 감시단을 두고 규제를 지키는지 감시했다.

"조사포경이라 해도 우리야 그저 하던 대로 고래를 잡았다. 달라진 거는 잡은 고래의 무게와 길이를 재고, 가끔 고막이나 아기집 같은 것을 떼서 수산대학에 가져다주는 것뿐이었다. 그걸로 뭐 하는지는 몰랐지."

늘 하던 대로 고래를 잡았으니 당연히 포획금지된 고래도 섞여 있었다. 사나흘 만에 겨우 한 마리 발견한 고래가 금지된 고래면 망설이긴 해도 그냥 보낼 수 없었다. 1987년에 흰수염고래를 잡았을 때 결국 사단이 났다. 할아버지가 오랜만에 큰 놈을 잡아 귀항하는데 어떻게 알았는지 부두에 국제포경위원회 감시단, 수산청 공무원, 경찰 들이 나와 있었다. 방송국 신문사 기자하고, 눈이 파란 외신기자도 있었다. 할아버지가 흰수염고래를 싣고 들어가니 사방에서 플래시가 터지고 호루라기 소리, 확성기 소리가 몰려왔다.

"어찌 그리 귀신같이 알았는지 지금도 모르겠다. 배들의 무선교신을 도청한다는 말도 있고 공중에 띄워둔 위성으로 감시한다고도 하더라. 아무튼 귀신같이 알고 대기중이었다. 전에 집에 있던 장수경 사진 봤지? 바로 그놈이다."

할아버지는 선장과 함께 경찰서에 끌려가 조사받았다. 경위서 쓰고 벌금도 물었다. 벌금이라고 해도 고래 한 마리 값의 십분의 일도 안되니 누구나 벌금 물더라도 고래 잡는 게 낫다고 여겼다. 그렇게 금지된 고래를 몇번 더 잡고 나자 국제포경위원회는 처용포의 조사포경마저 금지했다. 1988년의 일이었다. 온 나라가 올림픽 한다고 축제분위기일 때 처용포는 초상집이었다.

담배 피우던 도장장이들이 다시 일하러 가고 할아버지는 선수 쪽으로 걸음을 옮겼다. 할아버지는 고래포 앞에 쭈그리고 앉아 기름 묻은 걸레로 포신을 닦기 시작했다. 고래포 옆에는 무쇠로 만들어진 작살이 스무 개쯤 놓여 있었다. 나는 작살 옆에 쭈그리고 앉았다.

"할아버지, 그럼 나머지 네 척의 배들은 어떻게 됐어요?"

"정부에서 조사포경 하던 배들도 사들이고 보상금을 줬다. 허나 나는 보상금을 받지 않았다. 대신 이 고래배를 보관하겠다고 했지."

할아버지는 국제포경위원회의 최초 약속을 믿었다고 했다. 오 년간의 일시 금지기간이 지나면 1990년에 꼭 바다에 나갈 수 있을 거라 기대했다. 고래배를 내수면 깊이 옮겨놓던 날 함께 고래 잡던 할아버지 아들이 처용포를 떠났다. 일본이나 노르웨이에 가서 포경선을 타겠다고 했다. 그 나라들은 국제포경위원회의 결정에 동의하지 않은 채 고래잡이를 계속하겠다고 버티고 있었고, 그때도 고래를 잡았다. 나라가 힘이 없으니 국민들도 힘이 없는 거야 왜정 때부터 알았다.

"그런데 약속했던 1990년이 되어도 국제포경위원회는 약속을 지키지 않더라. 고래잡이를 재개하기는커녕, 영영 금지한다고 공표했지. 그해에 내가 많이 늙었다."

할아버지는 이제 작살들을 하나씩 닦기 시작했다. 작살은 우산살처럼 생긴 살이 네 개 달린 형태였다. 끝에는 긴 밧줄이 달려 있었다. 내가 작살을 유심히 보자 할아버지가 작살을 들어 보이며 설명했다.

"포를 쏘면 이게 이렇게 접힌 상태로 고래 몸에 들어간다. 그때 이 끝의 밧줄을 당기면 작살이 고래 몸속에서 우산살처럼 펼쳐지면서 걸리게 되어 있다."

좀 잔인해 보였지만 그런 상상은 길게 하지 않기로 했다. 내게는 다른 궁금한 게 많았으므로.

"할아버지, 그때 같이 고래 잡던 선원들은 어디로 갔어요?"

"다른 배들을 타러 갔지. 오징어잡이 배도 타고, 참치잡이 원양어선도 타고. 그중에는 아예 다른 업종으로 전환한 사람도 있다."

"그중에 할아버지 친구도 있었어요?"

"많았지. 그때 그렇게 연락이 끊겼지만 이제는 다 죽었겠거니 하지."

할아버지는 작살의 살 하나하나를 꼼꼼히 닦았다. 살 하나를 닦는 데 오분쯤 걸리는 것 같았다. 스무 개 작살에 네 개의 살이면 그건 하루종일 걸리는 일거리였다. 이상하게 마음이 느긋해졌다.

"그럼 할아버지, 젊었을 때도 친구를 잃은 적이 있어요?"

"있었지. 일본 고래배 탈 때 그랬다. 그때는 남극까지 조업 갔는데 그때 함께 갔던 배 한 척이 온다간다 말도 없이 사라졌다. 조업하면서 내내 찾아도 보이지 않더라. 그 배에 내 가장 친한 친구가 타고 있었다."

할아버지는 다음해 다시 남극에 갔을 때 바다를 떠다니는 배 한 척을 발견했다. 무선을 보내도 응답이 없기에 가까이 가보니 전해 실종되었던 바로 그 배였다. 위험을 무릅쓰고 올라갔으나 배는 비어 있었다. 찬바람에 마르고 말라 뼈와 껍질만 남은 친구라도 있을까봐 배를 샅샅이 뒤졌다. 적어도 열두 명은 되었을 선원이 아무도 보이지 않았다.

"남극바다에 친구를 묻었다. 첫해보다 그해에 돌아오는 발길이 떨어지지 않더라."

나는 남극 얼음바다에 나무를 묻을 수 있을까 생각해봤다. 내가 화를 내서 나무를 떠나보냈지만 나무가 돌아온다 해도 다시 예전처럼 지낼 자신이 없었다. 나무를 볼 때마다 내가 갖지 못한 것을 떠올리면서 마음이 삐뚤어질까봐 두려웠다. 비틀린 마음으로 표창을 날리면서 소중한 것을 망가뜨릴까봐 겁났다.

나는 이제 한가지 사실을 알 것 같았다. 사람들은 소중한 것을 잃을 때마다 마음이 찌이고 날카로워지는 것 같았다. 이른들이 저마다 이상해 보이는 이유도 그들이 잃어버린 것들 때문인 듯했다. 상실과 이상함 사이에 어떤 연관이 있는지 잘 모르겠지만. 할아버지가 왜 고래배를 내주기를 망설였는지도 짐작할 것 같았다. 고래배를 또 잃기가 두려운 게 분명했다. 나는 바닷바람에 머리카락을 쓸어올리며 먼바다로 시선을 밀어냈다.

"할아버지는 언젠가 다시 고래를 잡을 수 있을 거라 믿어요? 고래가 돌아오면?"

"글쎄다…… 아들 녀석은 언젠가 돌아오겠지."

<h1 style="text-align:center">슬픈 귀신고래</h1>

할아버지는 갑판 난간의 녹슨 곳마다 사포질을 한 뒤 그 자리를 마른걸레로 꼼꼼히 닦았다. 나는 할아버지가 닦아낸 자리마다 페인트를 칠하며 따라갔다.

"학교에서 물감 칠하듯이 하면 된다. 나는 손이 떨려서 안되겠다."

할아버지가 처음 페인트통과 붓을 주며 그 일을 시켰을 때는 나도 손이 떨렸다. 아무리 그림 그리듯 칠하라 해도 그것은 내가 해보지 않은 일, 어른들의 일이라 생각했다. 칠할 곳 바닥에 신문지를 깔 때까지도 여전히 겁이 났다. 그런데 이상했다. 막상 붓을 쥐고 페인트를 칠하기 시작하자 마치 오래전부터 그 일을 해온 듯 편안하고 자연스러웠다. 페인트 농도를 조절하고 쇠붙이 질감을 파악하는 것까지 절로 할 수 있었다. 나는 할아버지한테 일이 재미있다고 말씀드렸다.

"니은이한테 칠장이 재능이 있구나. 또 모르지, 바다에 나가면 일등 포수가 될지도."

할아버지는 농담처럼 그 말을 했지만 순간 나는 눈앞이 밝아지는 느낌이었다. 아직도 내가 해보지 않은 일이 많고, 도전해볼 바다가 있다는 사실이 꽤 괜찮은 느낌을 주었다. 그때부터 사흘째, 나는 매일 할아버지 배에 와서 낡은 쇠붙이마다 페인트칠을 입혔다. 내가 보기에 할아버지는 고래배를 정리하는 게 아니라 출항을 준비하는 것 같았다. 물건들을 갈무리하고 정리한다기보다 사물들을 펼치고 널어놓는 게 틀림없었다. 물론 그것도 할아버지 나름으로 정리하는 방법이겠지만.

"선생님, 배가 멋지게 재탄생했습니다!"

고함치듯 큰 목소리에 고개를 드니 부두에 아는 얼굴들이 서 있었다. 할아버지한테 고래배를 기증해달라고 부탁했던 시청 공무원과 배를 자신에게 팔라고 요청했던 관광업자, 그와 함께 왔던 시인이자 향토사학자가 모두 있었다. 그 옆에는 처음 보는 사람도 있었는데 그는 불편해 보일 정도로 배가 많이 나왔다.

"그러잖아도 기다리던 중이네. 올라들 오시게."

"어르신, 그런 궂은일은 저희에게 시키시지요."

시청 공무원이 가장 앞서 배로 건너오며 페인트칠이며 작살들을 둘러보았다. 일행이 모두 배로 건너오자 할아버지는 생수병 몇개를 간이 테이블에 올려놓았다. 시청 공무원은 배가 많이 나온 중년사내를 할아버지한테 소개했다. 그는 어느 대학의 교수라고 했다.

"저희가 사업을 일원화하기로 했습니다. 처용포 전체를 종합적으로 개발하는 스토리텔링 테마파크 사업을 추진할 예정입니다. 총체적 밑그림은 여기 계신 한교수님이 그리고, 시공은 박사장님이 맡고, 저희 시청은 발주 및 감독 기관이 되기로 했습니다."

공무원은 고래 관광산업의 종합선물쎄트 같은 것을 만들기로 했다고 보충설명했다. 고래와 포경에 관한 모든 것을 보여주는 고래 생태문화 체험관광 학습공원 같은 거라고 했다.

"스토…… 뭐?"

"스토리텔링 테마파크, 요즈음 트렌드입니다."

나는 입을 막으며 몸을 돌렸다. 정책 만드는 이들이 내놓는 고래 생태문화 체험관광 학습공원 같은 말은 자주 우스웠다. 그러니까 단순히 고래박물관이나 고래 구경 상품만이 아니라 처용포 전체를 관광단지로 만들겠다는 이야기 같았다. 예전에 이곳이 고래 잡던 항구였다는 사실부터 진달래가 피어 있는 고래해체장 자리, 아빠가 들려준 추억의 이야기들이 모두 구경거리가 될 모양이었다.

"그거는 부지가 더 많이 드는 사업 아닌가?"

"네, 저쪽 처용리 뒷산 일부에 사업허가가 났습니다. 선생님께서 조림중이신 산도 저희가 더 적극적으로 가꾸겠습니다. 박물관이 완공되면 매립지 조경사업도 시작하구요. 총체적으로 처용포 환경을 가꾸고 보존하는 데 힘쓰겠습니다."

할아버지가 고개를 끄덕이자 그동안 입을 다물고 있던 교수라는 사람이 비로소 입을 열었다.

"고래 테마파크는 단순한 관광상품이 아니라 처용리를 대표하는 지역문화 축제가 될 것입니다. 포경산업을 기리고 포경문화를 의미화하는 학술적 노력도 병행할 것입니다. 고래에 관한 출판물들, 처용포와 포경산업에 관한 자료를 모아 포경사도 발간할 예정입니다. 고래축제를 만들어 처용리 주민들이 적극 참여하는 행사를 다양하게 개최하겠습니다."

역시 교수라는 사람은 말을 잘했다. 축제 때는 시인이 쓴 고래 연작시를 대본으로 공연도 할 예정이라고 관광업자가 거들었다. 무엇보다도 사료를 잘 고증하여 처용탈을 복원하고 처용무를 되살려낼 예정이라고 말한 사람은 시청 공무원이었다. 그 들이 할아버지한테 무지갯빛 청사진을 제시하는 이유는 하나였다. 고래 배를 내놓으라는 것. 그것이 할아버지한테 얼마나 어려운 일인지 알게 되었기 때문에 나는 좀 긴장하며 할아버지를 바라보았다. 할아버지 얼굴에 희미한 웃음이 깔려 있었다.

"그러잖아도 모두 넘겨주겠다고 말하려고 불렀네. 우리 처용포 포경문화가 길이 기억되도록 지금 말한 대로만 잘 진행해주게."

방문객들의 얼굴에 환한 웃음이 피어났다. 할아버지 역시 웃음 띤 얼굴로 방문객들과 함께 웃었다.

"감사합니다. 저희도 선생님의 배는 보존가치 높은 문화재로 관리하고, 관광용 배는 따로 제작하기로 합의를 보았습니다."

"잘됐네. 대신 한가지 조건이 있네."

"말씀하십시오. 무엇이든 들어드리겠습니다."

"배를 내주기 전에……"

할아버지는 잠시 말을 중단하고 시선을 멀리 밀어냈다. 할아버지의 시선이 닿는 곳에 푸른 바다가 빛나고 갈매기들이 먼바다에서 돌아오고 있었다.

"배를 내주기 전에, 마지막으로 한번 이 배를 운항하게 해주면 한다. 출입국관리소에 출항허가를 받아달라는 뜻이네. 그 정도는 힘써줄 수 있을 거라 믿네."

할아버지는 마지막 말을 할 때 정확하게 시청 공무원을 바라보았다. 배 위에 잠시 침묵이 흘렀다. 할아버지가 무허가 출항 전과가 있는 요주의 인물이라는 사실을 이들도 아는 듯했다.

"고래를 잡겠다는 뜻이 아니야. 그저 저 배를 타고 바다에 한번 나가보고 싶을 뿐이라네."

"바다에 나가시는 거라면, 더 편안한 다른 배를 이용하시도록 저희가 편의를 보아드릴 수 있습니다."

"그게 무슨 의미가 있겠나. 내가 원하는 건 이 배를 타고 나가는 거지."

다시 갑판 위에 침묵이 흘렀다. 좀전의 침묵보다 좀더 긴 침묵이 바람처럼 방문객들 위를 골고루 지나갔다. 할아버지가 다시 먼바다로 시선을 밀어낼 때 시청 공무원이 깍듯하게 고개 숙였다.

"선생님 뜻을 잘 알겠습니다. 돌아가서 의논해보겠습니다."

"고맙네. 바다에 나갔다 온 다음에 물건들을 넘기는 절차를 구체적으로 상의함세."

공무원을 따라 나머지 방문객들도 할아버지한테 고개를 숙였다. 할아버지는 다시 사포를 집어드는 것으로 그들에게 용건이 끝났음을 알렸다. 그들이 배를 떠나는 것을 지켜본 뒤 나도 다시 붓을 들고 난간에 페인트를 칠하기 시작했다.

할아버지는 순순히 고래배를 내줄 모양이었다. 할아버지가 고래배를 잃기 싫어하는 줄 알았는데 그게 아니었다. 할아버지가 고래배를 선뜻 내주는 이유도, 바다에 나가지 못하면서도 이십년 간 고래배를 간직한 이유도 다른 데 있는 것 같았다. 아무 쓸모 없디라도 힐아버지한테는 고래배를 간직하는 행위 그 자체가 필요했던 것이다. 고래배를 할아버지 곁에 묶어놓는 일이. 왕고래집 할머니 말씀을 듣고 그런 마음을 짐작할 수 있게 되었다.

할머니가 다음 숙제를 하기 전에 내가 먼저 할머니 이야기를 물어보았다. 그래서 할아버지가 어떻게 되었는지. 나는 그저 간단한 답을 기대했는데 할머니는 뜻밖에도 긴 이야기를 들려주었다. 병석에 누운 남편을 반드시 살려내겠다고 다짐했다고. 할아버지가 혼자 힘으로 일어나 앉지 못하고 대소변까지 받아내게 되었어도 절대 보내지 않겠다고 마음먹었다고. 의식이 혼미해져 할머니를 알아보지 못하게 되었어도 남편을 데려가지만 말아달라고 천지신명께 기도했다. 환자일지라도 남편 있는 게 과부 되는 것보다 나았다. 남편 떠나면 아들과 둘이 어떻게 살지 막막했다. 할아버지는 그런 상태로 이년 이상 살았다. 이웃들은 산 사람이라도 살게 이제 그만 남편이 떠나주기를 바란다는 인사를 건넸지만 그때마다 할머니는 속으로 서운했다. 남의 말이라고 고약하게도 하네. 남 과부 되는 꼴을 그렇게 보고 싶은가.

그러던 어느날 스님 한분이 대문 안으로 들어섰다. 할머니는 스님한테 시원한 물을 대접하고 바랑에 공양미를 담아드렸다. 스님은 바랑을 어깨에 메며 할아버지가 누워 있는 방을 바라보았다. 그런 다음 할머니 눈을 찬찬히 들여다보았다. 그 눈빛이 몸을 가득 메우는 것 같았다.

"이제 그만 처사님을 보내드리십시오. 보살님이 붙잡고 있어 저분이 떠나고 싶어도 가지 못합니다."

할머니는 스님 말씀이 서운했다. 저 양반이 세상을 뜨고 싶어한다고? 내가 지극정성으로 보살피고 간병했는데 나를 떠나고 싶어한다고? 설움이 북받쳤다.

"그동안 고마웠습니다, 이제 그만 갈 길 가십시오. 보살님이 그렇게 마음을 바꾸어 먹으면 처사님은 삼일 내에 떠나실 것입니다."

할머니는 스님이 대문을 나서기도 전에 울음을 터뜨렸다. 한

열흘쯤 마음이 널을 뛰었다. 남편을 절대로 내놓을 수 없다고 혼자 중얼거렸다. 나도 몇번이나 죽었다 살아났는데 이까짓 병마쯤이야 얼마든지 물리칠 수 있다고 믿었다. 널뛰는 마음이 진정되지 않을 때 의식 없는 남편 손을 잡고 물어보았다.

"영감, 정말로 돌아가고 싶소?"

남편이 대답할 거라고 생각하지는 않았다. 그저 답답한 마음에 혼잣말을 했을 뿐이다. 그런데 힘없이 늘어져 있던 남편 손에 힘이 들어갔다. 천천히 손바닥을 그러쥐더니 완강하게 그 상태를 유지했다. 힘은 할머니의 손바닥으로 전해져 팔뚝을 타고 올라가 등골까지 전달되었다. 온몸으로 진저리가 지나간 후에야 할머니는 무슨 일이 일어났는지 알았다. 서럽고 서운해서 남편을 붙들고 한나절을 울었다. 그 다음날 마음을 바꾸었다. 이제 그만 갈 길 가소. 나도 여한은 없소. 할아버지는 사흘이 되기도 전에, 바로 그날 밤에 세상을 떴다.

"나중에 알았지. 그 양반 목숨 아까워 붙들고 있었던 게 아니었다는 거를. 과부 되기 싫어서, 혼자 살기 겁나서 잡고 있었던 거지. 첫정한테만 주고 나한테는 안 준 것, 그걸 받아내고 싶었던 거다. 내 욕심 때문에 영감이 오래 고생했지."

남편 보낸 후 세살 된 아들까지 어이없게 놓쳤다. 장질부사였다. 지금이야 별것도 아닌 병이지만 그때는 살릴 수 없었다. 그토록 갑자기, 어처구니없이 보냈다. 남편 없으면 못 살 줄 알았는데 보낸 뒤에는 아들이 더 애달팠다.

"그때 내가 결심했다. 앞으로는 어떤 생명도 내 손에서 떠나보내지 않겠다고. 모든 생명들을 살리는 일에만 내 손을 사용하겠다고."

나는 고개를 끄덕였다. 할머니가 마을의 개와 고양이를 돌보는 이유를 알 것 같았다. 전에 알아듣지 못한 말도 이해되었다. 나 도와주는 셈치고 밥 먹으러 오너라.

"내가 지금도 말 많이 하제. 그 이야기만 나오면 나도 모르게 말이 많아진다. 그때는 더했다. 남편하고 아들 보내기가 그리 힘들더라. 절에 가서 스님한테도 따지고, 이웃 붙잡고 하소연하고, 어떤 때는 길가다가 모르는 사람한테도 이야기했다. 내가 생각해도 말이 참 많았다. 맥이 빠져 몸에는 힘이 하나도 없는데, 그 이야기만 나오면 목소리가 커지고 힘이 넘쳤다. 내가 어떻게 남편한테 지극정성을 다했는지, 어떻게 억울하게 아들을 놓쳤는지 사람들을 붙잡고 이야기하고 또 이야기했다. 사람들이 지겨워한다는 걸 알면서도 말을 중단할 수 없었다. 이상한 방법이었지만 그때는 그게 내가 사는 방법이었다. 말할 때만 숨쉴 수 있었으니까."

할머니 말씀을 듣고 나는 많은 것을 이해하게 되었다. 아빠가 죽은 조개와 잃은 낙원에 대해 지루하도록 많은 이야기를 했던 이유가 그것이었구나 싶었다. 장포수 할아버지도 이해되었다. 할아버지가 이십년 동안이나 고래배를 잡고 있은 이유도, 나무의 질문에 그토록 유쾌하게 답하던 모습도.

나는 페인트칠하는 속도를 빨리하여 할아버지 가까이 다가갔
다. 그리고 나무가 했던 것처럼 경쾌한 목소리로 할아버지한테
질문했다.

"할아버지, 마지막으로 고래잡이하던 날 기억하세요?"

"기억하다마다. 평생 못 잊지."

나는 고개를 끄덕였다. 역시 할아버지한테도 할머니처럼 이야
기가 많았다. 이야기할 내용이 아니라 이야기하고 싶은 욕구가.
그날 할아버지는 귀신고래를 쫓고 있었다고 했다. 조사포경마저
금지되던 1988년 여름에. 놈은 이미 작살을 두 발 맞고 두 시간이
나 배를 끌고 다니는 중이었다. 조금만 기다리면 기력이 떨어질
테고, 그러면 급소에 작살을 꽂아넣고 꽃을 피우기만 기다리면
되었다. 넉넉히 한 시간만 지나면 놈을 배로 끌어올릴 수 있었다.

그때 온바다로 무전이 타전되어왔다. 모든 포경선은 지금 곧
조업을 중단하고 귀항하라는 지시였다. 전쟁이 터졌나 했다. 동
해안에 공비라도 나타났는가 싶었다. 저놈 잡은 걸 들킨 걸까 싶
기도 했다. 귀신고래 역시 포획금지 어종이었다. 전번에 장수경
을 잡았을 때처럼 내외신 기자, 경찰, 국제포경위원회 감시단이
부두에 나와 있다면 얼마나 답답할까 싶었다.

귀신고래는 고래배를 매단 채 여전히 허겁지겁 달아나고 있었
다. 할아버지가 마음을 정하지 못하고 망설일 때 달아나던 고래
가 몸을 돌렸다. 고래는 고래배를 향해 정면으로 헤엄쳐 왔다. 배
를 들이받을 심산은 아니었을 것이다. 아무리 고래가 큰 생명체

라고 해도 철제 포경선과 대항할 수는 없었다. 귀신고래는 배 좌현으로 미끄러져 헤엄쳐가더니 우현 쪽에서 나타났다. 그러더니 수면 위로 점프하듯 몸을 꼿꼿이 세웠다. 그 순간 장포수 할아버지는 고래와 똑바로 눈이 마주쳤다.

귀신고래의 눈에 눈물이 고여 있었다. 그 눈물이 핏빛이었다. 어디를 어떻게 맞았기에 눈에서 피가 나는지 알 수 없었지만 귀신고래는 피눈물을 흘리며, 주변 바다를 핏빛으로 물들이며 장포수 할아버지를 보고 있었다. 눈물은 따개비며 해초 들이 붙어 자라는 입 쪽으로 흘러내렸다. 할아버지는 떨리는 손으로 작살 밧줄을 끊었다. 밧줄이 바다로 미끄러져 떨어진 뒤에도 귀신고래는 고래배를 떠나지 않았다. 귀항하는 배 주변을 맴돌면서 할아버지를 보고 있었다.

"끌고 오지 못할 거면 쏘지 말았어야 했다. 포를 두 발이나 맞혔다면 끝까지 쫓아가 끌고 왔어야 했고."

할아버지는 해도에서 위치를 확인했다. 북위 38도 14분, 동경 138도 29분. 할아버지는 다음날 다시 오리라 다짐했다. 그날 이후 다시는 바다에 나가지 못할 줄은 상상도 못했다. 그렇게 맥없이, 그렇게 사소하게 오십년 포경 인생이 끝날 줄도 몰랐다.

할아버지는 어느새 손에서 일감을 놓고 갑판 난간에 기대앉아 있었다. 나는 간이 테이블에 가서 물병을 가져다 할아버지한테 드렸다. 나도 한모금 마셨다.

"바다에 두고 온 마지막 귀신고래가 오래도록 가슴에 살았다.

녀석은 가끔 꿈에도 나타났다. 피눈물을 흘리는 때도 있고 온몸에 밧줄이 휘감긴 모습인 때도 있더라. 꿈에서도 꼭 내 눈을 바라봤는데 그때마다 눈길이 가슴에 박혔다."

할아버지는 포수들 사이에 유명한 '전설의 참고래'라는 별명을 가진 고래 이야기를 해주었다. 그놈은 옆구리에 녹슨 작살을 여섯 개나 꽂고 다닌다고 했다. 작살을 여섯 개나 맞고도 살아남아 여전히 씩씩하게 돌아다닌다는 것이다. 또 어떤 고래를 잡았을 때는 몸 안에 백사십년 전에 사용하던 작살이 꽂혀 있더라고도 했다.

"내 귀신고래도 그렇게 살아주기를 바랐다. 작살을 두 개밖에 안 맞았으니 얼마든지 살 수 있겠다 싶었다. 그러다가도 고래는 혈우병인데, 한번 피흘리면 멎지 않는데 싶고. 그때 참 힘들었다. 육지 멀미까지 해서."

육지 사람들이 배 타면 배멀미하듯 배를 오래 탄 사람들은 육지에 내리면 멀미를 한다고 했다. 속이 메슥거리고 소화도 잘 안 되고 신경통이 생긴다. 할아버지는 특히 부정맥이 위험했다. 부정맥이란 심장이 자기 마음대로 뛴다는 뜻인데 왜 그런지는 심장만이 안다고 했다. 어쩌면 심장도 자기가 왜 그러는지 모를 수도 있었다. 부정맥이 뛸 때면 할아버지는 눈앞에서 죽어가던 고래들이 떠올랐다. 고래가 뿜어올리던 핏빛 숨결, 꽃이 피듯 붉게 물들던 바다, 흥건하게 떠오르던 고래 몸체. 승리감과 함께 꼭 그만한 죄의식을 느꼈다. 죄의식이 있었기 때문에 매번 바다로 나갈 수 있었다.

벌써 먼바다에서 하늘이 어두워지고 바람의 방향이 바뀌고 있었다. 석유공장 굴뚝에서 솟는 불길이 바다 쪽으로 심하게 굽어졌다. 낮 동안 고요하던 공장 굴뚝에서 일시에 잿빛 연기가 솟아나 바다 쪽으로 밀려나갔다.

할아버지의 육지 멀미는 일년이 지나도 나아지지 않았다. 할 수 없이 병원에 갔을 때 의사는 할아버지한테 육지 멀미가 아니라 공해병이라고 진단했다. 처용포의 황폐해진 뒷산과 오염된 개천, 매연 가득한 대기를 보면서도 공해병 가능성을 생각하지 않았다는 게 오히려 이상했다. 의사는 젊은이들보다 연세 드신 분들이 더 위험하다고 했다. 되도록 빨리 처용포를 떠나라고 권했다. 그때 할아버지는 의사한테 물었다.

"처용포에 계속 살려면 어떻게 하면 됩니까?"

의사는 농담이라고 생각했는지 농담처럼 대답했다.

"뒷산에 나무를 많이 심어 공기가 깨끗해지면 되겠죠."

할아버지는 그때부터 진짜로 처용포 뒷산에 나무를 심기 시작했다.

"사람들은 내가 우리 처용포를 위해 나무를 심는 줄 안다만 그게 아니다. 실은 나를 위한 거지. 내가 숨쉬고 살기 위해서."

할아버지가 희미하게 웃었다. 나도 할아버지를 따라 웃었다. 어른들이 잃어버린 것들 때문에 이상해진다고 생각했다. 그런데 이제 보니 잃어버린 것을 슬퍼하느라 이상해지는 것 같다. 아빠

가 어린시절 낙원을 거듭 이야기하던 것, 환경문제에 관심이 많
던 것,「고래 사냥」을 노래할 때 심하게 과장하던 것이 모두 아빠
나름으로 슬퍼하는 방법이었구나 싶었다. 엄마가 이십년간 울지
못했던 것, 할머니가 고양이와 강아지 들을 돌보는 것, 할아버지
가 뒷산에 나무를 심는 것까지. 나도 이제 나만의 슬퍼하는 방법
을 찾아야 할 것 같았다. 이상한 방법을.

# 한바다에서의 황홀

장포수 할아버지는 그동안 내가 알던 것과 다른 사람이었다. 붉게 녹슨 쇠말뚝에서 삼밧줄을 풀어낼 때는 마술사 그대로였다. 할아버지가 그냥 손만 갖다댔을 뿐인데 밧줄이 스스로 몸을 풀었다. 배를 향해 밧줄을 던진 후 뒤이어 배로 건너뛰는 할아버지는 치타 같았다. 선교 쪽으로 성큼성큼 걸어가는 모습은 흰머리사자처럼 보였다. 할아버지 얼굴에서 뿜어져나오는 화사한 빛도 처음 보는 것이었다.

나는 앞갑판 난간에 기대어 낯선 할아버지 모습을 이해하려 애썼다. 할아버지뿐 아니라 그 모든 상황이 얼떨떨했고 무엇보다 멀미를 할까봐 두려웠다. 입술이 마르고 등이 뻣뻣한데 온몸이 불투명한 막에 싸여 있는 것 같았다.

"기분이 어떠냐?"

왕고래집 할머니가 곁으로 다가왔다. 할머니는 한번도 본 적 없는 환한 웃음을 띠고 있었다. 손에 든 흰 손수건도 햇살을 반사하여 눈부셨다.

"날이 아무리 좋아도 날씨에 대한 말은 하지 말거라. 바다에서는 하늘이 순식간에 변하기 때문에 입방정 될까봐들 많이 조심한다."

나는 고개를 끄덕였다. 배에 탄 사람들은 모두 앞갑판 양쪽 난간에 나누어 선 채 처용만 입구 쪽 바다를 바라보고 있었다. 바다와 하늘을 가를 수 없게 눈앞이 온통 푸른빛인데 이마쯤에 솟은 태양이 금빛 햇살을 흩뿌렸다. 눈을 뜰 수 없을 정도로 대기가 투명했다. 무거운 엔진음이 들리고 배가 몸을 움찔거리더니 서서히 움직이기 시작했다. 배에 탄 사람들 사이에서 탄성과 환호가 울려퍼졌다. 배는 왼쪽으로 빨간색 부표를, 오른쪽으로 초록색 부표를 거느린 채 미끄러져나갔다. 할아버지도 선교에서 나와 앞갑판으로 자리를 옮겼다. 주변을 둘러보며 천천히 걷는 모습은 마치 백로 같았다.

생각해보면 고래배를 운항하게 해달라는 조건을 내세울 때부터 할아버지는 달라 보였다. 그렇게 똑부러지고 분명한 말투를 처음 들었다. 할아버지 요구는 몇가지 조건이 달린 채 받아들여졌다. 해양경찰선 두 대가 동행하고, 고래배에는 해양경찰관들이 동승하며, 배의 운항을 경찰관한테 맡긴다는 조건이었다. 기관실

과 통신시설까지 포함해서였다. 할아버지는 그 조건들을 흔쾌히
받아들였다.

고래배가 이십년 만에 바다로 나갈 예정이라는 소식이 퍼지자
많은 이들이 고래배를 타고 싶다는 의사를 전해왔다. 시청 공무
원과 그의 동료들, 고래 생태관광업자, 향토사학자인 시인, 테마
파크 설계자인 교수도 배를 타고 싶어했다. 노인정에서 장기 두
던 할아버지 친구분들과 왕고래집 할머니도 고래배를 탈 수 있는
지 물었다. 그들이 모두 고래배를 타고 바다로 나가기로 결정되
었을 때 할아버지가 나를 불렀다.

"니은아, 너도 함께 가자. 봐두면 좋을 거다."

할아버지 낯빛에서는 이미 주체할 수 없는 빛이 뿜어져나오고
있었다.

고래배가 처용암을 지날 때 섬 남쪽 비탈에 자리잡은 코끼리
바위가 가까이 보였다. 그것은 상상하던 것보다 크고 아름다웠
다. 코, 몸통, 꼬리 부분이 각각 다른 세 개의 바위로 이루어져 있
는데 빈틈없는 코끼리 형상이었다. 긴 코를 반쯤 바닷물에 담그
고, 꼬리는 안으로 감아넣은 채 먼바다를 바라보는 자세로 서 있
었다. 몸통 중간쯤에 가로로 검은 선이 그어져 있고 아래쪽에는
따개비와 해초 들이 붙어 있었다. 선 위쪽에는 갈매기들이 얼마
나 똥을 누었는지 흰색 물감을 덮어쓴 듯했다. 배가 지나가자 코
끼리 이마며 콧등에 앉아 있던 희고 통통한 갈매기들이 일제히
날아올랐다. 고래배가 만을 벗어나 한바다로 나갈 때까지 갈매기

들은 오래도록 배를 따라왔다. '겨우 저걸 가지고……' 그런 생각이 든 것은 내가 아직도 슬프다는 뜻 같았다. 겨우 저 돌덩이를 가지고 처용과 황옥이 서로 다투었다니.

처용만을 벗어나자 경찰선이 고래배 앞에서 달리기 시작했다. 옆구리에는 노란색 구명보트가, 선교에는 영자로 커다랗게 파일럿이라고 쓰인 배였다. 그 배와 똑같이 생긴 배가 한 대 더 고래배를 뒤따랐다. 장포수 할아버지도 선수 쪽으로 자리를 옮겨 고래포 옆에 자리잡고 앉았다. 한 팔로 포신을 짚더니 생각난 듯 몸을 돌렸다. 푸른 하늘을 배경으로 할아버지 얼굴이 화사하게 빛났다. 할아버지뿐 아니라 고래배 갑판도, 배 위의 사람들도 그동안 보지 못한 빛을 온몸으로 뿜어내는 듯했다.

한바다로 나가며 배가 속력을 높이자 얼굴에 와닿는 바닷바람이 거세어졌다. 물보라가 솟구쳐올라 바람과 함께 얼굴을 때릴 때마다 몸을 감싸고 있던 막이 조금씩 벗겨지는 것 같았다. 난데없이 멀리 떠나고 싶은 욕망이 생겼다. 쓰레기소각장 같은 마음을 등뒤에 남겨둔 채 낯선 곳으로 가서 새롭게 시작하고 싶었다. 이 길로 계속 나가면 대마도에 닿을 것이다. 대마도를 지나 더 전진하면 멕시코나 뻬루 해안에 닿을 것 같았다. 아주 멀리 떠난다는 생각을 하자 이상하게 마음이 순해졌다. 자질구레한 일상이나 지지부진한 감정들이 아무것도 아닌 듯 시시해졌다. 더이상 엄마 아빠가 생각나지 않는 곳에 닿을 수 있으리라. 사람들이 이따금 추억이 아주 먼 곳으로 떠나는 이유가 짐작되었다.

"고래다! 저기 고래가 보인다!"

누구 목소리인지 알 수 없었다. 그러나 목소리에 맞추듯 배에 있던 사람들이 일제히 앞갑판 난간으로 몰려나왔다. 장포수 할아버지도 자리에서 일어났다. 정말 고래가 있었다. 배에서 멀지 않은 곳에 고래들이 떼지어 지나가고 있었다. 녀석들은 수면으로 연방 몸을 튕겨올리며 한방향으로 헤엄쳐 나아갔다. 한두 마리가 아니라, 서너 마리도 아니라, 한떼의 고래들이 끓어오르듯 바다에 가득했다.

"밍크고래다. 맞제, 저거 밍크고래?"

고래떼를 바라보는 사람들의 몸에서 팽팽한 햇살과 물보라가 튕겨져나왔다. 모든 인간이 본래 사냥꾼이었구나 싶었다. 그들은 눈빛만으로도 벌써 고래를 몇마리 잡았을 것 같았다.

"돌고래 같은데, 돌고래 아닌겨?"

"아이다, 저건 솔피 같다."

돌고래인지 솔피인지 알 수 없는 고래떼는 배의 오른쪽에서 왼쪽 방향으로 헤엄치고 있었다. 배가 그대로 나아간다면 헤엄치는 고래떼 한가운데를 지날 것 같았다. 장포수 할아버지가 선교로 가서 조타륜을 잡은 경찰관과 이야기 나눈 후 배는 방향을 바꾸었다. 이제 배는 고래떼와 나란히 달리기 시작했다. 뒤따르던 경찰선도 방향을 바꾸었다.

"바로 이겁니다. 제가 하고자 하는 사업이 바로 이런 겁니다!"

고래 생태관광업자가 팔을 힘껏 뻗어 앞을 가리키며 소리쳤다. 그 옆의 시인은 고개를 갸우뚱한 자세로 고요히, 미동도 없이 서 있었다. 고래떼가 수면으로 솟구쳐오를 때마다 젖은 몸통에 햇살이 부딪쳐 흩어졌다. 흩어지는 햇살 주변으로 파도가 솟구쳐 물보라가 일고, 모든 사물이 흰 포말처럼 빛났다.

이상했다. 굳은 듯 답답하던 가슴이 두근거리기 시작했다. 눈앞에서 헤엄치는 고래들이 내 몸속에도 들어 있는 것 같았다. 발바닥이 허공으로 들어올려지고, 바닷바람이 몸을 뚫고 지나갔다. 물보라에 실려 몸뚱이가 바다로 떨어져내렸고 이내 고래떼에 섞여 고래처럼 헤엄쳤다. 이상한 감각은 실제처럼 생생하여 새로운 종류의 멀미 증상인가 싶었다. 몽롱한 멀미 속에서 나는 고래가 신화처럼 숨쉰다는 뜻이 이런 상태일까 생각했다. 그 생각조차 고래떼와 함께 뱃전을 스쳐 뒤쪽으로 흘러가버렸다.

이마에서 빛나던 태양이 정수리쯤 올랐을 때 고래배는 서서히 속력을 늦추었다. 장포수 할아버지가 선교로 다가가 조타륜을 잡은 경찰관과 이야기를 나누자 경찰관이 갑판으로 나와 큰 소리로 외쳤다.

"여기서 잠시 닻을 내리겠습니다."

뒤따르던 경찰선도 고래배 주변에 머물렀다. 할아버지는 갑판에 잠시 서 있었다. 나는 갑판에 서 있는 할아버지를 바라보며 여기가 바로 거기일까 생각했다. 마지막 귀신고래를 두고 온 곳. 나도 귀신고래의 안부가 궁금했다. 작살을 몸속에 지닌 채 살아 있을지, 몸통이 긴 밧줄에 휘감겨 있지나 않을지, 그리고 혈우병은 좀 어떤지.

어느새 장포수 할아버지 친구 두 분이 난간에 상체를 기대고 낚싯줄을 바다에 늘어뜨리고 있었다. 갑판 난간에 기대어 내려다보니 배가 달리는 동안 보이지 않던 바다생물들이 눈에 들어왔다. 배로부터 맹렬히 달아나는 작은 고기떼도 있었고, 배 주변으로 다가와 어슬렁거리는 고기도 있었다. 뱃전을 물어뜯으려는 물고기도 보이고, 물결을 따라 춤추는 해초도 보였다. 조금 더 바다 밑으로 시선을 밀어넣으면 등푸른 생선들이 떼지어 춤추는 모습도 보였다. 거대한 해물탕에 들어 있는 것 같았다.

거짓말처럼, 일분도 지나지 않아 할아버지 친구분들은 팔뚝만한 생선을 낚아올렸다. 한 마리는 고등어였고 다른 한 마리는 처음 보는 기다란 생선이었다. 갑판에는 돗자리가 깔리고 왕고래집 할머니가 준비해온 찬합을 열었다. 밥과 반찬뿐 아니라 쌈장과 야채들이 보였다. 할아버지 두 분은 익숙한 솜씨로 생선회를 뜨고 시인과 관광업자는 자기들도 고기를 낚겠다고 뱃전에 매달렸다. 또 거짓말처럼 시인이라는 이가 조금 전 것보다 더 큰 고등어를 낚아올렸다. 그는 고등어를 두 손으로 받쳐들고 회 뜨는 할아버지한테 가져갔다.

"이리 낚시질을 하긴 해도 영 찜찜하지. 그물이나 낚싯대로 고기 잡는 건 어쩐지 속임수 같거든. 고래잡이는 사냥이라 한다. 고래와 정당하게 대결하는 거라."

할아버지는 시선을 고등어에 둔 채 익숙한 솜씨로 회를 저몄다. 고등어 속살은 검붉은색이었다. 그걸 보면서도 별로 토할 것 같지 않은 점이 내겐 다행이었다.

"인간은 도구를 사용하고 고래는 무방비상태인데도 공정한 대결이라고 할 수 있습니까?"

시인이 조심스럽게 물었다.

"바다에서는 고래가 인간보다 빠르고 자유롭다. 인간은 고래보다 느리고 부자유스러운 대신 도구를 사용하고. 그게 정당한 조건이지."

할아버지는 예전에 작은 목선을 타고 나가 작살 하나로 고래와 겨루던 시절을 이야기했다. 그때는 바다에 고래가 넘쳤다. 종일 고래를 추격하고 온힘을 다해 싸워야 고작 한 마리 잡았으니까. 그러나 고래보다 빨리 달리는 배가 만들어지고, 고래를 괴롭히면서 추적하는 음파발생기가 탄생하고, 멀리 있는 고래도 명중시킬 수 있는 고래포가 개발되자 하루에 서너 마리씩 잡았다.

"엄밀히 말하면 그때부터는 사냥이라고 할 수 없었다. 그때부터 바다에 고래도 말랐고."

바다에 고래가 마르기 시작하자 나중에는 사나흘을 돌아다녀도 고래 한 마리 만나기 힘들었다. 어쩌다 고래 한 마리 발견해 쫓아가다보면 저쪽에서 다른 배가 그놈을 추격하고 있었다. 어떤 때는 고래 몸통 양편에 서로 다른 배 작살이 꽂혀 있기도 했다.

"그래, 친목회 만들었다. 바다에서 고래 두고 싸우지 말자고. 한 달에 한번씩 만나 놀러 다니면서 마음 맞추고. 우리 다 한 회원이었다."

　장포수 할아버지가 배에 함께 탄 친구들을 가리켰다. 두 할아버지는 흔쾌하게 웃었다. 머리카락이 검거나 희고, 이빨이 있거나 없고 한 어른들이 아이처럼 해맑은 낯빛으로 웃었다. 왕고래집 할머니는 회를 접시에 나누어 담아 먹기 좋게 펼쳐놓고 경찰관들을 불렀다. 장포수 할아버지도 어느새 돗자리에 자리잡고 앉았다.

　"혹시 상어를 잡은 적도 있습니까?"

　이번에는 관광업자라는 이가 조심스럽게 할아버지한테 질문했다.

　"고래 잡다가 잠시 쉴 때 재미삼아 잡아보기는 했다. 그렇지만 상어는 무서운 놈이다. 예전에 한 선원이 배에 걸터앉아 다리를 흔들거리고 있었는데 바다 속에서 상어가 뛰어올라 다리를 뭉텅 끊어먹었다는 이야기를 들은 적 있다. 이삼십 미터는 거뜬히 점프하니까."

　시인이 과장되게 놀라는 표정을 지었다. 나는 밥과 회를 몇점 먹은 뒤 돗자리에서 물러났다. 여전히 난간에 기대 낚시하고 있는 관광업자 옆에 서니 멀리, 먼 곳에서 신기루처럼 솟구치는 물줄기가 보였다. 부서지는 햇살이나 큰 파도인가 싶어 발뒤꿈치를 들었다. 할아버지가 설명해준 바에 따르면 한 줄로 길게, 위쪽으로 높이 물을 뿜어올리는 고래를 흰수염고래라 했다. 멀리 보이는 물줄기는 꼭 그런 것 같았다. 솜털이 떨어지듯 물방울들이 허공을 타고 천천히 내려왔다. 내가 할아버지한테 그것을 가리켜 보이자 할아버지는 성큼성큼 선수로 가더니 망루를 오르기 시작했다.

"이봐라, 위험하다!"

할아버지 친구분이 소리쳤지만 할아버지는 들리지 않는 듯했다. 할아버지는 금세 망루 꼭대기까지 올라갔다. 그곳에서 할아버지는 한 마리 새 같았다. 팔을 허공으로 멀리 뻗고, 상체는 팔 쪽으로 내민 채 목을 길게 뺀 모습이 그대로 새였다. 새의 날갯짓처럼 할아버지 작업복이 쉼없이 펄럭였다. 그 자세로 할아버지는 고요히 멈춰 있었다. 할아버지 눈만이 수면을 가로질러 바다 위를 날아가더라는 전설이 저것이었구나 싶었다. 그것이 할아버지 진짜 모습, 진짜 삶이라는 생각도 들었다. 어른이 되는 게 뭐냐고 물을 때마다 내가 원한 대답도 거기 있는 것 같았다. 그 장면의 의미를 명확히 잡아낼 수는 없지만 뜻모르는 채로 그 광경을 소중히 기억하기로 했다.

"흰수염고래 맞다. 어미가 새끼 데리고 가더라."

할아버지는 망루에서 내려와 돗자리로 돌아갔다. 나는 갑판 난간에 기대앉아 눈을 감은 채 얼굴 가득 햇살을 받았다. 모든 감각이 벼려놓은 듯 예민해지면서 후텁지근한 열기, 뒤따르는 바람까지 세세하게 느껴졌다. 한바다는 텅 빈 듯 고요하고 마음속은 거대한 믹서처럼 모든 것이 섞여 돌아가고 있었다. 햇살을 향해 감은 눈 속에서도 온갖 색깔과 무늬 들이 소용돌이치며 돌아갔다.

168

감긴 눈 속으로 보랏빛 물체가 모습을 드러냈다. 보랏빛 물체는 바다와 하늘의 경계쯤에서 몸을 일으켜 이쪽으로 다가왔다. 몸을 일으킬 때는 물고기 같았고 걸어올 때는 큰 새 같았다. 바다를 미끄러지듯 건너 배로 올라설 때는 보랏빛 원피스를 입은 여인의 모습으로 보였다. 등뒤에서 비추는 햇살을 후광처럼 거느릴 때는 천녀 같기도 했다. 보랏빛 물체는 갑판을 가로질러 내 쪽으로 다가왔다. 두렵지는 않았다. 반갑지도 않았다. 어떤 당연한 것, 내가 마땅히 만나야 할 대상이 나를 알아보고 내게 다가오는 듯했다. 엄마나 아빠일 거라고 착각하지도 않았다. 보랏빛 물체는 내 발치에서 걸음을 멈춘 뒤 천천히 몸을 낮추어 내 머리를 쓰다듬었다. 보랏빛 물체의 손길이 닿는 곳에 자잘한 불꽃이 튀고, 온몸으로 전율이 퍼져나갔다.

보랏빛 물체는 잠시 내 곁에 머물렀다. 십오초, 어쩌면 십오분쯤, 정수리부터 옆구리까지 내 몸을 천천히 쓰다듬으면서. 그동안 나는 심장 뛰는 소리, 몸속 피톨이 돌아다니는 소리, 내장 운동소리 들을 낱낱이 들었다. 그동안 삶의 지난 시간들을 돌아다니며 여러가지 모습의 나를 만났다. 물건을 집어던지는 나, 사람들에게 둘러싸인 나, 혼자 웅크리고 앉은 나, 환한 빛 속에 감싸인 나…… 짧은 영원이나 긴 찰나이기도 한 시간 속에서 눈앞이 환해졌다. 몸이 빛의 입자로 분해되어 공중으로 흩날렸다. 그 순간 보랏빛 물체는 내게서 떠나갔다. 나는 흩어진 몸을 간추리듯 정신을 추스르며 멀어지는 보랏빛 물체를 바라보았다. 보랏빛 물체는 기관실로 미끄러지듯 스며들어갔다.

사람들은 여전히 갑판에 둘러앉아 회를 먹고 있었다. 바다는 온화하고 하늘은 고요했다. 햇빛은 화사하고 바람은 부드러웠다. 아무도 내가 본 것을 목격하지 않은 듯했다. 나도 내가 본 것을 믿을 수 없었다. 다만 처용암 근처에 산다는 바다동물 이야기가 어떻게 생겨난 것인지는 짐작할 수 있을 듯했다.

기관실에서 경찰관이 올라와 선교의 경찰관에게 달려갔다. 두 경찰관이 심각한 낯빛으로 무슨 이야기인가를 나누더니 장포수 할아버지가 있는 곳으로 다가왔다.

"서둘러 귀항해야겠습니다. 기관실에 조금씩 물이 스며드는데, 원인을 찾을 수 없습니다."

갑자기 등줄기로 찬물을 뒤집어쓴 듯한 기운이 느껴졌다. 그런 식의 우연은 미심쩍고 불쾌했다.

# 바다에서 건져온 몇가지 의문

바다는 하늘과 함께 시치미를 뚝 떼고 있었다. 입을 굳게 다문 채 아무 일 없었다는 듯한 얼굴이었다. 육지로 돌아가는 고래배도 고요했다. 한바다에서의 흥분을 거두어들인 채 긴장된 침묵 속에 귀항중이었다. 사람들은 바다에서 내뿜던 빛과 열기를 온힘을 다해 몸 안으로 갈무리하는 듯했다. 장포수 할아버지도 고요했다. 말이 없어졌을 뿐 아니라 눈빛이 신중해지고 동작이 느려졌다. 기관실 어디에서 물이 샌다는 것은 생각보다 심각한 현상인 듯했다.

나도 바다로 나갈 때와 육지로 돌아가는 마음이 달랐다. 그중에서도 가장 다른 것은 머릿속에 풀지 못할 의문들이 가득 찼다는 것이다. 내가 본 보랏빛 물체를 어떻게 이해해야 할지 알 수 없었다. 그것이 하필이면 내게 나타나 머리를 쓰다듬었는지, 왜 다른 사람 눈에는 전혀 보이지 않고 내게만 보였는지 알 수 없었다. 하필이면 보랏빛 물체가 그리로 사라진 뒤 기관실에서 물이 새기 시작했다는 사실도 의문이었다. 원인과 결과가 그렇게 동떨어진 일이 있는지 궁금했다. 망루 위의 할아버지 모습이 진짜 삶 같다고 느꼈다면 세상에는 가짜 삶도 있는가 하는 의문도 들었다.

"나오기 잘했다는 생각이 들지?"

왕고래집 할머니가 옆에 와 서며 물었다. 나는 말이 부족하다고 느꼈다. 지금 마음속에 가득 차 있는 복잡한 것들을 표현할 적당한 낱말을 골라낼 수 없었다.

"마음이 좀 커진 것 같지, 안 그러냐?"

나는 고개를 끄덕였다. 할머니가 예전에 고래배 탔던 경험을 말했을 때 그 속에 있던 게 이거였구나 싶었다. 말로는 잘 설명할 수 없는 것. 우물 바깥 세상을 구경한 개구리 마음이랄까. 개구리는 조금 무섭고 겁나겠지만 우물 안으로 되돌아가고 싶지는 않을 것이다. 오히려 더 넓은 세계로 나가 더 많은 경험을 하고 싶은 욕심이 생겼을 것이다. 그럼에도 개구리가 꼼짝없이 우물 안에서 살아야 하는 운명이라면? 또 답을 얻을 수 없는 질문 앞에 막혀 서고 말았다. 나는 그 모든 의문들을 일단 가슴에 담아두기로 했다. 언젠가 절로 답이 찾아질 때까지.

"나는 선실에 가서 좀 누울란다. 여기 있으련?"

나는 또 고개만 끄덕였다. 흔들리듯 멀어지는 할머니 모습이 얼핏 보랏빛 물체처럼 보였다. 정말로 내가 할머니 모습을 보랏빛 물체로 착각했던 게 아닐까 싶었다. 그런 의문 역시 절로 답이 찾아질 때가 있을 것이다.

할머니는 거의 매일 '나의 이야기' 숙제를 조금씩 쓰고 있었다. 숙제는 매일 검사받는다는데, "우리 선생님이 칭찬해주셨다"고 자랑하기도 했다. 숙제할 때마다 내게 읽어보라고 권하는 것도 여전했다. 조금 불편한 마음은 있었지만 왕고래집 아주머니 이야기가 나오면서부터 나도 그 공책 내용에 관심이 생겼다.


"그 시절을 어떻게 살았나 모르겠다. 영감하고 아들 주르르 보내고 끈 떨어진 연처럼. 입에 풀칠하려고 식당 하나 연 게 목숨 붙들어매는 끈이었지. 일이 약이려니 했다. 혼자 서른 고개 넘는데 아기가 그래 탐났다. 뽈뽈 기어다니는 아기를 보면 답쑥 안아오고 싶고 뒤룩뒤룩 걷는 아기를 보면 살살 달래서 데려오고 싶었다. 그런데 한날 식당 앞에 하얀 강보가 놓여 있더라. 강보를 가만히 들치고 보니, 날 보고 방긋 웃는 거라, 아기가. 손가락을 활짝 펼친 채 팔다리를 놀려대더라. 속으로 부처님 감사합니다, 용왕님 감사합니다, 얼마나 많이 했는지 모른다. 그 시절에는 더러 그런 일이 있었다. 우리 처용포가 잘사는 동네여서 형편 안되는 이들이 더러 그렇게 했다.

딸이 생명이었다. 딸이 크면서 나도 컸다. 딸이 친구고 의지였다. 이 복을 어떻게 갚으려나 싶더라. 말이 씨가 됐는지 그년이다 커서 내가 친엄마가 아니라는 걸 알게 됐다. 그때부터 술독에 빠져 지냈다. 스물여섯살이나 먹어서. 서로 위해주는 마음만큼 서로 고생시켰다. 자기를 속였다고 길길이 날뛰고, 온 세상이 자기를 바보 만들었다고 소리지르고. 술취해 곯아떨어졌다가 술 깨면 또 행패부리고.

물 위에 뜬 거품을 먹이면 술을 끊을 수 있다기에 비만 오면 그걸 뜨러 다녔다. 개울이나 농수로에는 물이 많았지만 거기는 농약이 있을 거 같았다. 장화 신고 비닐옷 걸치고 산으로 올라갔다. 논보다 더 높은 곳에 있는 계곡에서 거품 떠오려고. 없더라. 그런 데는 물거품이 없었다.

술 끊는 약이 있다기에 시내 약국을 모조리 뒤졌다. 잘 없더라. 겨우 한군데서 찾아서 샀는데 약이라고 주면 안 먹을 게 뻔해서 갈아서 국에 넣었다. 국맛이 이상하다고 안 먹고. 좋아하는 해삼 위에 뿌려줬더니 해삼이 썩었다고 안 먹고. 기어이 못 먹였다.

술 먹으면 싸우려고 하는 게 문제였지. 정도 많고 울기도 잘하는 애가 술만 먹으면 그리도 표독스러워지는지. 마을사람 아무나 붙잡고 싸움을 걸었다. 아무도 못 당했다. 말도 얼마나 정 떨어지게 하는지. 그냥 죽게 놔두지 왜 데려다 키웠느냐고, 머리 검은 짐승 키운 대가 한번 치러보라고. 별 악담을 다 했다. 그렇게 술 마시더니 술병에 곯아 죽을 지경이 되어야 끝내더라. 동네사람들은 길러준 공도 모른다고, 술 먹고 어미 고생시키느니 죽는 게 낫다고 하더라. 남의 말이라고 참 고약하게 하대. 그게 나한테

174

어떤 딸인데. 내 손으로 어떤 생명도 떠나보내지 않겠다고 다짐한 게 언젠데. 무조건 부처님한테 매달렸다. 할 수 있는 게 그거밖에 없었다. 저년 살려주면 남은 평생 목숨 살리는 일만 하겠다고……”

할머니 숙제를 읽은 후 나는 왕고래집 아주머니를 다시 보게 되었다. 아주머니는 늘 웃는 얼굴로 시원시원하게 행동했다. 아무리 이십년쯤 전의 일이라 해도 할머니 공책 속의 모습과는 연결되지 않았다. 나는 그 시절 왕고래집 아주머니의 마음도 짐작할 수 있을 것 같았다. 믿는 도끼에 발등 찍힌 느낌, 주변 모든 것들로부터 홀로 동떨어진 느낌, 세상에 잘못 던져진 덤불 같은 느낌이었을 것이다. 자신이 누구인지 모르겠다는 느낌 때문에 혼란스럽고 불안해서 고래고래 화를 낼 수밖에 없었을 것이다. 내가 나무에게 그렇게 했던 것처럼. 나는 지금의 왕고래집 아주머니 모습을 마음속 깊이 간직했다. 언젠가 나도 그렇게 될 수 있을 것이다.

바다로 나갈 때와는 달리 육지로 돌아가는 길은 짧았다. 고요한 배 위에서 관광업자는 무엇인가를 메모하고, 시인은 먼바다를 바라보고, 교수라는 이는 돗자리에 누워 잠들어 있었다. 할아버지 친구분들은 할머니와 함께 선실로 내려갔다. 장포수 할아버지는 다시 선수에 자리잡고 앉았다. 고래배를 타기만 하면 할아버지 자리는 마땅히 그곳인 듯했다. 할아버지 뒷모습은 날개를 접은 채 웅크리고 앉은 큰 새였다.

마침내 육지가 보이기 시작하자 고요하던 사람들이 웅성이기 시작했다. 기관실에 물이 새더라도 이제는 살았다는 안도감이 이는 듯했다. 먼저 눈에 들어온 것은 바다를 안은 듯 가로로 길게 누운 처용리 뒷산이었다. 멀리서 보니 뒷산은 푸르고 붉고 아름다웠다. 그리고 그 산은 틀림없이 한 마리 용의 형상을 하고 있었다. 해운항만청과 해양경찰청이 들어선 동쪽 언덕은 용의 머리, 해군초소와 수협 있는 자리는 용의 몸통이었다. 동사무소와 처용초등학교는 용의 배, 만 맞은편 조선소가 위치한 산은 용 꼬리에 해당되었다. 일곱 굽이나 되는 봉우리들이 용의 몸통처럼 길게 이어지면서 처용리 전체를 감싸안고 있었다. 그 광경을 보니 언젠가 엄마한테 들은 용의 전설이 사실일 것 같았다. 어떤 부자가 용의 머리 자리에 별장을 지으려고 산을 깎다가 하루아침에 목숨을 잃었다는 이야기. 조선소 노동자들이 자주 시위하는 이유는 공장이 용 꼬리 자리에 있어 늘 들썩이기 때문이라는 이야기.

나는 서역에서 온 코끼리나 뒷산에 사는 용 이야기를 믿지 않았다. 처용암에 출몰한다는 바다생물도 마찬가지였다. 하지만 이제는 그런 이야기들의 진실을 짐작할 것 같았다. 자연이 이야기를 만들어냈다는 것을. 일본으로 떠난 남편을 기다리다 선 채로 바위가 된 부인이 있는 게 아니었다. 여인 모양의 바위가 있어 그런 이야기가 만들어졌을 것이다. 죽은 뒤 바다 속에 묻어달라는 왕이 있어 수중왕릉이 생긴 게 아니었다. 바다 속에 무덤 형상의 바위가 있어 왕의 전설이 만들어졌을 것이다. 배를 따라 나는 갈매기들을 바라보면 '가장 높이 나는 새가 가장 멀리 본다'는 격언 정도는 절로 떠오르는 것이다. 이제 궁금한 것은 그런 이야기들의 진실이 아니라 그런 이야기가 입에서 입으로 오래 전해지는 이유였다.

　바다에서는 무수히 많은 의문들만 안고 가는구나 생각하는데 장포수 할아버지가 선수에서 천천히 몸을 일으켰다. 새가 날개를 펼치듯 두 팔을 양쪽으로 넓게 벌린 자세로 잠시 서 있었다. 팔을 내리고 몸을 돌리더니 넓지 않은 선수 공간을 오른쪽으로 걷기 시작했다. 허공을 디디듯 걸음이 허천거렸다. 다시 반대편으로 걸어 선수 왼쪽 끝에 도달했어도 할아버지는 걸음을 멈추지 않았다. 배가 허공으로 이어진 듯, 허공을 향해 걸음을 내디뎠다. 할아버지가 허공을 걷는 순간 몸이 아래로 흘러내렸다. 처용암 근처, 바다동물이 출몰한다는 바로 그 지점이었다.

　나는 비명을 지르며 왼쪽 난간으로 달려갔다. 갑판에 있던 경찰관과 시인도 뒤따랐다. 나는 갑판 난간을 왼손으로 짚으면서 상체를 배 바깥으로 내밀어 아래쪽을 바라다보았다. 할아버지는 바다 속에 들어갔다가 이내 물 위로 떠올랐다. 그런 다음 얼굴을 위로 향하게 누운 자세로 가만히 수면에 떠 있었다. 팔을 허우적거리지도 않았고 헤엄을 치지도 않았다. 할아버지가 물 위에 고요히 누워 있을 때에야 다른 사람들도 무슨 일이 일어났는지 알아차렸다. 왕고래집 할머니와 할아버지 친구들이 선실에서 올라왔고 경찰선이 경보음을 울리기 시작했다.

그동안에도 할아버지는 물 위에 그냥 떠 있었다. 물속으로 가라앉지도 않고, 해류를 따라 흘러가지도 않고, 헤엄치는 동작도 하지 않았다. 물고기들이 할아버지의 바짓자락을 물어뜯을 수 있을 정도로 고요하게 떠 있기만 했다. 바다를 내려다보던 왕고래집 할머니는 낮은 비명을 지르며 그대로 갑판에 주저앉았다.

경찰 경비정에서 할아버지를 향해 구명용 튜브를 던졌다. 튜브는 할아버지의 발치쯤에 떨어졌다. 튜브가 발을 건드리는데도 할아버지는 가만히 누워 있었다. 웃음인지 울음인지 분간되지 않는 낯빛인 채로 물 위에 누워 있기만 했다. 이상하게도 나는 마음이 차분해졌다. 장포수 할아버지한테 아무 일도 일어나지 않을 거라는 확신이 들었다. 결코 물에 빠져 죽을 수 없는 사람이 있을 것 같았다. 바닷가에 살면서 바다와 몸이 맞아버린 사람은 바다에 들어가면 절로 몸이 떠오를 것이다. 물 위에 편안히 누워 팔꿈치를 조금만 움직여도 유선형으로 파도를 가르며 나아갈 것이다. 대왕고래처럼 할아버지는 물속에서도 오래 견딜 수 있을 것이다. 나는 편안해진 마음으로 할아버지를 지켜보던 시선을 바다 쪽으로 밀어냈다.

그 순간 할아버지 등뒤로 다가오는 검푸른 물체가 보였다. 몸빛은 거북이 같지만 형태는 용처럼 길쭉하고, 살갗은 해파리처럼 부드러워 보였다. 내가 소리조차 지르지 못한 채 굳어 있는데 검푸른 물체는 할아버지를 안았다. 할아버지의 몸 밑에서 튜브처럼

할아버지를 받치고 있었다. 물속으로 얼굴이 잠기려던 할아버지
는 다시 떠올랐다.

"저기, 저기……"

나는 손가락질하며 말을 꺼냈다가 이내 중단했다. 아무도 그
물체를 보지 못한 것 같았다. 검푸른 물체에 안겨 있는 할아버지
까지 그 존재를 모르는 듯 움직임이 없었다. 바다동물은 그동안
들었던 어떤 모습과도 닮지 않았다. 안개처럼 흰 베일에 싸여 있
지도 않았고 온몸에 검은 비늘이 덮여 있지도 않았다. 배를 뒤집
어엎을 듯 사나워 보이지도 않았다. 왜 바다동물은 그토록 여러
가지 모습을 가질까, 의문이 또하나 더해졌다.

구명동의를 입은 경찰 두 명이 양쪽에서 바다로 뛰어들었다.
그들은 각각 할아버지의 머리와 다리 쪽으로 접근했다. 한 사람
은 할아버지의 머리와 어깨 쪽을 잡고, 다른 사람은 할아버지의
다리부터 구명 튜브를 끼웠다. 경찰선에서 할아버지와 구명 튜브
를 함께 끌어올렸다. 그 순간 할아버지를 안고 있던 검푸른 물체
는 터져 사라지는 물방울처럼 자취를 감추었다. 나는 몇번이나
눈을 깜박이며 주변 바다를 훑어보았다. 그러나 그 바다생물의
모습을 볼 수 없었다.

경찰관은 할아버지 몸을 담요로 감싸며 몇가지 질문을 하는
듯했다. 동시에 경찰선은 속력을 높여 육지로 달려갔다. 그러나
할아버지는 가만히 누워 있기만 했다. 비로소 할아버지가 왜 바
다로 뛰어들었는지 궁금해졌다. 그것이 실족인지 투신인지, 처용

암 근처에 산다는 바다동물에게 홀린 것인지.

훗날 나는 이렇게 말할지도 모르겠다. 예전에 한 할아버지가 바다로 뛰어들었는데, 그 바다에 살던 바다생물이 물밑에서 할아버지를 받쳐주었대. 할아버지는 수영을 하지 않았지만 편안하게 바다에 떠 있었대. 경찰이 할아버지를 구해줄 때까지. 나는 어느새 처용암 근처에 산다는 그 바다생물을 믿고 있었다. 한바다에서 보았던 보랏빛 물체도 틀림없이 살아 있는 생명체였다고 믿었다. 바다에서는 어떤 일이 일어나든 다 믿어야 하지 않을까 싶었다. 설사 할아버지가 바다 속으로 헤엄쳐 들어가 다시는 나오지 않는다 해도.

할아버지와 경찰선이 떠난 뒤에도 왕고래집 할머니는 갑판에 가만히 앉아 있었다. 넘어진 자세 그대로인 듯해 다시 보니 할머니가 한 자세로 움직이지 않았다. 왼팔을 가슴께에 들어올려, 오른손으로 왼팔 손목을 잡은 자세였다. 왜 그러느냐고 묻기도 전에 나는 벌써 할머니의 왼팔이 이상하다는 것을 알아차렸다. 손목에서 한뼘쯤 되는 위쪽이 에스자 모양으로 휘어져 있었다. 할머니는 휜 팔목을 바로 펴보려는 듯 팔목을 잡은 오른손에 한사코 힘을 가했다. 얼굴을 찡그린 채 조심스러운 동작으로 손목을 어루만지고 있었다. 내가 다가가자 할머니는 나를 올려다보았다.

"팔목이 왜 이러는지 모르겠다."

그 순간 내 속에서 한 단어가 떠올랐다. 골절. 어디에서 그런 단어가 튀어나왔는지는 알 수 없지만 또 어째서 그렇게 묻는지 모르는 질문을 했다.

"할머니, 주저앉을 때 이 손으로 바닥을 짚으셨어요?"

할머니는 고개를 끄덕였다. 나는 거의 반사적으로 몸을 돌리면서 소리쳤다.

"아저씨, 할머니가 다쳤어요. 경찰아저씨!"

내 목소리는 내가 듣기에도 놀랄 만큼 컸다. 바닷바람에 맞서 소리치는 선원들처럼. 달려온 경찰관에게 자리를 내어주고 한걸음 물러서는데 또다시 그런 생각이 들었다. 바다에서는 무슨 일이든 일어날 수 있다는 것. 할아버지한테 바다로 뛰어든 이유가 있다면 할머니에게도 손목을 부러뜨릴 이유가 있었을 것이다. 그 이유조차 바다에서는 믿어야 할 것이다.

## 그 노래가 몸을 묶었다

　장포수 할아버지는 뒷짐을 진 자세로 대문간에 서 있었다. 온 집안 문들은 다 열려 있고 마루며 방바닥에는 신문지들이 깔려 있었다. 커다란 용달을 대문간에 대어놓고 시청 공무원과 함께 온 일꾼들이 집 안 물건을 짐칸에 옮겨싣는 중이었다. 대문간에 있던 산호석과 고래배 부속품들은 이미 실렸고 이제는 건넌방에 있던 물건들이 실려나왔다. 작살과 작살 끝에 달린 밧줄, 고래 등 뼈를 한 줄로 꿰어 만든 장신구, 고래뼈를 조각해 만든 고래상도 있었다. 긴 손잡이가 달린 칼, 그 칼을 넣어두는 기다란 나무상자, 미늘이 하나 달린 구식 작살도 보였다. 할아버지가 얼마나 꼼꼼하게 물건들을 닦고 정돈해뒀는지 뒷손질이 필요없어 보였다.

　물건들이 나올 때마다 할아버지는 그 이름과 용도를 설명했다. 시청 공무원은 수첩을 들고 할아버지 옆에 서서 일일이 기록했다. 어떤 물건들에는 따로 번호를 매겨 스티커를 붙였다.

"장포수 영감, 이거 다 나가면 허전하시겠소."

노란 비닐 앞치마를 두르고 흰 플라스틱 양동이를 들고 지나가던 왕고래집 할머니가 잠시 대문으로 고개를 들이밀었다. 할아버지는 대답 없이 가만히 웃기만 했다. 실려나가는 물건 하나하나에 아쉬운 눈길을 보내는 할머니와는 달리 할아버지는 덤덤해 보였다.

할아버지가 바다에 빠지고, 할머니 팔이 부러졌을 때는 그 모든 일이 거짓말 같았다. 그런 사건이 일어난 게 거짓이라는 뜻이 아니라 그 일들을 덤덤하게 받아들이는 내가 거짓말 같았다. 두 사건의 주인공들이 위기상황에서조차 고요해서 그런 걸까 싶었다. 두 분이 구급차에 실려 떠난 뒤 나는 할아버지 집과 왕고래집 식당을 서른 번은 오갔을 것이다. 서너 시간쯤 뒤 구급차를 따라갔던 왕고래집 아주머니가 돌아와 할머니의 옷가지들을 챙길 때까지.

"걱정 마라. 장포수 아재는 다친 데 없고 엄마도 팔에 깁스만 하면 된다더라. 그래도 연세들이 있으니까 며칠 입원해서 몇가지 검사를 받기로 했다."

왕고래집 아주머니는 장포수 할아버지 집에서도 옷가지를 챙겼다. 아주머니가 운전석에 탈 때 나는 자연스럽게 조수석에 올라탔다. 할머니와 할아버지는 삼인용 입원실에 나란히 누워 있었다. 할머니는 왼팔에 석고붕대를 두르고, 할아버지는 오른팔에 주삿바늘을 꽂고 있었다. 두 분 모두 저녁에 잠자리에 들 때처럼 편안한 표정이었다. 내가 들어갔을 때 왕고래집 할머니가 할아버지한테 고맙다는 인사를 하고 있었다.

"장포수 덕에 또 고래배 타보고. 내 안 잊으리다."

장포수 할아버지는 가만히 웃기만 했다. 할머니는 나를 바라보며 "니은아, 니도 좋았제?" 하고 물었다. 나도 장포수 할아버지처럼 가만히 웃으며 고개만 끄덕였다.

"그런데 장포수 영감, 솔직히 말해보소. 미끄러져 떨어진 거요, 일부러 뛰어내린 거요? 그리 사람을 놀라게 하고."

"예전에는 더러 그랬다. 큰 고래 잡아가지고 부두로 들어설 때, 기적 빽빽 울리다가 기분좋으면 바다로 뛰어들곤 했다."

"나이가 몇인데…… 그래, 바다가 수영할 만하던가요?"

"괜찮습디다. 냄새는 좀 나지만 그래도 예전에 비하면 바다가 개과천선했지."

할머니와 할아버지는 함께 웃었다. 왕고래집 아주머니도 따라 웃었다. 이제는 처용리 산과 바다가 거의 다 살아났다고 세 사람은 입을 모았다. 언덕 너머 공장에 가서 더이상 기름탱크 짓지 말라고 부탁하던 일, 정유공장 굴뚝에서 검은 연기 덜 나오게 해달라고 당부하던 일, 폐수를 깨끗하게 해서 내보내달라고 시청으로 공장으로 찾아다니며 요청하던 일 등을 이야기했다.

"자식 키운 보람 있습디다. 장포수 딸도 그렇고 니은이 애비도 그렇고. 다들 한마음으로 처용포 살리기 위해 애썼잖소.”

“그중 장포수 영감님 노력이 제일이었지. 처음 나무 심기 시작할 때는 나도 걱정스러웠는데. 그게 한두 그루로 될 일도 아니고, 심어도 금방 죽었으니까.”

그렇지만 할아버지가 혼자 애쓰기 시작하자 마을사람들도 팔을 걷고 나섰다. 할아버지만큼 매일 산에서 살지는 않아도 가끔씩 뒷산에 올라 함께 나무를 심었다. 한창 가물 때면 새벽 산책 삼아 뒷산에 오르면서 한 양동이씩 물을 뿌려주기도 했다. 어떤 이는 음식물 찌꺼기로 유기농비료를 만들었고, 해충이 번식할 때는 다함께 나무의 벌레를 잡았다. 그렇게 십년 이상 지나자 뒷산은 푸르러지고 공기도 한층 좋아졌다고 할머니는 이야기했다.

“뒷산에 나무 심은 것만으로도 내 평생 영감님 끼니 책임질 수 있다오.”

할아버지는 또 묵묵히 웃었고 나는 할아버지와 할머니 말을 잘 기억해두기로 했다. 그 말 속에 든 의미를 지금은 이해하지 못하지만 언젠가는 그 말들이 내 삶의 소중한 순간을 지탱해줄 거라는 느낌이 들었다.

그날 저녁 왕고래집 아주머니가 집으로 돌아간 뒤에도 나는 병실에 남았다. 장포수 할아버지 딸이 서울에서 내려온 뒤에도 병실을 떠나지 않았다. 왕고래집 할머니 심부름으로 초등학교 일학년 교과서를 사다드리고 장포수 할아버지가 바람쐬러 가는 길을 함께 걸었다. 할아버지와 걷는 길에 궁금하던 것을 여쭤보기도 했다.

"할아버지도 처용암 근처에 사는 바다동물을 본 적 있어요?"

"글쎄다, 나는 본 적 없다만……"

"그럼 할아버지는 그런 게 있다고 믿으세요?"

"그런 건 모두 니 마음에 달렸을 거다. 신도 천국도 니가 있다고 믿으면 있고 없다고 믿으면 없는 거다. 바다동물도 고래도 마찬가지다."

나는 할아버지의 그 말씀도 가슴에 새겨두기로 했다. 무엇이든 내가 있다고 믿으면 있는 거라고.

할머니는 사흘 만에, 할아버지는 닷새 만에 퇴원했다. 할아버지 딸은 할아버지 곁에서 며칠간 더 머물다 올라갔고, 할머니는 왼쪽 손목에서 팔꿈치까지 석고붕대를 감은 채 모든 일을 다치기 전과 똑같이 했다. 새벽이면 고양이밥 주고, 오전에는 한글교실에 갔다. "글씨 쓰는 손을 안 다쳐서 얼마나 다행인지 모르겠다." 할머니는 그 말씀만 되풀이했다.

건넌방의 물건들이 다 실려나오자 할아버지는 이번에는 시청 공무원을 안방으로 안내했다. 나는 할아버지를 뒤따라 마루로 올라섰다. 할아버지는 문갑 서랍에서 구두상자를 꺼내 그 안에 든 종이뭉치를 보여주었다.

"이건 해방 후 일본 포경회사에서 고래배 인수할 때, 그때 목선 세 척 받아 포경업 시작했다, 그때 받은 계약서다. 이런 것도 필요한가?"

“물론입니다, 선생님. 이 귀중한 것을 보관하셨군요.”

할아버지의 구두상자에서는 예전에 쓴 모든 포경일지, 일등 포수상 상장 같은 것들이 더 있었다.

“필요하면 다 가져가게.”

할아버지는 포수상 상장뿐 아니라 문갑에 세워진 상패 다섯 개와 액자사진도 가리켰다. 할아버지 손길이 마지막으로 가리킨 것은 벽을 따라 나란히 걸려 있는 고래 사진들이었다. 국제포경 위원회 감시단에 적발되었던 흰수염고래 사진도 포함해서였다. 공무원은 일꾼들을 안방으로 불렀고 두 명의 인부는 액자를 떼어 내어 차에 실었다. 액자는 스무 개 가까이 되었다.

“집이 텅 비는구먼. 아예 집을 전부 내주시구려.”

왕고래집 할머니는 물건을 싣고 떠나는 트럭을 보며 서운해했지만 장포수 할아버지는 내내 담담한 얼굴이었다. 할아버지가 고래배에 볼일이 남았다면서 떠난 뒤 할머니는 내 팔목을 잡아끌었다.

“니은아, 오늘 숙제 좀 도와다오. 오늘은 꼭 도와줘야 한다.”

할머니의 숙제는 ‘한글 배우면 꼭 하고 싶었던 일 하기’라고 했다. 할머니의 ‘우리 선생님’은 지난 시간에 학생들에게 한글 배우면 가장 먼저 하고 싶었던 일이 무엇이냐고 질문했다. 아기 업고 글 배우러 다니는 젊은 새댁은 가계부 쓰기라고 대답했다. 남편이 가계부도 쓰지 않는 헤픈 여자 취급하는 게 서러웠다. 계를 많이 하는 할머니는 혼자서도 당당하게 계모임 장소를 찾아가는 거라 했다. 그동안은 먼저 친구 집으로 가서, 그 친구와 함께 계모임에 다녔다. 외국에 유학가 있는 아들에게 편지 보내는 게 소원인 아주머니도 있었고 자판기에서 밀크커피와 블랙커피를 헛갈리지 않고 뽑고 싶었다는 아주머니도 있었다.

"나도 한글 배우면 하고 싶은 게 두 가지 있었다. 불경 사경해서 부처님께 올리는 거하고 노래방에 가서 노래 부르는 거."

내가 할머니 말씀을 들으며 웃었나보다. 할머니는 "왜, 내가 처용포 카수라는 거 몰랐나?" 하고 물었다. 할머니는 라디오에서 나오는 노래를 한두 번만 들으면 그대로 따라 부를 수 있었다. 어느 모임에서나 할머니 노래는 인기 짱이었다. 그런데 노래방이라는 게 생긴 뒤부터 할머니는 노래 부르는 게 무서워졌다. 한번 노래방에 갔을 때 사람들이 멋대로 노래를 찾아서 마이크를 쥐여주었다. 그게 할머니 십팔번이라고 하면서. 할머니는 화면에 나오는 글자들을 보는 순간 머릿속이 하얘졌다. 그뒤로는 노래방 근처도 가지 않았다.

할머니는 노란 비닐 앞치마를 벗어 흰 양동이에 넣은 뒤 그것을 장포수 할아버지 댁 대문간에 놓아두었다. 나는 할머니를 따라 우체국과 수협 사이 꽃마차다방 이층에 있는 노래방으로 갔다. 할머니는 카운터 주인과 인사하고 돈을 지불한 뒤 앞장서서 방으로 들어갔다. 방에 앉자마자 우선 노래방 책자부터 집어들었다.

"이게 뭔지 그리 궁금하더라. 노래 제목이구나. 기역 니은 순으로 돼 있구나."

할머니는 노래 제목을 손가락으로 짚으면서 하나씩 읽어나갔다. 가는 세월, 가시리, 가을 바람, 고독한 여자…… 그렇게 페이지를 넘기더니 노래 하나를 골라냈다.

"여기 있구나. 이거 한번 불러보자. 굳세어라 금순아."

나는 할머니한테 제목 옆의 번호를 기계에 입력해 반주를 시작하는 과정을 알려주었다. 할머니는 긴장한 낯빛으로 모니터를 보면서 한 자, 한 자 노래 불렀다. 노래하는 게 아니라 책을 읽는 듯했다. 글자에 신경쓰느라 자주 박자를 놓쳤다.

"고약스럽다. 글 읽을 때처럼 노래 부를 때도 더듬거린다."

할머니는 붉게 달아오른 얼굴로 가쁜 숨을 몰아쉬었다. 몸 전체가 화사하게 부풀어오르는 듯했다. 모니터 글자에 열중한 채 한 자씩 노래하는 모습이 망루에 올라 있던 장포수 할아버지 모습 같기도 했다. 할머니는 글을 읽듯 한 자, 한 자 노래 부르며 공중으로 한없이 날아올랐다. 나는 그 모습도 기억해두기로 했다.

"니은아, 이번에는 니가 해봐라. 나는 좀 쉴란다."

할머니가 겨우 노래를 끝낸 뒤 의자에 앉으며 내게 마이크를 건넸다. 사실 나는 아까부터 노래책 목록에서 곡 하나를 찾아놓고 있었다. 그 노래를 부를 수 있을까 생각하면서 책을 펼쳤다가 아니야 하는 마음으로 도로 덮었다. 그런데 할머니가 마이크를 주면서 몸을 일으켜세우는 순간 할머니처럼 용기를 갖기로 했다.

"술 마시고 노래하고 춤을 춰봐도, 가슴에는 하나 가득 슬픔뿐이네……"

나도 모르게 아빠 목소리를 흉내내고 있었고, 고작 거기까지 불렀을 뿐인데 가슴이 아려왔다. 몇달 전까지 그 노래에서 느끼던 감정은 하나였다. '멜로디도 가사도 진짜 복고풍이야.' 그런데 이제 그 노래는 스무 가지, 서른 가지 감정을 불러일으켰다. 지난 석 달 동안 경험한 모든 감정들이 일시에 솟구쳐올랐다. 목이 뻑뻑해졌지만 나는 천천히, 고집스럽게 노래를 이어갔다.

"무엇을 할 것인가 둘러보아도, 보이는 건 모두가 돌아앉았네……"

더이상 노래를 계속할 수 없었다. 그 소절은 어쩌면 그렇게도 내 마음과 한치의 빈틈없이 똑같은지 숨이 막혔다.

"더 크게 해라. 쇳덩이도 소화시킬 나이에 왜 그리 힘이 없노."

할머니가 그렇게 말했지만 나는 정지버튼을 누른 뒤 자리에 앉았다. 고작 노래 한소절 때문에 눈물이 흐른다는 사실을 믿을 수 없었다. 세상 모든 노래가 사랑노래이고 세상 모든 이야기가 사랑이야기라 생각했다. 대중가요나 드라마가 늘 비슷비슷하게 느껴지는 이유도 만날 사랑타령을 하기 때문이라고 생각했다. 그런데 아니었다. 이제 보니 그것들은 사랑 이후의 이야기들이었다. 세상 모든 노래는 이별노래고 세상 모든 이야기는 이별이야기라는 게 더 바른 정의 같았다.

내가 의자에 가만히 앉아 있자 할머니가 내 손을 잡아 가까이 끌어당겼다. 할머니는 내 눈을 들여다보며 천천히 이야기를 꺼냈다.

"사람 마음이 참 질기더라. 같이 절에 다니던 동무가 있었는데……"

그 할머니는 늘 "사람 몸뚱이는 더러운 가죽주머니다, 죽으면 활활 태워버려야 한다"고 버릇처럼 말했다. 자리보전하고 누웠을 때도 그 말을 반복했다. "내 죽거든 뜨거운 불길에 활활 태워다오." 그런데 그 할머니 장례식에 갔더니 화장이 아니라 매장을 하고 있었다. 상주한테 왜 유언을 어기느냐고 물었다. 그랬더니 상주가 "어머님이 마음을 바꾸셨습니다"라고 말했다. 자식이 지어온 수의를 보더니 그것을 손바닥으로 쓰다듬으며 "이 고운 모시 좀 봐라. 이 옷 입고는 불구덩이에 못 들어간다" 했다. 그러면서 죽은 다음 매장해달라고 부탁했다. 그 옷을 좀더 오래 입고 싶다고. 죽는 날 아침에도 매장해달라고 다시 한번 당부했다.

"니은아, 사람 마음이 그리 질기다. 정도, 욕심도."

나는 할머니 말씀을 반쯤만 알아들었다. 온몸이 잦아들듯 저려왔지만 할머니 다음 말씀은 잘 알아들었다.

"니은아, 그만하면 됐다. 새학기부터는 학교 다니거라. 배울 때 놓치면 이 할미처럼 불편하다."

# 소나무가 울고 있을 때

손끝에 작은 플러그가 달린 것 같았다. 고속버스 표를 끊고 잔돈을 건네받을 때도, 버스 손잡이를 잡을 때도 손끝에서 이는 불꽃 때문에 잠깐씩 숨이 멎었다. 집에 도착해 현관문에 열쇠를 꽂을 때는 손가락을 통째로 콘센트 구멍에 들이민 듯 큰 불꽃이 일었다. 어둠속에서 보는 정전기 불꽃은 연보라색이었다. 손을 턴 뒤 손잡이를 잡으니 손목까지 전류가 흘렀다.

오래 닫아둔 집 안에서는 덮어씌우듯 먼지 냄새가 끼쳐왔다. 나는 자동감지쎈서가 켜둔 현관등이 꺼질 동안만큼 현관에 서 있었다. 거실로 들어서며 불을 켜자 장식장 위에 놓인 액자들이 먼저 눈에 띄었다. 엄마 아빠가 휴양지에서 웃고 있었다. 유치원 졸업식에서 내가 엄마 아빠와 함께 웃고 있었다. 뱃속에서 뜨거운

것이 올라왔지만 참을 만했다. 아빠 시계도 엄마 지갑도 이제 더
는 무섭지 않았다. 나는 다 큰 어른인 듯 느껴보려 했다. 한바다
에서의 할아버지나 왕고래집 할머니처럼 무슨 일이든 해낼 수 있
다고 믿었다. 팔목이 부러져도 가만가만 이야기하고, 석고붕대를
감고도 학교에 나가는 할머니처럼 살고 싶었다. 의젓하게, 엄살
부리지 않고.

쫓기듯 집을 떠날 때와는 사뭇 다른 기분이었다. 석 달 동안
아주 먼 곳을 다녀온 듯했다. 많은 것을 보고 많은 것을 알게 되
었고, 그중 몇가지는 여전히 의문문으로 내면에 간직되어 있었
다. 사람 마음이 그리 질기다. 왕고래집 할머니 말씀도 잘 새겨두
기로 했다. 고모한테 집으로 돌아가겠다고 말했을 때 고모는 거
듭 다짐했다.

"조금이라도 이상한 기분이 들면 재까닥 연락해."

강남터미널에 내렸을 때는 이모 전화를 받았다. 잘 도착했는
지 물은 뒤 전화기를 꼭 켜놓을 것을 약속하라고 했다.

나는 집 안의 모든 문을 열고 청소기를 돌렸다. 방문과 창문뿐
아니라 다용도실과 장롱까지 열었다. 창으로 들어온 바람이 거실
을 지나 현관으로 나갔다. 어떤 바람은 안방으로 들어가 장롱 안
을 훑고 지나갔다. 청소하다가 생각난 듯 전화기를 꺼냈다. 단축
번호 4번을 누르고 모니터에 나무 전화번호가 뜨는 걸 보자 내가
그동안 나무에게 전화하고 싶었다는 걸 알았다. 나무가 전화 받
으면 먼저 미안하다고 말하려 했다. 번호도 통화음도 그대로였지

만 나무는 전화를 받지 않았다.

나는 집 안 창문을 모두 열어둔 채 현관만 잠그고 밖으로 나갔다. 어두운 거리에 정전기가 불빛 형태로 떠 있었다. 나는 분식집에 들어가 김밥과 우동을 먹고 거리를 조금 걸었다. 네온싸인과 가로수 기둥에 장식해둔 불빛들이 눈으로 들어와 몸속 근육과 핏줄까지 전달되었다. 다시 도넛가게에 들어가 도넛과 코코아를 먹고 또 거리를 걸었다. 네온싸인이 번쩍일 때마다 피돌기가 잠깐씩 멎으며 몸의 수분이 증발했다. 이따금 왼손에 쥔 전화기를 눈앞으로 들어올려 모니터를 살펴보았다. 9:35. 숫자가 커다랗게 보였다. 다시 아이스크림 가게에 들어가 초코아이스크림을 먹었다. 그런 다음 집으로 돌아가 몸도 마음도 시들듯 잠 속으로 빠져들었다.

이튿날 잠에서 깨어 전화기를 집어들었을 때도 정전기가 일었다. 나무에게서는 전화가 없었다. 발신자 표시에도, 문자함에도 흔적이 없었다. 전화기에 저장된 번호들을 하나씩 열람해보다가 담임선생님한테 전화를 걸었다. 선생님은 한꺼번에 많은 질문을 했다. 잘 지냈니? 지금 어디니? 오늘 학교로 올 수 있니? 선생님의 질문에 답하면서 나는 알 수 없는 한숨을 몰아쉬었다.

선생님은 학교 앞 빵집으로 약속장소를 잡았다. 학교로 오라고 하지 않은 게 이상했지만 한편으로는 다행스럽기도 했다. 선생님은 먼저 와 있다가 내가 들어서자 부자연스러울 정도로 크게 웃었다. 웃는 얼굴 한편에서 피로감이 묻어났다.

"곧 방학인데, 좀 일찍 연락하지 그랬니?"

나는 처용포 할아버지 댁에 가 있었다고 말씀드렸다. 선생님은 "그래, 이제 괜찮아졌니?"라고 물었고 나는 고개를 끄덕였다. 괜찮아진 줄 알았는데 다시 혼란스러워지는 것 같다고는 말하지 않았다.

"이학기부터 학교 다니려고요. 방학숙제도 하고요."

선생님은 고개를 끄덕이며 잠시 말이 없었다. 얼굴에서 웃음기가 걷히자 피로한 기색이 두드러졌다. 한 학기 동안의 피로감이 모두 몸 안에 쌓여 있는 듯 지친 낯빛이었다. 재킷에 달린 나비 모양 크리스털 브로치 때문에 더욱 피로해 보이는 것 같았다.

"너랑 연락하려고 무던히 애썼다. 전화기는 꺼져 있고, 네 고모 전화번호도 모르고. 너랑 단짝이었던 나무 연락처를 아는 애도 없더라."

나는 선생님이 중요한 말씀을 하고 있음을 알아차렸다. 갑자기 등줄기가 서늘해졌다.

"너랑 연락만 되었더라면 피할 수 있는 일이었다. 네가 중간에 하루라도 학교에 다녀갔으면 기술적으로 휴학은 면할 수 있었는데."

나는 휴학이라는 말을 들었다. 내 의사와 무관하게 이루어진 나의 일이었다. 머리가 핑글 도는 느낌이 들 때는 내가 그토록 학교에 애착을 갖고 있었는가 싶어 놀라웠다. 선생님은 교칙상 어쩔 수 없었다고 말했다. 무단결석 한 달이면 제적인데 석 달이나 연락 없이 등교하지 않아 어쩔 도리가 없었다. 선생님으로서는 제적 아닌 휴학 처리를 하는 것만으로도 최선의 조치였다고 했다. 내가 선생님 말씀을 못 알아듣는 낯빛을 하고 있었던 모양이다.

"너무 실망 마라. 내년 삼월부터 이학년으로 다니면 되니까."

선생님은 위로하듯 말했지만 나는 갑자기 사막이나 바다 한가운데 던져진 느낌이었다. 주체할 수 없이 황량한 시간이 눈앞에 가로놓였다. 그 시간들은 단숨에 건너뛸 수도, 멍석처럼 말아 축소할 수도 없었다. 눈앞에서 나비 브로치가 빛을 반사하며 반짝거렸다. 사람들이 크고 빛나는 액세서리를 하는 것은 슬픔을 가리기 위해서가 아닐까 싶었다. 혹은 슬픔을 보석처럼 빛나게 하고 싶어서. 눈물에 어룽거리는 브로치를 보고 있으니 그런 말도 안되는 생각이 들었다.

선생님과 헤어져 걸으면서 예전에 들은 특별수업을 떠올렸다. 선생님은 커다란 도표를 칠판 옆에 세우고 우리가 선택할 수 있는 직업에 대해 설명해주었다. 도표 왼쪽에는 직업명이 쓰여 있고 그 옆으로 근무시간, 수입, 기타사항 들이 적혀 있었다. 직업란에는 공무원, 은행원, 교사, 가수, 탤런트, 코디네이터 등이 기록되어 있었다. 친구들이 가장 선호는 직업은 가수와 탤런트였다. 그다음은 가수나 탤런트 옆에서 일하는 코디네이터와 매니저였다. 그런데 매니저와 코디는 하루 근무시간이 이십 시간이었다. 하루 여덟 시간 근무하는 공무원보다 수입은 적었다. 직업에 대한 설명 끝에 선생님은 놀이처럼 즐길 수 있는 일을 직업으로 삼으면 평생 즐겁게 살 수 있다고 말했다.

그때는 도표를 보면서도 내가 무슨 일을 하고 싶은지 떠오르지 않았다. 아빠처럼 수렵인의 후예로 태어나 사무직 노동자가 되지는 말아야겠다고 생각한 것이 전부였다. 그런데 다시 그 도표를 떠올리자 나는 할 수 있는 일, 하고 싶은 일이 많이 생긴 것을 알았다. 장포수 할아버지처럼, 왕고래집 할머니처럼, 혹은 시인이나 고래 관광업자처럼 살 수도 있을 것 같았다. 넓은 바다에 다녀온 덕분인 듯했다. 그 생각이 들자 기분이 조금 나아졌다.

나는 걸음을 멈추고 다시 전화기를 확인했다. 나무에게서는 여전히 연락이 없었다. 심호흡을 한 뒤 단축번호 4번을 눌렀다. 통화음이 다섯 번쯤 반복되었을 때는 나무가 아직도 화난 상태구나 싶었다. 통화음이 일곱 번쯤 울린 뒤에는 나무가 나를 벌주고 있다는 느낌이 들었다. 통화음이 열다섯 번 울렸을 때는 나무가 나를 떠났다는 사실을 알았다. 전화기를 끄면서 나는 이제 나무가 떠난 사실도 받아들여야 한다고 생각했다. 엄마 아빠가 떠났다는 사실을 받아들여야 하는 것처럼.

나는 전화를 끊은 뒤에도 전화기를 들여다보며 오래도록 거리에 서 있었다. 등뒤에서 교문이 닫히고 나무도 나를 떠났다. 모든 게 끝났다는 생각이 들자 마음속에 있던 미진한 문제마저 끝내고 싶었다. 나는 뿔테안경한테 전화를 걸었다. "너 그때 왜 나를 거절했니?" 따지자는 게 아니라 그냥 이유를 들어보고 싶었다. 아직도 그 아이를 좋아하는 마음이 있는지는 알 수 없었다. 그것 역시 만나서 확인해보고 싶었다. 당분간 학업에 열중하고 싶어, 그런 대답이 올 줄 알았는데 뿔테안경은 뜻밖에도 당장 만나자고 대답했다.

그애는 여전히 멋졌다. 긴 다리에 넓은 어깨, 진지해 보이는 옆모습도 그대로였다. 개는 걱정스러운 낯빛으로 내 안부를 물었다. 마치 예전에 사권 적이 있는 남자친구처럼. 나는 할아버지 댁에 머물렀다고 대답했다.

"다행이야. 너 학교 안 나오고 이상한 소문 돌았어. 어른처럼 화장하고 압구정 사거리를 건너더라, 대학생과 데이트하는 것 같더라."

그의 안경테가 비틀리는 듯한 착시현상이 지나갔다.

"난 믿지 않았지만 그래도 혹시나 해서."

나는 그냥 고개를 끄덕였다. 늘 있는 이야기였다. 한 학기에 한두 명은 교실에서 사라졌고 그때마다 분분한 소문이 뒤따랐다. 호텔 레스또랑에서 노신사와 식사하더라, 공고에서 짱 먹는 애랑 같이 산다더라. 이제는 그런 소문조차 충격이 아니었다.

"친구들이 많이 떠났어. 경식이 알지? 개는 캐나다로 어학연수 떠났어. 미나는 필리핀 갔고."

뿔테안경은 이어서 어느 친구 커플이 깨어졌다는 이야기, 누가 누구와 새로 사귀기 시작했다는 이야기들을 이어갔다. 개가 들려주는 이야기는 아주 먼 곳의 일 같았다. 아무래도 처용포 구석에 너무 오래 있은 모양이었다. 뿔테안경은 이어서 인터넷에 떠돌 법한 소문들까지 나열했다. 탤런트 커플들과 가수들의 사건 사고 소식들을. 그것은 친구와 선생님 이야기보다 더 멀었다. 힙합바지가 자기 이야기만 했다면 뿔테안경은 남의 이야기만 하고 있었다.

뿔테안경에 대한 환상은 재빠르게 깨어졌다. 나는 걔가 생각 깊고 과묵한 친구라 생각했다. 헤르만 헤세와 니체를 읽으며 세상에 유익한 사람이 되기 위해 조용히 뜻을 키우고 있을 줄 알았다. 걔의 휴대폰 컬러링은 베토벤이거나 적어도 김장훈쯤은 될 거라 생각했다. 모든 것이 나의 착각이었다. 걔의 전화벨이 울렸을 때 마지막 환상까지 깨끗하게 부서졌다. "있어 보이고 싶어, 멋져 보이고 싶어……" 나도 거북이 노래를 좋아하지만 걔의 컬러링은 좀 다를 줄 알았다.

끝없이 이어지는 뿔테안경의 이야기를 중단시키고 나는 그애에게 한가지 물어보았다. 걔를 놀리거나 무시할 마음은 아니었다. 그냥 궁금했을 뿐이다.

"너는 바다에서 돌고래가 집단으로 춤추는 광경을 본 적 있니?"

뿔테안경은 갑자기 총에 맞은 듯한 표정을 지었다. 내 질문이 우습거나 재수없게 들릴 거라는 사실도 짐작되었다. 그래도 대답을 듣고 싶어 나는 그애의 시선을 꼭 붙잡고 있었다.

"바다에서 춤추는 보랏빛 물체를 본 적은 있어?"

그애가 먼저 내 눈길을 외면했다. 나도 먼 곳을 향해 시선을 돌렸다. 그때부터 우리 사이에는 배구 네트가 세워졌다. 그애 말은 네트에 맞아 개에게로 돌아갔고 내 생각은 내 코트 안에서만 맴돌았다. 그렇게 우리는 헤어졌다. 그애를 등지고 걸으면서야 우리가 서로에 대해 아는 게 전혀 없다는 사실을 인정했다. 내가 남자 친구들을 뿔테안경, 힙합바지라고 부르며 그 친구들의 겉이미지만 받아들였던 것처럼 개들도 그랬을 것이다.

뿔테안경과 헤어진 뒤 나는 다시 거리를 걸었다. 패스트푸드점에 들어가 커다란 햄버거와 우유를 먹고 거리를 걸었다. 쇼핑쎈터를 천천히 걸으며 구두, 가방, 운동복 파는 집을 구경했다. 물건뿐 아니라 종업원들 얼굴도 유심히 보았다. 생과일주스 가게 흔들의자에서 키위주스를 마신 뒤 거리를 걸었다. 네일아트, 화장품, 액쎄서리 가게를 지났다.

이제는 괜찮을 줄 알았다. 다시 학교 다니고, 나무도 만나고, 남자친구도 사귀면 될 줄 알았다. 그러나 학교는 휴학처리되었고, 나무는 전화를 받지 않았고, 남자친구는 실망스러웠다. 어디에도 소속될 수 없는 시간이 구개월이나 남아 있었다. 손대는 모든 사물에서 정전기가 일었고, 허공 가득 전기 알맹이들이 떠 있어 자주 온몸으로 전류가 흘렀다. 슬퍼하기 위해 온몸을 전도체로 만들어서는 안된다고 생각될 때 나는 공원으로 들어갔다. 커다란 소나무로 곧장 다가가 나무둥치에 이마를 대고 섰다. 코끝으로 솔향기가 스며들었다.

내가 아직도 슬퍼하기 위한 나만의 방법을 찾지 못했다는 게 문제 같았다. 왕고래집 할머니가 개와 고양이를 돌보듯, 장포수 할아버지가 뒷산에 나무를 가꾸듯이. 내게도 그런 일거리가 있다면 이 시간들을 잘 넘길 수 있을 텐데 싶었다.

그러고 보면 사람들은 저마다 슬퍼하는 방법들을 가진 것 같았다. 평생 우유나 식용유만 마시고 사는 사람, 산꼭대기에 홀로 돌탑을 쌓는 사람, 십년 이상 나무를 깎고 다듬어 높은 정자를 짓는 사람. 텔레비전 프로그램에서 본 기인들도 그런 습관이 생기기 전에 소중한 것을 잃었다는 공통점이 있었다. 주인 무덤을 찾아가 눈물 흘리는 송아지나, 사시사철 우편배달부를 쫓아다니는 강아지까지.

이마에 끈적한 느낌이 있어 고개를 드니 눈앞에 허옇게 배어나온 송진이 있었다. 나는 송진을 바라보고, 냄새맡고, 만져보았다. 아빠는 송진을 소나무의 상처치료제라고 말해주었다. 나무가 상처를 입으면 상처 주변으로 끈적하고 짙은 향의 액체를 내뿜어 감싼다고. 상처를 그대로 두면 곤충이나 바람이 들어가 썩게 된다고. 그때는 몰랐는데 이제 보니 송진조차 상처난 소나무의 울음이었다. 아빠는 송진이 배어나온 가지를 관솔이라 일러주었다. 관솔은 나무가 더 단단하기 때문에 조각용이나 방향제로 쓰인다고 했다. 송진과 관솔 이야기에도 뭔가 소중한 것이 들어 있는 것 같았다. 그게 무엇인지 더 생각하려고 할 때 커다란 목소리가 들렸다.

"야, 가증!"

그것이 나를 부르는 소리이며 목소리 주인이 누구인지 금세 알아차렸다. 역시 미유였다. 그애 등뒤에는 걷다가 멈춘 듯한 동작으로 남녀 학생 서너 명이 서 있었다. 미유는 고등학교 일학년 때 내게 다가와 불쑥 말했다.

"야, 주니은, 넌 가증스러워!"

사월이어서 우리가 같은 반이 된 지 한 달밖에 지나지 않았고 서로 이야기를 나눈 적도 없었다. 나는 미유 말을 이해할 수 없어 그날 집으로 돌아가 국어사전에서 가증스럽다는 낱말을 찾아보았다. 형용사이며, '보기에 괘씸하고 얄밉다'라고 뜻풀이되어 있었다. 그 미유였다. 나는 아직도 걔가 왜 그런 말을 했는지 이해하지 못하고 있었다.

"너 학교 안 간다며?"

오래 궁금했는데, 미유의 얼굴을 보는 순간 그애가 왜 그랬는지 이해할 것 같았다. 그애도 그때 소중한 것을 잃은 게 틀림없었다. 나한테 화가 난 게 아니라 그냥 자기 안에 화가 많았을 것이다. 내가 나무한테 소리질러서 떠나게 한 것처럼. 나는 낮은 목소리로 천천히 물어보았다.

"왜 나한테 가증스럽다고 하니?"

"넌 원래 가증스러워. 몰랐어?"

"왜 그런데?"

"그걸 꼭 내 입으로 말해야겠냐? 쪽팔리게."

그 순간 나는 미유가 친근하게 느껴졌다. 미니스커트와 배꼽

티 사이에서 빛나는 피어씽도 예뻐 보였다. 마음은 그렇지 않은데 말이 거칠게 나오는 때가 있다는 것도 알게 되었다.

"알았어. 네 맘대로 생각해."

나는 소나무에서 몸을 돌려 미유와 반대방향으로 걷기 시작했다. 미유는 좀 당황한 모양이었다. 잠시 아무런 말도, 기척도 전해지지 않았다. 내가 열 발자국쯤 걸었을 때 등뒤에서 미유가 소리쳤다.

"주니은, 너 요새 뭐 하냐?"

나는 대답하지 않았다. 내가 무슨 일을 하며 어떻게 시간을 보내든 그애에게 말할 필요는 없었다. 미유의 질문은 걱정이나 배려도 아니고, 호기심도 아니고, 그저 지나가는 말일 뿐이었다. 등뒤에서 미유가 다시 커다랗게 소리쳤다.

"야! 이래서 니가 가증스럽다는 거야, 알겠냐?"

나는 고개를 끄덕이면서 그냥 걸었다. 내가 마치 왕고래집 할머니나 장포수 할아버지가 된 것 같았다.

# 내게 이야기를 해줘

등뒤에서 비치던 햇살이 정수리를 거쳐 왼쪽 얼굴로 비껴들 때까지 나는 전철역 출구 난간에 걸터앉아 있었다. 지하도로는 끊임없이 사람들이 오르내리고, 눈앞 정류장에는 버스들이 멈춰 섰다 지나갔다. 버스들은 강물처럼 한꺼번에 밀려가기도 하고, 물방울처럼 드문드문 지나가기도 했다. 버스정류장과 전철역 근처에는 구두수선방, 호떡가게, 붕어빵가게가 나란히 길가에 서 있었다. 구두수선방 할아버지는 종일 상자 같은 집 안에 앉아 있었고 그 맞은편의 붕어빵 아주머니도 종일 그 자리에 있었다.

시선을 더 멀리 밀어내면 거대한 건물과, 건물 벽에 걸린 무수한 간판들이 보였다. 나란히 선 건물들이 하늘에 닿아 만들어내는 스카이라인을 오래 바라보았다. 눈이 흐릿해질 때까지 바라보아도 그것들은 아무 이야기도 들려주지 않았다. 코끼리바위가 처용 이야기를 들려주듯, 능선 긴 산이 용의 전설을 들려주듯, 건물들도 그런 이야기를 들려주었으면 싶었다. 그러나 눈앞의 사물들을 보고 있으면 떠오르는 이야기는 로또 대박이나 학교 괴담 같은 것이었다.

"가자. 좋은 구경 시켜줄게."

미유가 갑자기 팔을 잡아채는 바람에 나는 앞으로 고꾸라질 뻔했다. 겨우 중심을 잡고 미유를 따라가지만 나는 미유한테 아무것도 묻지 않았다. 어디로 가는지, 좋은 구경이 무엇인지. 그런 것은 아무래도 좋았다. 미유 무리에 섞여 그들이 굴러가는 방식대로 가만히 있으면 모든 게 괜찮았다. 허방처럼 놓인 하루하루를 빠지지 않고 건널 수 있었다. 이즈음에야 나는 장포수 할아버지와 왕고래집 할머니가 이런저런 심부름을 시킨 진짜 이유를 알게 되었다. 나를 도와주기 위해 그랬다는 것을. 이제는 혼자 그 시간들을 지나야 하는데 미유 무리와 어울리는 방법 말고는 잘 알 수 없었다.

미유가 나를 데려간 곳은 공원이었다. 공원에서도 공중화장실 뒤편으로 갔다. 그곳에는 미유의 남자친구와 여자친구 들이 병풍 모양으로 서 있었다. 미유의 남자친구인 레게 헤어도 보였다. 병풍 한가운데는 무리와 달라 보이는 남자애가 서 있었다. 미유는 남자애 앞으로 곧장 걸어가 버티듯 그애 앞에 섰다.

"다 그만두고, 두 가지 용건만 해결하자. 그동안 떠들고 다닌

헛소리 대가로 한대 맞는 거, 다시는 그런 헛소리 안하겠다고 약속하는 거.”

나는 친구들의 병풍 끝에 자리잡았다. 내 자리에서는 미유와 남자애의 옆모습이 보였다. 남자애는 독을 품듯 미유를 노려보고 있었다.

“대답해 새꺄! 사내새끼가 치사하게 그딴 소리나 하고 다니고!”

“사실이잖아!”

남자애가 계속 독기어린 눈빛으로 미유를 노려보았다. 말투에도 분노가 가득했다.

“이 새끼가! 너 오늘 제대로 죽어볼래?”

미유가 재킷 주머니에 손을 넣어 무엇인가를 꺼내려 할 때 레게 헤어가 미유 손을 잡았다.

“일 크게 만들지 말고 사과해. 남자 망신시키지 말고.”

남자애는 여전히 분이 풀리지 않은 채로 씩씩거렸지만 레게 헤어가 나서자 잠시 수그러들었다. 그가 “알았어”라고 대답하는 순간 미유 주먹이 남자애 얼굴을 향해 날아갔다. 볼을 겨냥했는데 빗맞았는지 금세 코에서 피가 흘렀다. 남자애는 “아씨!”라고 소리치며 눈을 부릅떴다가 이내 눈빛을 풀었다. 레게 헤어가 남자애한테 손수건을 던져주었다. 남자애는 손수건으로 코를 막은 채 무리에게서 등을 돌렸다. 미유가 그 앞을 막아서며 소리쳤다.

“한번만 더 그딴 소리 들리면 죽을 줄 알아!”

"알았어, 씨팔!"

남자애는 서둘러 공원을 빠져나갔다. 미유는 공중화장실로 들어가 담배에 불을 붙였다. 내게도 담배를 하나 건넸고 함께 있는 다른 친구들에게도 담배를 주었다. 나는 담배를 받아들었지만 불을 붙이지는 않았다.

"저 새끼가 내가 자기랑 잤다고 소문내고 다녔어. 좆같은 새끼가 치사하기까지 하고."

미유의 말이 좀 놀랍기는 했지만 그다지 충격적이지는 않았다. 미유 마음을 내 것처럼 이해할 수 있었다. 미유도 슬퍼하는 방법을 찾지 못해 주먹을 휘두르며 화를 내고, 남자애도 슬퍼하는 더 좋은 방법을 몰라서 헛소리를 떠들고 다녔을 것이다. 미유도, 남자애도 마음속에 압력밥솥이 들어 있는 게 틀림없었다.

내 속의 압력밥솥도 그대로 있었다. 이제는 괜찮은 줄 알았던 압력밥솥이 다시 수증기를 뿜기 시작했다. 수증기는 날로 거세어져 위험을 경고하듯 딸랑딸랑 쇠붙이가 울렸다. 그동안 경험한 모든 감정들이 한꺼번에 되살아나고 있었다. 마비된 듯 앉아 있다가 경황없이 떠돌고, 걷잡을 수 없이 화가 났다가 순식간에 우울해졌다. 내가 누구인지 모르겠는 느낌과 머릿속에 쥐가 사는 듯한 두통도 이어졌다. 그러다가도 어느 순간이면 모든 게 괜찮은 듯 느껴지기도 했다. 하루에도 몇번씩 마음이 널을 뛰었고, 한두 시간 만에 그 모든 감정들을 롤러코스터처럼 타고 오르내렸다.

마음이 롤러코스터를 타던 어느날은 문득 건넌방 문을 열고 아빠 서재로 들어갔다. 책꽂이에서 책을 빼서 집어던지기 시작했다. 『우리 처용포 이렇게 살리자』『지구를 지키는 쉰 가지 방법』, 이게 다 무슨 소용이야 싶었다. 『환경학교』『지구는 우리 조국』, 그것들도 가짜 같았다. 그러나 나는 곧 행동을 중단했다. 그렇게 해봐야 해결되는 일이 없다는 것을 분명하게 알 수 있었다. 예전보다는 자신을 잘 통제할 수 있게 된 듯했다.

방바닥에 떨어진 책들을 다시 정리하다가 책 하나에 시선이 갔다. '저문 강에 삽을 씻고'라는 제목의 얇은 시집이었다. 표지 제목의 시를 찾아 읽어보았다. "흐르는 것이 물뿐이랴/우리가 저와 같아서/강변에 나가 삽을 씻으며/거기 슬픔도 퍼다 버린다" 마음속에 무슨 일이 일어났을까. 갑자기 눈물이 흘렀다. 아무런 자각증상도 없었는데 눈물은 저 혼자 흘러내렸다. 나는 책을 집어던지고 집을 나왔다. 슬픔을 퍼다 버린다고? 퍼다 버린다고? 나는 몇번이나 중얼거리며 거리를 걸었다.

그렇게 떠돌아다니던 상가 거리에서 가끔 미유를 만났다. 문구점에서 샤프를 고르다가, 완구점에서 곰인형을 구경하다가 미유와 마주쳤다. 어떤 때는 전자오락실에서 게임을 하고 있었고 어떤 때는 까페 같기도 하고 독서실 같기도 한 음식점에서 만화책을 읽고 있었다. 그 거리에는 우리가 필요로 하는 모든 것이 있었다. 음식점, 옷가게, 노래방까지. 거기서 다섯 번쯤 미유를 보았을 때 내가 먼저 미유에게 말을 걸었다.

"같이 밥 먹을래?"

미유는 뜻밖에도 환하게 웃었다.

우리는 닭볶음을 먹었다. 닭고기와 야채가 든 떡볶이 같은 음식이었다. 음식을 먹으면서 나는 미유에게 또 물었다.

"나한테 왜 가증스럽다고 했는지 말해봐. 따지려는 게 아니라 뭐가 그런지 알고 싶어서 그래."

미유는 간단하게 코웃음을 쳤다.

"봐, 이런 게 가증스러운 거야. 속으로는 졸라 기분나쁘면서 겉으로는 교양있게 말하는 거."

나는 갑자기 뒤통수를 맞은 기분이었다. 무언가 환한 것이 눈앞을 스쳐갔는데 그게 무엇인지 잡아낼 수 없었다. 그날 나는 미유와 함께 노래방에도 가고 미유의 남자친구도 소개받았다. 미유 남자친구는 노랗게 염색한 머리를 레게 스타일로 치장하고 있었다. 큰 얼굴에 헤어스타일까지 부풀려서 몸 위에 지구본을 얹고 다니는 것처럼 보였다. 레게 헤어는 뿔테안경과 힙합바지를 합쳐놓은 것 같았다. 어떤 때는 종일토록 자기 이야기만 하고, 어떤 날은 끊임없이 남의 이야기만 했다. 남의 이야기를 할 때는 욕하고 흠잡았고 자기 이야기를 할 때는 스스로를 비아냥거리는 말투였다.

미유가 공중화장실 세면대에 담배꽁초를 버리고 밖으로 나가자 다른 아이들도 저마다 담뱃불을 끄고 따라나갔다. 화장실 밖에서 기다리던 레게 헤어가 몸을 돌려 앞장서 걸었다. 우리는 닭볶음집에서 저녁을 먹었다. 나는 그애들 사이에 앉아 큰 소리로 떠드는 이야기를 들었다. 한 친구는 방과후 사복으로 갈아입고 지하철 사물함에 보관해둔 교복이 없어졌다고 했다. 다른 친구는 대학가에서 정말 마음에 드는 록까페를 발견했다고 했다. 또다른 친구는 학원 끝나는 시간에 맞추기 위해 비디오방에 가서 비디오를 두 편이나 때렸다고 했다. 나는 미유네와 어울려 구개월의 시간을 보낼 수도 있을 것 같았다. 그러다보면 새학기가 되어도 학교에 돌아가지 않을 수 있었다. 그 역시 나쁘지 않아 보였다.

저녁식사를 끝낸 뒤 우리는 노래방으로 갔다. 거실처럼 꾸며진 노래방에는 쏘파, 액자, 장식장 들이 고루 놓여 있었다. 노래방에 들어서자마자 미유는 「말 달리자」를 노래했다. 악을 쓰듯 말 달리자고 외치는 미유는 틀림없이 슬퍼 보였다. 미유 옆에서 춤추는 다른 친구들도 마찬가지였다. 나는 테이블에 놓인 맥주를 따서 한모금 마셨다. 더이상 학교에 가지 않는 것은 우산을 쓰지 않고 비내리는 거리를 걷는 것과 비슷할 듯했다. 불편하고 불쾌하고 감기에 걸릴 수도 있다. 그렇지만 빗방울이 얼굴에 닿는 서늘한 감촉, 머리카락 끝에 맺히는 물방울, 젖은 옷이 등에 달라붙는 척척한 느낌을 알게 될 것이다. 감기를 앓고 일어났을 때 만나는 쾌청한 하늘, 살갗 아린 햇빛, 깃털처럼 가벼운 몸의 느낌도 알게 되리라. 학교를 그만두는 일에는 나름의 매력이 있어 보였다.

하지만 나는 그렇게 하지 않을지도 모른다. 이미 고래배를 타고 넓은 바다에 나가보았다. 고래를 보았고 우물 바깥을 구경한 개구리가 되었다. 왕고래집 아주머니의 환한 웃음과 시원시원한 행동도 기억하고 있었다. 처용포에서 기억해둔 더 많은 것들이 내 속에는 있었다. 왕고래집 할머니의 강아지들과 장포수 할아버지의 사철나무까지. 나는 노래방 구석에 앉아 나무한테 문자를 넣었다. '서울에 있어. 한미래 주민등록증을 돌려주고 싶은데 전달할 방법을 알려줘.' 나무와 남은 용건까지 정리하면 이제 모든 것으로부터 홀가분해질 것이다.

미유는 추가로 시킨 맥주가 늦게 왔다고 노래방 종업원에게 신경질을 냈다. 대학생으로 보이는 종업원 오빠는 자꾸 그러면 다시는 오지 못하게 할 거라고 야단쳤다. 미유는 관두라고, 노래방이 여기밖에 없는 줄 아느냐고 대들었다. 종업원이 나가자 미유는 호프집으로 자리를 옮기자고 말했다. 그냥 여기서 있자고 설득하는 레게 헤어와 호프집에 가자고 고집부리는 미유가 서로 목소리를 높여 다투었다. 그러는 동안 남자애 하나가 옆으로 다가와 내 어깨에 손을 얹었다. 가만히 있었더니 내 볼을 만졌다. 그래도 내버려뒀더니 입술이 다가왔다.

그의 입술이 내 입술에 닿았을 때 '이게 뭐지?' 하는 생각이 들었다. 만화나 영화에서 보면 키스가 제법 멋지고 달콤해 보이던데, 이 축축하고 불쾌한 느낌은 뭐지? 싶었다. 나는 조용히 남자애를 밀치고 호들갑스럽지 않게 자리에서 일어났다. 입구를 향해 걷는데 등뒤에서 미유 목소리가 따라왔다.

"야, 이년아! 넌 끝까지 가증스럽다니까!"

키스 사건이 없었다면, 아니 키스가 좀 괜찮은 느낌을 주었다면 그 자리에 계속 있었을지도 모른다. 결과적으로 어느 쪽이 더 나은 선택인지는 알 수 없지만. 나는 거리에 서서 다시 전화기를 확인했다. 뜻밖에도 나무의 답문자가 와 있었다. '사촌언니 사진전에 와. 8월 25일 5시. 갤러리 소굴.' 전화번호도 찍혀 있었다. 오늘은 8월 14일이다. 진짜로 나무가 나를 떠났구나 싶었다. 모든 것이 명료해지니 오히려 홀가분했다.

나는 길을 좀 걷다가 길가 나무의자에 앉았다. 정말 이렇게 살 수 있을까? 늘 거리에서 비를 맞는 기분으로? 한바다에서 거대한 바닷새 같던 할아버지 모습을 볼 때는 그렇게 살면 될 줄 알았다. 그러나 나는 그 새와 내 삶을 연결하지 못하고 있었다. 보랏빛 물체나 검푸른 용의 의미도 제대로 모르고 있었다. 그 이야기들에 든 것이 무엇인지도.

누가 내게 이야기를 좀더 들려줬으면 싶었다. 옛날옛적에 사람 모양을 한 바위가 있었는데, 바위 옆으로 흐르는 물은 산을 향해 높은 곳으로 거꾸로 흘렀는데, 산으로 올라간 물은 천녀가 되어 하늘로 올랐다는데…… 그런 황당한 이야기라도 듣고 싶었다. 그러나 쓰레기통도, 보도블록도, 건물 입구도 아무런 이야기도 들려주지 않았다. 나는 고집스럽게 눈앞의 사물들을 바라보며 내게 이야기를 해줘, 중얼거렸다. 신호등을, 상점 간판을, 풍선 인형을.

눈앞에서 한 아저씨가 도로에 차를 세운 뒤 트렁크를 뒤지고 있었다. 자동차도 트렁크도 아무 이야기도 들려주지 않았다. 뒤에서 다가와 주차하던 자동차가 멈출 듯하더니 그대로 진행해 앞에 서 있는 아저씨를 들이받았다. 자동차 앞범퍼가 정확하게 아저씨 다리 뒤쪽을 치는 게 보였다. 그는 헝겊인형처럼 그 자리에 주저앉았다.

나는 방금 본 것이 무엇인지 몰라 얼떨떨해졌다. 사람들이 몰려들고 누군가가 전화를 하고, 교통경찰관이 나타날 때까지 아저씨는 그대로 앉아 있었다. 나도 아저씨를 바라보며 꼼짝 않고 있었다. 저 사람은 얼마나 아플까 생각하는데 이유없이 울음이 올라왔다. 교통경찰관이 아저씨 뒤에 무릎을 꿇고 앉아 그의 등을 받쳐줄 때 그동안 한번도 해본 적 없는 생각이 떠올랐다.

'얼마나 아팠을까, 엄마 아빠는.'

내면에서 그런 소리가 들리는 순간 머리카락이 쭈뼛 서도록 놀랐다. 나는 그동안 한번도 엄마 아빠의 입장에서 생각해본 적이 없었다. 나를 다 키워주지 않고 가버렸다면서 부모를 원망하고, 고아가 되었다는 사실 때문에 슬퍼했다. 단 한 번도 떠나는 엄마 아빠의 마음이 어땠을까 생각해본 적이 없었다. 사고가 나던 순간 얼마나 두려웠을까. 다친 채 길바닥에 누워 있을 때 얼마나 고통스러웠을까. 영원히 떠난다는 사실을 알았을 때 얼마나 슬펐을까. 남겨진 자식 때문이 아니라 덜 살고 남겨둔 저마다의 삶 때문에 슬펐을 것이다.

몸이 고꾸라지듯 저절로 앞으로 숙어졌다. 접힌 배에서 뜨겁게 회오리치는 것이 올라왔다. 울음 같은 것, 슬픔 같은 것, 후회와 죄의식 같은 것이 몸을 휘돌아 밖으로 나왔다. 내게 이야기를 해줘. 그런 생각이 들 때 내가 진정으로 듣고 싶었던 이야기가 무엇이었는지 비로소 알 것 같았다.

# 내가 가장 예뻤을 때

갤러리 소굴에는 무수히 많은 손들이 있었다. 엄지와 검지 사이에 담배를 끼운 손, 오른손과 왼손이 포개듯 겹쳐진 손, 투박한 칼로 생선배를 가르는 손…… 나무의 사촌언니 사진전 주제는 손이었다. 생김이 다른 손들은 저마다 다른 감정을 표현하고 있었다. 매니큐어를 칠하고 장신구를 많이 한 손은 나른하게 슬퍼 보였다. 주먹쥔 거친 피부의 손에서는 분노가, 맞잡은 큰 손과 작은 손에서는 평온함이 전해졌다. 손들은 감정뿐 아니라 이야기도 들려주는 듯했다. 손을 보고 있으면 그 손의 주인이 살아온 이야기가 전해져왔다.

손톱이 나무껍질처럼 굳어 부서져나가는 손 앞에 서서 내 손을 내려다보았다. 내 손은 시시했다. 가늘고 힘없어 보이는 내 손에는 아무것도 없었다. 장포수 할아버지와 왕고래집 할머니 손도 떠올려보았다. 어쩐 일인지 잘 생각나지 않았다. 할머니가 숙제 할 때, 할아버지가 고래포를 손질할 때 틀림없이 옆에 있었는데 그 손을 유심히 본 기억이 없었다. 조금 전에 거리에서 만난, 깡통고리 따던 할머니 손도 떠올려보았다. 역시 어렴풋했다. 손보다는 손바닥 안에 쥐어 있던 깡통고리가 더 선명히 기억났다. 할머니는 재활용쓰레기를 담는 녹색 그물망 앞에 쭈그리고 앉아 있었다. 할머니가 내게 등을 보이는 자세로 너무 오래 앉아 있었기 때문에 내가 다가갔을 것이다. 할머니는 재활용쓰레기 그물망에 두 손을 집어넣고 있었다.

"할머니, 뭐 하시는 거예요?"

질문을 하고 나서야 내가 낯선 할머니한테 마치 왕고래집 할머니에게 하듯 물었다는 것을 알았다. 그러나 할머니는 진짜로 왕고래집 할머니처럼 스스럼없이 대답했다.

"이거, 깡통고리 딴다."

할머니는 버려진 음료깡통 입구의 고리를 따내는 중이었다. 날카로운 모서리에 살이 베이지 않도록 조심하면서 조금씩 힘을 가했다. 나는 할머니한테 왜 그것을 따는지 물어보았다. 할머니는 "이걸 모아가지고 가면 보행기 준다고 해서"라고 했다. 할머니들이 밀고 지나가는, 유모차처럼 생긴 보행기를 본 일이 있었다. 할머니들은 보행기에 우유도 싣고 장바구니도 싣고 다녔다. 가끔은 보행기를 잡고 서서 쉬기도 했다.

"누가 보행기를 주는데요?"

"구청서. 삼백 그람 모으면 준대."

나는 할머니 옆에 쭈그리고 앉아 할머니처럼 초록색 그물 속으로 손을 밀어넣었다. 할머니가 하는 것처럼 깡통을 찾아 입구에 붙은 고리를 땄다. 삼백 그램이면 양이 얼마나 되는지 물었더니 할머니는 초록색 그물에서 두 손을 꺼내어 나를 향해 오목하게 펴 보였다. 잔주름 가득한 손바닥에 깡통고리 예닐곱 개가 놓여 있었다. 그 순간은 부당하고 모욕당하는 듯한 기분 때문에 할머니 손을 볼 여유가 없었다.

내가 흰 장갑을 낀 남녀의 손 사진 쪽으로 걸음을 옮기는데 누가 어깨를 쳤다. 나무였다. 한미래라는 이름의 사촌언니를 만나 주민등록증만 주고 가려던 참이었는데 나무가 언니와 함께 있었다. 나무는 아무 일 없었던 듯 웃었다. 예전과 똑같은 헤어스타일에 찢어진 청바지를 입고 있었다. 나무가 반가웠지만 나도 그냥 웃기만 했다.

"손 잘 봤니?"

나무 언니는 비눗방울이 터지는 듯한 웃음을 지었다. 나무는 언니에게 나를 가장 친한 친구라고 소개했다. 나는 또 그냥 웃기만 했다. 왜 장포수 할아버지가 가만히 웃기만 했는지 알 것 같았다. 나무 언니는 직장생활을 하다가 뒤늦게 대학에 들어가 사진을 공부하는 중이라고 했다. 언니는 남자처럼 짧은 머리에 통 넓은 청바지를 입고 있었다. 카메라를 들고 손 사진을 찍으러 다니려면 그런 복장이 편할 듯했다. 나는 나무 언니의 옷차림과 손을 바라보는 방식을 잘 기억해두기로 했다.

나무 언니는 우리에게 저녁을 사주었다. 불판 위 삼겹살을 뒤집는 나무 언니의 손은 크고 무거운 카메라를 그러쥐기에 적합해 보였다. 언니는 내 시선을 알아차린 듯했다.

"사진전 보고 나니 손만 보이지? 나도 일년 동안 손만 보이더라."

나무 언니는 익은 고기를 집어주며 웃었다. 언니가 내 눈길과 마음을 읽고 있구나 생각해도 그게 편안해서 좋았다. 더 좋은 것은 나무를 향해 '너는 언니도 있구나' 하는 생각을 하지 않는다는 점이었다. 나무가 자기 손을 눈앞으로 들어올려 자세히 보았다. 뜻밖에도 작고 귀여운 손이었다. 당차고 거침없어 보이기도 했다.

"참, 이건 너희에게 주는 선물."

나무 언니는 투명한 비닐봉지에 든 사진을 나무와 내게 하나씩 건넸다. 사진은 다섯 장이었는데 나무가 받은 봉투에도 내 것과 똑같은 것이 들어 있었다. 사진은 화면 가득 초록색 물감을 흘려놓은 듯한 추상화, 붉은색 물감이 나뭇결처럼 칠해진 수채화 같은 것이었다. 어떤 것은 파도에 어리는 햇살을 찍은 것 같았고 어떤 것은 방금 할머니가 뒤지던 그물 사이로 바람이 지나가는 모습을 찍은 듯했다.

"언니, 이게 무슨 사진이야?"

"얼마 전에 인도여행을 다녀왔는데, 그 여행에서 내 슬픔을 찍은 거야."

언니는 덤덤하게 말했고 나는 갑자기 그 사진들이 잘 이해되었다. 눈물이 어룽거리는 시선으로 보았던 바다, 태양빛, 보랏빛 물체가 다 그런 형태였다. 모양뿐 아니라 색감도 똑같았다. 잠깐 보고 흘려보낸 것, 그래서 떠올릴 때마다 색감과 형체가 희미해지는 그 장면들이 사진이 되어 눈앞에 있었다. 사진과 함께 그때의 슬픔과 황홀감이 고스란히 되살아났다.

"언니, 이게 어떻게 슬픔이야?"

나무가 그렇게 물을 때 나는 이제 나무와 다른 자리에 서 있다고 느꼈다. 나무는 아직 경험해보지 않은 게 틀림없었다. 청회색처럼 숨막히는 슬픔, 주홍빛처럼 터져나갈 듯한 슬픔, 노란색처럼 온몸에서 힘빠지는 슬픔이 있다는 것을. 어떤 때는 슬픔이 바람처럼 몸을 뚫고 지나가고 어떤 때는 햇살처럼 어깨로 쏟아진다는 것을. 그것들은 말로 표현할 수 없었다.

"그런 건 설명할 수 없어. 네가 스스로 알아봐."

나무 언니가 내 마음과 똑같은 말을 했다. 나는 갑자기 나무를 지나쳐 언니한테까지 나아간 듯했다. 나무가 여전히 내 친구이긴 해도 나는 나무를 지나서 한바다에도 나갔고 처용암 바다동물도 만났다. 아마 그래서 물었을 것이다.

"언니, 어른이 된다는 건 어떤 거예요?"

이번에는 나무가 나를 돌아보았다. 그 얼굴이 표정만으로 커다랗게 웃고 있었다.

"벌써 그런 고민 하니?"

반문하면서 언니는 "나도 아직 답을 발견하지 못했는데"라고 덧붙였다. 살짝 실망스러웠다. 손을 바라보는 혼자만의 시선을 갖고 있는 나무 언니에게도 답이 없다니. 어른들은 아무도 어른이 무엇인지에 대한 답을 가지고 있지 않은 게 아닐까 싶었다. 왕고래집 할머니와 장포수 할아버지가 그랬던 것처럼. 내가 너무 골똘하게 생각에 빠진 모습을 보인 모양이었다. 언니가 조심스럽게 이야기를 꺼냈다.

"내 인생을 스스로 책임지기 위해 정해둔 규칙 같은 건 있어. 징징거리지 않기, 변명하지 않기, 핑계대지 않기, 원망하지 않기. 그 네 가지만 안해도 성공한 삶이라고 생각하지."

나는 속으로 나무 언니 말을 반복했다. 엄살, 변명, 핑계, 원망. 맞는 말 같았다. 지난 석 달간 내가 경험한 모든 감정들이 저 네 가지 영역에 속하는 것들임을 금방 알 수 있었다. 나는 나무 언니의 네 가지 규칙을 잊지 않기로 했다.

저녁식사 후 나무 언니는 우리를 근처에 있는 록까페로 데려갔다. 나무 언니가 잘 아는 선배들의 공연이 있다고 했다. 한 언니가 십년 이상 다닌 회사를 그만두고 세계여행을 떠나기로 했다는 것이다. 그 언니는 지금 삼십대 중반인데, 마흔살 이후의 인생을 잘살기 위해 준비중이라고 했다. 삼십대 중반이라면 내 나이의 딱 두 배였다. 그 생각이 들자 몹시도 공연이 보고 싶어졌다.

헤븐이라는 간판을 단 록까페는 좁은 입구를 두 번이나 꺾어 내려가는 지하에 있었다. 입구에 쌓인 지저분한 물건들 때문에 자칫 창고로 보일 정도였다. 실내 한편에는 반원 형태의 상설무대가 있고 무대 뒤 벽에는 '더 그레이트 희희낙락밴드 공연'이라는 현수막이 걸려 있었다. 테이블을 모두 구석으로 붙여놓고 의자들만 무대를 향하게 나란히 놓여 있었다. 객석에는 이미 사람들이 가득했다. 우리가 객석 뒤쪽에 자리잡고 앉자 바로 공연이 시작되었다.

"저 선배들 한 달간 연습한 거야. 다 직업이 있어서 밤마다 모여 연습했대. 드럼 치는 언니는 한의사, 키보드 치는 언니는 출판사 다니고, 기타 치는 언니가 이번에 직장 그만둔 사람이야."

나무 언니는 공연 전 멤버들이 무대인사를 할 때 따로 우리에게 정보를 주었다. 무대 위 언니들은 나이가 느껴지지 않게 화사하고 아름다워 보였다. 언니들은 다섯 곡을 연주했는데 엄마 아빠 세대가 좋아하는 올드팝에서 최근 유행하는 록음악까지 레퍼토리가 다양했다. 가끔 삑사리가 나고 음정 박자가 어긋나기도 했지만 한 달 연습한 것치고는 괜찮았다. 무엇보다 언니들이 진정으로 흥겹고 즐겁게 연주한다는 점이 마음에 들었다.

"저게 도어스야. 요즘 내가 꽂혀 있다고 말했던."

나무가 내 귀에 대고 낮게 속삭였다. 그때 비로소 나무가 곁에 있다는 것을 알아차릴 정도로 나는 공연에 깊이 빠져 있었다. 공연이 끝났을 때 나는 나무한테 미안하다고 말했다. 함부로 화냈던 것에 대해서. 나무는 내 귀에 대고 괜찮다고 했다. 내가 지갑에서 한미래 주민등록증을 꺼내자 나무는 가리듯 내 손을 덮었다.

"넣어둬. 언니가 새로 발급받은 거 내가 또 챙겼어."

우리는 같이 웃기 시작했다. 갑자기 환하고 부드러운 기운이 몸을 감쌌다. 록음악의 여운이 울리는 한가운데 앉아 나는 이상한 안도감과 평화로움을 맛보았다. 내게 이야기를 해줘. 간절히 중얼거릴 때 내가 원하던 것이 그 공간에 있는 것 같았다.

공연이 끝나자 낭독의 시간이 이어졌다. 방금 공연한 언니들이 차례로 무대에 올라 책을 반 페이지씩 읽었다. 드럼 치던 언니는 소설책을 읽었다. 열두살쯤 되는 아이가 아빠와 형과 함께 바다를 항해하는 내용이었다. 바다 끝에 유토피아가 있는지가 그 아이의 관심사였다. 이제 곧 여행을 떠난다는 언니는 여행에쎄이를 읽었다. 여자 혼자 여행한 경험을 쓴 책이었다. 보컬을 맡은 언니는 만화캐릭터처럼 분장하고 나와서 만화책을 읽었다. 열일곱살짜리 아이가 오디션을 보러 가는 내용이었다. 읽는 내용이 "윽, 아악, 이런!" 같은 대사들뿐이어서 객석에서 계속 웃음이 나왔다.

나는 언니들이 읽는 책 주인공들이 나와 비슷한 또래라는 걸 알아차렸다. 언니들은 나보다 열살에서 스무살은 많은데 왜 나와 같은 아이들의 이야기를 읽는 걸까. 어쩌면 언니들도 그 시절의 기억을 특별하게 간직하고 있는지 모른다. 어른도 아이도 아닌 나이, 성인이 되어야 하는 부담감이 마음을 가득 채우던 나이. 어쩌면 언니들 마음속에 열두살이나 열일곱살짜리 아이가 아직도 살고 있는지도 모른다. 그런 생각을 하자 갑자기 이상한 희망이 생겼다. 나도 지금 이 시간들을 특별하게 기억하여 나중에 저렇게 재미있는 만화를 그릴 수 있었으면 하는.

마지막으로 키보드를 연주한 언니가 무대에 올라 시를 낭송했다. 인터넷에 널리 떠도는 시이며, '내가 가장 예뻤을 때'라는 제목이라고 소개했다.

"내가 가장 예뻤을 때 나는 바나나파이를 먹었다, 겨울이면 나타나는 별자리 이름의 제과회사에서 만든 것이었다, 내가 가장 예뻤을 때 나는 짝짝이 단화를 신고 다녔다, 연탄불에 말려 신던 단화는 아주 미세한 차이로 색이 달랐다, 내가 가장 예뻤을 때 나는 우물이 제일 무서웠다, 우물에 빠져죽은 아이의 꿈을 날마다 꾸었다."

시는 더 세밀하고 아름다운 묘사가 많았지만 내가 기억하는 내용은 그 정도였다. 아주 긴 그 시의 마지막 구절에서 나는 몸이 꽁꽁 얼어붙는 듯한 충격을 받았다.

"그리고 이제 죽음 같은 건 리코더 연주로도 어쩔 수 없는 것임을 알게 된 것이다."

그 시를 쓴 사람이 누구이고, 그 시를 읽는 사람이 누구든 상관없었다. 그것은 틀림없이 나를 위한 시였다. 이제 죽음 같은 건 바다나 고래로도 어쩔 수 없음을 알 것 같았다. 이제 죽음은 마음속 압력밥솥이나 축축한 키스로도 어쩔 수 없었다. 이제 죽음은 슬퍼하는 이상한 방법으로도 어쩔 수 없는 것이었다. 바로 그 시를 듣기 위해 내가 그토록 먼길을 돌아온 듯했다. 나는 숨이 잘 쉬어지지 않는 가슴을 손바닥으로 문질렀다.

낭독의 시간이 끝나자 바로 경매시간이 이어졌다. 공연한 언니들뿐 아니라 객석에 앉아 있던 이들도 경매물건을 가지고 나왔다. 직접 만들었다는 전등갓, 패치워크로 만든 담배 케이스, 화장품과 액쎄서리 등이 있었다. 물건을 들고 나온 사람이 상품의 특성과 기능을 설명하면 진행자가 가격을 말했다. "오천원부터 시작합니다." 그러면 객석에서 가격이 나왔다. 육천원, 팔천원, 일만원 등등. 경매수익금은 여행 떠나는 언니의 여행지원금으로 기부된다고 했다.

경매시간이 거의 끝날 무렵에 키보드를 연주한 언니가 빈손을 재킷 주머니에 찌르고 무대로 올라갔다. 언니는 주머니에서 우편엽서 두 장을 꺼내들고 상품을 설명했다.

"제가 팔 것은 무형의 물건입니다. 한 달간 매일 한 통씩 문자메씨지를 보내드리고, 한 달 후에는 두 통의 엽서를 보내드리는 상품입니다. 매일 여러분께 희망과 기쁨이 되는 메씨지, 살과 뼈가 되는 메씨지를 보내드리겠습니다. 서른 통의 문자와 두 통의 엽서, 이것이 제가 팔 상품입니다."

'죽음 같은 건 리코더 연주로도 어쩔 수 없는 것임을 알게 된 것이다'라는 시를 읽은 언니였다. 객석 왼쪽 앞에서 언니와 비슷한 연배의 언니가 "일만원!" 하고 가격을 외쳤다. 그 순간 나는 갑자기 그 언니가 보내준다는 문자메씨지가 받고 싶어졌다. 더 앞쪽에서 남자 목소리가 일만 천원을 불렀다. 나는 손에 힘을 주고 팔을 번쩍 들면서 소리쳤다.

"일만 이천원!"

"네, 일만 이천원 나왔습니다. 다른 분!"

맨처음에 만원을 불렀던 언니는 조용했다. 내게 그 물건이 낙찰되려는 순간 앞자리 남자 목소리가 일만 오천원을 외쳤다. 저 아저씨는 돈이 많을 텐데 생각하며 나는 일만 육천원을 불렀다. 앞자리의 남자가 나를 바라보며 웃음을 머금더니 조심스럽게 일만 칠천원을 소리쳤다. 나는 곧바로 일만 팔천원을 불렀다. 맘속으로는 이만원까지 쓸 수 있는데 생각하면서. 실내가 조용해졌다. 진행하는 언니가 다섯을 셀 때까지 나는 손바닥의 땀을 바지에 문지르고 있었다. 드디어 서른 통의 문자메씨지와 두 장의 엽서가 내 것이 되었다. 갑자기 부자가 된 기분이었다.

# 시간이 흘러가 쌓이는 곳

집을 나서기 전 나는 다시 한번 거울을 보았다. 거울 속 내 얼굴은 아직 세모나 네모 도형 같았다. 공연장 무대 위 언니들 얼굴에서 보았던 빛이나 활기가 느껴지려면 많은 시간과 내공이 필요한 게 틀림없었다. 나는 언니들 얼굴에 나타나던 황홀하고 익살스럽고 달콤한 표정을 잊지 않기로 했다. 예전에는 거울 볼 때 쌍꺼풀 두께나 이마 여드름, 눈밑 다크써클만 보았다. 엄마 아빠가 돌아가신 뒤로는 오래도록 거울을 보지 않았다. 뱃속에 물고기를 키우는 나, 음료깡통을 집어던지는 나, 거리를 떠도는 나를 똑바로 바라보지 못했다는 게 옳았다. 요즈음은 아침마다 거울 속 내 얼굴을 유심히 보게 되었다. 거울 속 내 얼굴이 무대 위 언니들 얼굴을 닮아가기를 기대하며 아침마다 거울을 확인하고 있다.

집을 나서기 전 나는 함부로 던져둔 옷가지들을 옷걸이에 걸고 빨랫감을 세탁기 옆 바구니로 옮겨놓았다. 할아버지 집은 석 달 전 서울로 갈 때와 똑같아서 처용포에 오자 고향에 돌아온 듯한 안도감이 느껴졌다. 예전에는 서울이 가장 편리하고 안전한 도시라 생각했다. 엄마 아빠가 고향을 좋아하고, 툭하면 야외로 나가고 싶어할 때마다 그 무질서하고 불편한 시골이 왜 좋을까 싶었다. 이제는 엄마 아빠 마음에 무엇이 있었는지 짐작할 것 같았다.

집을 나서기 전, 휴대전화가 문자메씨지 도착을 알렸다.

'흐린 날. 오후에는 바람도 분대요. 따뜻한 국물 마시고 든든하게 하루 시작하세요.'

영호언니의 문자메씨지는 생각보다 힘이 셌다. 오늘 나는 늘 먹던 된장찌개나 매운탕 국물을 특별하게 여기게 될 것이다. 영호언니와 인사를 나누고, 전화번호와 주소를 알려주고 일만 팔천 원을 지불할 때까지도 문자메씨지의 위력을 예상하지 못했다. 그러나 첫 문자메씨지를 받던 날, 그것이 보통일이 아님을 알아차렸다. '새로운 계절이 느껴지는 오늘. 추천 나들이 코스는 학교 앞 예술시장 프리마켓.' 나는 첫 문자를 한참 들여다보았다. 갤러리 소굴과 록까페 헤븐이 있던 그 대학가가 영호언니 활동영역인 모양이었다. 침대에 늘어져 있던 나는 언니가 추천해준 나들이 코스를 가보기 위해 외출준비를 했다. 정말 그리로 갈 예정이었고 버스도 제대로 탔다. 그러나 버스에서 졸다가 깼을 때는 종점이었다. 그곳은 엄마 아빠가 머무는 공원묘역과 아주 가까웠다.

우연 같은 것은 믿지 않지만 세상에는 설명할 수 없는 일이 많음은 알고 있었다. 아마도 나는 그곳에 가기 위해 그토록 거리를 떠돌았고, 그곳에 가기 두려워 사람들 사이에 섞여 있었는지도 모른다. 묘역 입구에서 꽃을 살 때도, 엄마 아빠의 묘비 앞에 설 때도 이상하게 눈물이 흐르지 않았다. 두 사람 이름이 새겨진 돌조각에 엄마 아빠의 존재가 있는 건 아니었다. 엄마 아빠 죽음도 거기 있는 것 같지 않았다. 나는 돌조각이나 꽃이나 잔디 같은 것을 그저 돌조각이나 꽃이나 잔디로만 볼 수 있는 점이 좋았다.

오히려 눈물은 잔디밭에 앉자 쏟아져내렸다. 엄마 아빠, 거기서 잘 있지? 이제는 안 아프지? 그 생각을 하자마자 수도꼭지가 열린 듯 눈물이 흘렀다. 엄마 아빠는 괜찮을 거야. 왕고래집 할머니도 그렇게 말했어. 지금은 거기서 잘 있을 거야. 나는 숨쉴 때마다 그 생각을 반복했다. 더이상 눈물이 흐르지 않고, 온몸에 힘이 하나도 남지 않을 때까지. 무엇보다 내가 그렇게 믿을 수 있을 때까지. 그런 다음 엄마 아빠 없이 살아갈 내 삶의 아주 먼 미래까지 생각해보았다.

엄마 아빠는 내 고등학교 졸업식에 못 올 것이다. 내가 대학에 입학하는 것도 보지 못할 것이고, 내 남자친구를 소개받지도 못할 것이다. 엄마 아빠는 내 결혼식에 참석하지 못할 것이고 내가 낳은 아이의 할머니 할아버지가 될 수 없을 것이다. 그런 생각을 하자 다시 슬픔이 밀려왔다. 높은 파도가 머리 위를 덮치는 듯한 느낌이 들 때 나는 한가지를 알아차렸다. 내가 아직도 엄마 아빠를 중심으로 내 인생을 생각하고 있다는 것을.

나는 주어를 바꾸어 다시 생각했다. 나는 엄마 아빠 없이 혼자 살 것이다. 나는 혼자 힘으로 고등학교를 졸업하고 대학에 진학할 것이다. 엄마 아빠 없이 남자친구를 사귀고 결혼할 것이다. 엄마 아빠 없이 직장에 들어가고 휴가여행을 떠날 것이다. 주어를 바꾸자 뭔가 다르게 느껴졌다. 마음속에 이상한 힘이 생기며 등이 똑바로 펴지는 느낌이 들었다. 나는 그 힘의 느낌을 잘 기억해두기로 했다. 엄마 아빠, 걱정하지 마. 나도 괜찮을 거야. 그 생각을 하자 다시 눈물이 흘렀지만 등의 힘은 그대로였다.

문자메씨지는 힘이 셌다. '오늘부터 마임 배우러 갑니다. 새로운 언어를 만나는 일은 늘 설레네요. 두근두근.' 그런 문자를 받던 날 나는 오랜만에 교과서를 펼쳤다. 공부를 한 게 아니라 교과서를 이것저것 넘겨보았다. 일흔 넘은 연세에 처음 한글을 배운 왕고래집 할머니도 떠올렸다. 그날 나는 처용포에 가기로 결심했다. 새학기가 시작되는 내년 삼월까지 왕고래집 할머니와 장포수 할아버지 곁에 머물고 싶었다. 간단하게 짐을 꾸려 다시 내려왔을 때 이모와 고모가 가장 안심하는 기색이었다.

나는 할아버지 집을 나와 처용포 거리를 천천히 걸었다. 오전 열시의 햇살이 얼굴 가득 쏟아져내렸다. 가느스름하게 눈을 뜨니 도로 위 허공을 가로질러 걸린 현수막이 보였다. '처용포에 고래가 돌아왔습니다.' 큰 글자 아래 '제1회 처용포 고래축제, 10월

23일부터 10월 29일까지 처용리 전역'이라고 작게 쓰여 있었다. 현수막은 냉동공장과 선착장 사이에 걸려 있었다. 우체국에서 나오던 청년이 현수막을 바라보다가 걸음을 헛디디며 비틀거렸다.

처용포는 석 달 사이에 많이 변해 있었다. 고래박물관 건물이 완공되었고, 고래 생태관광 유람선이 출발할 선착장도 공사중이었다. 매점과 매표소, 접안시설 들이 들어설 것이라 했다. 뒷산에서는 포클레인과 트럭 들이 빈집들을 허물어 폐자재를 실어나르고 있었다. 그곳을 정리하여 테마파크 진입로와 주차장으로 사용할 예정이라고 했다. 나는 산 초입에 세워진 '처용포 고래 생태공원 조성계획도'라는 안내간판을 오래 올려다보았다. 가로로 길고 둥글한 초록색 지도그림에는 능선과 물길, 도로 등이 그려져 있었다. 지도 곳곳에 생태과학관, 묘목장 및 생태복원 실험장, 생태 예술작품 전시장, 희귀동식물 보호구역, 수생습지 정화구역 등이 표시되어 있었다. 대형 잔디광장, 운동시설 및 놀이마당, 소풍장소 등도 있었다. 한국의 정원, 한국 전통 취락시설, 향토 문화산업 박물관도 들어설 예정이었다. 공원은 예상보다 훨씬 큰 규모여서 계획도를 보는 것만으로도 가슴이 부풀었다.

나는 현수막 밑을 지나 왕고래집 식당 문을 열고 들어갔다. 왕고래집 할머니는 여전히 식탁에 앉아 글씨를 쓰고 있었다. 공책 맨 위에 '제니 에미 보거라'라고 적혀 있었다. 제니는 할머니 손주 이름이었다.

"편지 쓰기 숙제다. 우리 선생님이 누구에게든 하고 싶은 말을 쓰라 하더라. 죽은 영감한테 써도 되고, 시집살이 시키는 시어머니나 며느리한테 써도 되고, 구박하는 남편한테 써도 된다고 했다.”

할머니는 잘 그을어 튼튼해 보이는 오른손으로 가늘고 희어 보이는 왼쪽 팔목을 긁었다. 석고붕대를 감고 있는 동안 거기가 가려워 죽을 것 같았는데 붕대를 푼 뒤 아무리 긁어도 시원해지지 않는다고 했다.

처용포에 내려온 첫날 저녁을 먹으러 왕고래집 식당에 갔을 때 할머니는 나를 보더니 “니은이구나, 어서 오너라” 하고 큰 소리로 말했다. 아무것도 묻지 않고 밥을 챙겨주기에 내가 먼저 말했다.

“저 휴학당했어요. 내년 삼월까지 붕 떴어요.”

할머니는 “고모한테 들었다. 잘 왔다” 한마디만 하고는 내 앞으로 공책 한 권을 밀어주었다. 마치 전날 만났던 사람을 대하듯 스스럼없고 편안했다.

“반야심경이다. 잠 안 올 때마다 한 자씩 썼다.”

사경 공책도 받아쓰기 공책처럼 커다란 네모칸이 쳐져 있었다. 각 칸마다 불경이 희미하게 인쇄되어 흐린 글자 위에 그대로 따라 쓰도록 되어 있었다. 할머니는 공책 맨 뒷장을 펼쳐서 거기까지 다 쓴 공책을 보여주었다.

“사경까지 하고 보니, 이제 나는 원이 없다.”

할머니는 다음달 초하루 절에 갈 때 부처님께 올릴 예정이라고 했다. 그걸 왜 베껴쓰는지, 왜 부처님께 올리는지 궁금했지만 묻지 않았다.

할머니는 늘 그랬듯이 내가 밥을 먹는 동안 맞은편에 앉아 숙제를 했다. '제니 에미 보거라' 밑에는 '너도 자식 키워봤으니 이제 알겠구나. 에미 창자는 개도 안 먹는다는 말. 하도 속이 썩어 문드러져서 그렇지'라고 쓰여 있었다. 무심히 읽은 그 대목에서 뜨거운 것이 올라올 것 같았다. 나는 얼른 찌개국물을 떠서 밥과 함께 삼켰다. 엄마 아빠도 그랬을까. 덜 살고 남겨둔 자기네 인생 때문이 아니라 홀로 남을 자식 때문에 마음아팠을까. 알 수 없었다. 내가 엄마 아빠가 되어보기 전까지는.

나는 식사를 끝낸 뒤 주방으로 들어가 씽크대에 쌓인 그릇들을 씻었다. 할머니가 밥을 주었다,가 아니라 내가 밥을 먹었다,라고 생각하기 시작하자 설거지도 내가 해야 한다는 것을 알게 되었다. 그동안 그토록 많은 밥을 먹었으면서도 단 한 번도 왕고래집 아주머니를 도와드릴 생각을 하지 못했다. 그때는 내가 아직 어렸기 때문이었을 것이다.

"니은아, 뽀득뽀득하게 잘 헹궈야 한다. 두 번 일 시키지 말고."

왕고래집 아주머니는 짐짓 겁주는 목소리를 냈다. 나는 언젠가는 왕고래집 아주머니의 요리법도 배우리라 다짐했다. 혼자 밥을 해서 식탁을 차리고 혼자 먹는 것, 그것이 앞으로 내가 가장 먼저 해내야 할 일이었다. 그 일을 잘하고 싶었고 즐겁게 하고 싶었다.

나는 식당을 나와 고래박물관 쪽으로 걸음을 옮겼다. 박물관 건물 바깥에는 고래배를 전시할 공간을 따로 만들고 있었다. 땅을 평지보다 낮게 파서 씨멘트를 바른 거대한 사각형 지하구조물을 짓는 중이었다. 배가 물에 잠기는 부분까지는 땅밑에 위치하도록 전시한다고 했다. 마치 배를 타듯 평지에서 갑판으로 건너게 하는 구조였다. 물론 고래배 아래쪽도 둘러볼 수 있게 사각구조물 아래로 가는 계단도 있었다. 계단 앞에는 벌써 고래배에 대한 안내문이 세워져 있었다. '포경선. 고래를 잡던 배로, 다른 선박에 비해 속력을 많이 낼 수 있도록 밑이 좁게 설계되었다. 높이 10미터, 길이 20미터, 70톤급의 철선으로 1983년에 건조되었다. 처용리 장승길씨 기증.'

"씨멘트가 굳으면 고래배를 세울 지지대를 설치할 거다. 그다음에 고래배를 옮겨야지. 높은 크레인 같은 게 필요할 거다."

처용포에 내려온 첫날 장포수 할아버지는 전시용 도크를 내려다보며 설명해주었다. 그토록 아끼던 고래배를 내어주는 심정이 어떨까 궁금해 나는 할아버지 얼굴을 조금 유심히 보았다. 뜻밖에도 할아버지 얼굴에는 웃음기가 가득했다. 주름살 하나하나가 다 웃는 듯했다.

"이제 우리 시대는 끝났다. 모두 박물관에 들어가는구나."

할아버지는 그렇게 말할 때조차 덤덤한 낯빛으로 웃고 있었다.

그날 나는 할아버지 백으로 준비중인 고래박물관 안을 둘러보았다. 첫번째 전시실에서는 처용포 고래잡이 역사를 한눈에 볼 수 있었다. 벽면에 포경사를 장식하는 사건들이 시대순으로, 가로로 긴 도표로 그려져 있고, 각 사건마다 사진자료들이 붙어 있었다. 장포수 할아버지 방에 있던 액자들이 거의 그곳에 있었다. 목선을 타고 작살로 고래 잡던 초기 사진부터, 포경이 금지되던 시기에 금지된 흰수염고래를 잡은 사진까지. 할아버지 사진들은 더 크고 선명하게 인쇄되고 더 깨끗하게 표구되어 할아버지 방에 있던 때보다 한층 귀하게 보였다.

두번째 전시실에는 포경업과 관련된 도구들이 있었다. 포경포, 작살과 밧줄, 고래 해체용 칼, 음파탐지기 등이 사용법과 함께 조명을 받으며 놓여 있었다. 할아버지의 포경일지와 최초의 고래배 인수계약서도 거기 있었다. 세번째 전시실에는 고래의 종류와 생태에 관한 모든 정보가 있었다. 처용포뿐 아니라 세계적으로 고래잡이 역사가 어떻게 변화해왔는지 잘 소개되어 있었다. 할아버지의 산호석과 고래뼈로 만든 공예품들은 거기 있었다.

장포수 할아버지는 오늘도 박물관에 있었다. 할아버지 주변에는 시청 공무원과 향토사학자인 시인이 있었다. 그들은 현관 맞은편 벽에 걸 대형액자 앞에 서 있었다. 가로로 긴 액자와 세로로 긴 액자를 어떻게 배치할 것인가를 놓고 의견을 주고받는 중이었다. 결국 가로 액자를 벽면 왼쪽 중앙에 걸고, 세로 액자는 벽면 오른쪽에 걸기로 뜻을 모았다. 액자가 걸리자 그 밑에 안내문이 붙었다.

'반구대 바위그림. 울주군 대곡리 소재. 태화강 지류인 대곡천 중류 암벽에 있다. 우리나라 대표적인 선사시대 유적으로 200여 점이 웃도는 사람과 짐승, 고대인의 생활 장면이 그려져 있어 역사연구에 큰 도움을 주는 자료. 너비 6.5미터, 높이 3미터가량의 바위에 집중적으로 새겨져 있다.'

나는 그것이 아빠가 나중에 보여주겠다고 약속한 그 바위그림이라는 걸 금방 알 수 있었다. 액자 중간쯤에는 알몸의 남자가 창으로 보이는 나무막대기를 들고 서 있고 오른쪽 아래에는 가면 같은 사람 얼굴이 새겨져 있었다. 그것을 제외하고는 모두 그들이 사냥했을 법한 동물그림들이었다. 노루, 멧돼지, 늑대로 보이는 동물들도 있었는데 그중 반 이상이 고래그림이었다. 바위그림을 그대로 탁본한 것이라니, 가로 6.5미터, 세로 3미터짜리 액자인 셈이었다.

세로 액자는 가로 액자 중 고래가 집중된 왼쪽 사분의 일 부분을 따로 확대해서 만든 것이었다. 폭 2미터 길이 5미터쯤 되는 크기였다. 그 액자 속 고래들은 모두 위쪽을 향해 머리를 두고 있었는데 아마도 무리지어 헤엄치는 광경을 그린 듯했다. 큰 고래 안에 작은 고래가 그려진 그림은 새끼 밴 어미고래를 묘사한 듯했다. 몸 안에 작살이 그려진 고래는 작살을 맞은 듯했고, 고래 몸통 위로 무수히 작은 선이 그려진 고래는 물뿜기를 하는 모양이었다.

"포경조합에서 저기 가끔 놀러갔었다. 니은이 할아버지도 함께 갔지. 그때 니 애비는 지금 너보다 어렸고."

내가 액자 그림을 오래 올려다보고 있은 모양이었다. 장포수 할아버지가 다가와 말을 걸었다. 나는 계속 궁금해하고 있던 것을 물어보았다.

"할아버지, 이 바위그림이 왜 중요해요?"

"기억하는 일이 중요하기 때문이다."

나는 할아버지의 말을 이해하기 위해 가만히 있었다. 기억을 어떻게 해야 하는지 할아버지한테 물어봐야겠다고 생각한 적이 있었다. 지난 일은 깨끗이 잊어버리는 게 나은지, 기억하는 게 좋은지.

"기억하는 일은 왜 중요해요?"

"그것을 잘 떠나보내기 위해서지. 잘 떠나보낸 뒤 마음속에 살게 하기 위해서다."

나는 여전히 할아버지 말을 잘 이해할 수 없어 다시, 다른 방식으로 물어보았다. 기억하는 일이 힘들고 따가워도 기억해야 하는지. 할아버지는 고개를 끄덕였다. 천천히 오래 고개를 끄덕이면서 할아버지가 기증한 물건들이 전시된 방을 바라보았다.

"나도 기억하는 방법을 몰라서 저 물건들을 오래 붙잡고 있었다. 내 인생을 낡은 물건들을 쌓아두는 창고로 만든 셈이지. 잘 떠나보내고서 기억하고 있으면 되는걸."

잘 떠나보낸 뒤 기억하기. 나는 그 말을 잊지 않기 위해 입 안에서 반복했다. 아주 어릴 때 시간이 어디로 가는지 궁금하던 적

236

이 있었다. 쓰레기폐기장처럼 어딘가에 우리가 사용하고 버린 시간, 미처 사용하지 못한 시간 들이 흘러가 쌓이는 곳이 있을 것 같았다. 눈앞의 고래그림들을 보고 있으면 시간이 흘러가 쌓이는 곳이 어디인지 짐작할 것 같았다. 기억도 시간도 바위그림처럼 하면 될 것이다.

<h1 style="text-align:center">아직 일어나지 않은 일</h1>

할머니의 한글교실이 있는 여성회관은 삼층짜리 건물이었다. 일층에는 사무실과 어린이교실, 지하에는 운동실, 이층에는 홈패션, 서예, 요리 교실이 있었다. 할머니의 한글교실은 창작교실과 함께 삼층에 자리잡고 있었다. 한글교실 칠판에는 '제2기 한글교실 졸업식'이라고 종이로 오려 만든 글자들이 붙어 있었다. 할머니가 꼬박꼬박 '우리 선생님'이라고 부르며 하늘처럼 칭송하던 선생님은 뜻밖에도 젊었다. 아니, 젊다기보다 어려 보였다. 얼굴마저 동안이어서 나무나 내 친구라 해도 믿을 정도였다.

선생님이 교실 앞 책상에서 무엇인가를 정리하는 동안 교실은 마치 초등학교 쉬는 시간처럼 소란스러웠다. 할머니 한분이 칠판 앞으로 나가 '하늘이 푸르다'라고 썼다. 할머니는 글씨를 다 쓴 다음 "선생님, 하늘이 푸르다 할 때, 푸자가 이거 맞죠?" 하고 물었다. 자랑스러움이 가득한 낯빛이었다. 젊은 선생님은 환하게 웃으며 "맞아요. 잘 쓰셨어요"라고 칭찬까지 덧붙였다.

"한 살이라도 젊었을 때 해야제. 나도 다 제치고 이거 한 기라."

할머니는 그렇게 말하면서 자리로 돌아갔다.

"어머님들, 육개월 동안 고생 많으셨지요?"

마침내 선생님이 종이뭉치를 들고 교탁으로 나오며 질문했다. 아주머니 할머니 학생들은 "네!"라고 큰 소리로 외쳤는데 그건 틀림없이 초등학교 교실 분위기였다.

"그래도 저를 만나러 오면서 즐거우셨죠?"

학생들은 다시 한목소리로 대답했다. 왕고래집 할머니 목소리도 그 속에 커다랗게 섞여 있었다. 나는 교실 뒤편에 앉아 한글교실 졸업식이 진행되는 광경을 지켜보았다. 학생들은 한 명씩 차례로 앞으로 나가 선생님이 주는 졸업장을 받았다. 화장기 없는 얼굴에 뽀글뽀글한 파마머리거나, 긴 치마에 스웨터를 받쳐입은 아주머니들은 졸업장을 받으며 초등학생처럼 수줍어했다. 아기를 업은 채 졸업장을 받으러 나가는 젊은 여성도 있었다. 왕고래집 할머니가 졸업장을 받자 곁에 앉아 있던 왕고래집 아주머니가 꽃다발을 들고 앞으로 나갔다. 나는 그 모습을 카메라에 담았다. 가슴으로 뜨거운 파도가 밀려드는 느낌이었다.

졸업장을 나눠준 다음에는 여성회관 관장이라는 이의 축사가 있었고, 학생 대표의 답사가 있었다. 그다음으로 한글교실에서 배운 성과를 보여주듯, 한 학생이 대표로 나가 직접 쓴 글을 읽는 순서가 마련되어 있었다. 뜻밖에도 왕고래집 할머니가 호명되었다. 할머니는 눈에 익은 글쓰기 공책을 들고 앞으로 나가 수줍게 고개 숙여 인사한 뒤 공책을 읽기 시작했다.

"제니 에미 보거라.

너도 자식 키워봤으니 이제 알겠구나. 에미 창자는 개도 안 먹는다는 말. 하도 속이 썩어문드러져서 그렇지. 죽은 영감한테는 남은 마음이 없다. 생전에 할 만큼 해줬으니 맺힌 게 없지. 영감도 없을 거다. 그런데 제니 에미야, 자식은 다르다는 거, 너도 알제? 죽는 날까지 자식을 마음에서 못 내려놓는 게 에미다. 죽은 후에도 더 잘해주지 못해 안쓰러운 게 에미다.

네가 더이상 술도 못 먹을 정도로 술병이 깊어졌을 때, 너도 알제? 내가 부처님, 하느님, 용왕님, 천지신명을 부르며 딸년 살려달라고 매달렸을 때. 네가 까무러친 듯 누워서도 내 중얼거리는 소리 들었다 했제? 나는 할 수 있는 일이 그거밖에 없더라. 네가 죽 한모금 못 넘기고 누웠는데. 나도 물 한모금 안 마시면서 곁에서 애원했다. 사흘째 되는 날 네가 몸을 일으켜 물 찾을 때는 덜컥 겁부터 나더라. 또 술 찾을까봐. 꿀물을 타줬지. 너는 꿀물 한사발 들이켜고는 허물벗듯 자리에서 일어났다. 허물을 벗듯 다른 사람이 되더라. 제니 에미야, 그해 어머니날 나한테 꽃 준 거 기억하나? 꽃도, 꽃도 그리 곱던지. 네가 내 딸이어서 평생 좋았다. 에미로 사는 게 고맙고 고마웠다.

제니 에미야, 내가 당부하고 싶은 게 꼭 하나 있다. 너는 내가 아침마다 부엌에 정화수 떠놓는 일이 어리석다고 생각하제? 신이 있다면 세상이 이토록 불공평할 수 없다고 했제? 신이 세상을 공평하게 만드는 사람인지는 나는 모르겠다. 너는 내가 초하루마다 절에 가는 거 싫어하지. 정월 보름에 바다에 나가 비는 거, 첫 벼이삭을 항아리에 담아 간수하는 거, 모두 미신이라 배웠다고 했제?

미신인지 귀신인지 그런 건 나는 모르겠다. 다만 시어머니가 해오신 대로 하는 거고, 시어머니도 당신 시어머니가 하던 대로 하신 거지. 제니 에미야, 네가 죽은 듯 누웠다가 사흘 만에 새사람으로 일어난 거만 잊지 마라. 배운 사람들은 파도가 높은 이유를 어려운 말로 설명하지만 우리야 태풍도 용왕님 뜻이려니 한다. 조상 대대로 해오던 일이 끊어지지 않았으면 하는 맘뿐인 기라."


할머니 편지의 모든 구절은 마치 내게 하는 말 같았다. 엄마 아빠 마음을 좀더 이해할 것 같았고, 처용암 근처에 산다는 동물이나 한바다에서 본 보랏빛 물체에 대해서도 어떻게 해야 하는지 알 것 같았다. 무엇이든 마음에 달려 있다는 장포수 할아버지 말과도 같은 뜻이었다. 내가 있다고 믿으면 있고, 없다고 믿으면 없는 것.

할머니의 낭독이 있은 다음에 시상식이 이어졌다. 절반 이상의 학생들이 개근상을 받았고, 개근상을 받지 못한 학생들에게는 특별상, 아차상 등의 이름을 붙인 상들을 나눠주었다. 가만히 보니 모든 학생들에게 상장 한 장씩은 돌아가는 것 같았다.

'하기 싫은 일을 하러 가는 날입니다. 너무 열심히 하지 말아야겠다고 다짐해봅니다.'

시상식이 진행되는 중간에 영호언니의 문자메씨지가 도착했다. 나는 문자메씨지를 두 번 읽은 뒤 가만히 웃었다. 문자메씨지가 올 때마다 내가 영호언니와 비슷한 상태에 있는 것 같았다. 내가 할아버지 집의 모든 문을 열고 대청소하던 날 '광합성하기에 좋은 볕이네요. 축축한 몸도 마음도 내다 말립시다!'라는 문자가 왔다. 그날 나는 장포수 할아버지네 마당도 쓸고 마루도 살짝 닦아드렸다. 오늘도 할머니 한글교실 졸업식에 오는 게 조금 부담스러웠다. 그러나 막상 도착하니까 오길 잘했다는 생각이 들었다. 영호언니도 틀림없이 그럴 것 같았다.

한번은 영호언니한테서 이런 문자가 왔다. '문자 잘 가고 있나요? 갑자기 현실감이 사라져서 불안해하는 소심한 인간의 마음이란, 쩝.' 내가 산 상품은 문자를 받기만 하는 일이어서 나는 답장을 하지 않았다. 그때 나는 처음으로 언니에게 잘 받고 있다는 답문자를 보냈다. 언니한테서는 곧바로 문자가 왔다. '기어이 예수 옆구리에 손을 넣어본 도마의 부끄러움이여!' 그 문자를 받던 날은 아직도 배워야 할 것이 많다는 사실을 확인했다.

'아무것도 하지 않고 가만있고 싶은 마음과, 할일들에 대한 부담이 다투는 일요일 오후, 과연 결과는?' 그런 문자를 받았을 때는 영호언니가 가깝게 느껴졌다. 문자를 받는 것만으로도 한 사람에 대해 알게 된다는 사실도 신기했다. 영호언니는 혼자 사는 것 같았다. 낮에는 직장에 다니고, 저녁에는 연극을 배우러 다니고 휴일이면 야외에 나가 바람을 쐬었다. 어떤 날은 많이 바쁜지 자정 직전에 문자를 보냈다. '방금 저녁을 먹었네요. 구운 김, 볶음김치, 계란프라이. 밥을 부르는 삼종 쎄트.' 나는 언니가 단 하루도 거르지 않고 문자 보내기 약속을 지킨다는 사실도 기억해두기로 했다.

고등학교 일학년 때 멘토링에 대해 알려주신 가정선생님이 '닮고 싶은 사람에게 편지 쓰기'라는 숙제를 낸 적이 있었다. 나무는 서태지에게, 미유는 마돈나에게, 우리반 반장은 마더 테레사에게 편지를 썼다. 하지만 그들은 내가 닮기에는 너무 컸다. 나는 테레사 수녀처럼 인생을 모두 희생하면서 봉사할 자신이 없었다. 마돈나처럼 옷을 조금만 입고 전세계 관객을 향해 쎅시한 춤을 출 자신도 없었다. 무엇보다 나는 서태지와 같은 재능을 타고나지 못했다. 유관순 언니에게 편지를 쓸 수도 없었다. 그러기에는 나는 너무 겁쟁이였다. 결국 나는 숙제를 하지 못해 손바닥을 맞았다. 그때 영호언니를 알았더라면 언니에게 편지를 썼을 거라는 생각이 들었다.

날마다 눈앞이 조금씩 더 환해지는 것 같았다. 십년쯤 후에도 여전히 슬프다면 나무 사촌언니처럼 하면 될 것 같았다. 슬픔을 사진으로 찍으면서 인도를 여행하기. 이십년쯤 후에는 영호언니처럼, 헤븐에서 만난 언니들처럼 살면 될 것이다. 낮에는 직장에서 일하고 밤이면 스트레스를 날려보낼 즐거운 일을 찾을 것이다. 삼십년쯤 후에는 왕고래집 아주머니처럼 유쾌하게 살면 되고, 더 시간이 흐르면 왕고래집 할머니처럼 살면 아무 문제가 없을 것이다. 갑자기 모든 것이 괜찮아지는 느낌이었다.

졸업식이 끝난 뒤 할머니는 가슴에 꽃다발을 안고, '제2기 한글교실 졸업식'이라는 글자를 배경으로 사진을 찍었다. 나도 왕고래집 아주머니와 함께 할머니 곁에서 사진을 찍었다. 여성회관 건물을 빠져나오면서 왕고래집 아주머니는 "엄마, 기분이 어때?" 하고 큰 소리로 물었다. 왕고래집 할머니는 가만히 웃기만 했다.

"엄마, 자장면 먹으러 가자. 내 중학교 졸업식날 자장면 사줬던 거 기억하나? 그때 니은이 고모도 함께 있었잖아."

"기억하제. 엊그제 같은데."

할머니는 내 팔을 잡아 자동차에 태웠다. 아주머니는 자동차를 운전해서 미리 예약해둔 중국집으로 갔다. 식탁 중간이 빙그르르 돌아가는 테이블에 앉아 음식을 먹으려니 잠깐 엄마 아빠가 생각나기도 했다.

내 중학교 졸업식날은 엄마 아빠와 식당을 찾아다니다 끝났다. 식당마다 얼마나 많은 가족들이 점령하고 있는지 학교와 집 사이에 있는 음식점은 한군데도 빈자리가 없었다. 아빠는 길가에 차를 세우고 제안했다.

"니은아, 이제부터 엄마 아빠는 네 선택에 따를 거야. 첫째, 아주 멀리까지 가서라도 기어이 외식을 한다. 둘째, 집에 가서 라면 끓여먹고 외식비만큼 용돈 받는다."

내게 어려운 질문이나 선택을 하게 만들고 그것을 즐기는 것은 아빠의 취미였다. 많이 익숙해진 일이긴 해도 그날 선택은 어려웠다. 한번뿐인 중학교 졸업식인데 라면이라니. 그래도 그 용돈이라면…… 십초쯤 갈등한 뒤 나는 용돈을 받겠다고 했다. 그 돈을 어디에 썼는지 기억나지 않지만 내 선택에 아빠가 기뻐한 것은 기억한다. 내가 현명한 선택을 해서가 아니라 아빠가 피곤한 운전을 그만두고 집에 가서 쉴 수 있게 되어 기뻤을 것이다. 반대로 엄마는 서운해했다. 일생에 단 한 번뿐인 중학교 졸업식을 그렇게 보내는 나 때문이 아니라 갑작스레 요리를 해야 했기 때문이다. 그래도 라면은 안된다고 엄마는 잡채와 갈비찜을 만들어냈다. 엄마 아빠가 생각나자 조금 슬퍼졌지만 이제는 슬픔의 색깔이 흐려지고 있는 것 같았다. 그것은 다행스럽기도 하고 아쉽기도 했다.

"엄마, 진짜로 검정고시 공부할 거야?"

왕고래집 아주머니가 식사 도중에 할머니한테 물었다. 내가 바라보자 아주머니는 "우리 엄마 또 공부할라 칸다"고 낮게 말해주었다.

"우리 선생님이 저녁에 가르쳐준다 했다. 검정고시 준비반, 여덟시부터 열시까지."

"엄마, 그게 쉬운 일인 줄 아나? 읽기 쓰기 말고도 수학, 도덕, 미술 그런 거 배워야 하는데."

"그거 배울라 칸다 아이가. 한번에 다 안 붙어도 된다더라. 올 해는 국어, 내년에는 수학 그렇게 삼년 안에만 합격하면 된다더라."

왕고래집 아주머니는 젓가락을 입에 문 채 한동안 할머니를 바라보았다. 할머니는 덤덤한 목소리로 "어여 먹거라"라고 말했다. 아주머니는 맥없는 웃음을 지으며 할머니에게 왜 그렇게 공부를 하려고 하는지 물었다. 지금 그것들을 공부해서 어디다 쓰려고 그러느냐고.

"바다를 찾아다니는 파도가 되지 않을라고 그런다."

"파도가 바다를 찾아다닌다고?"

"우리 스님이 그러더라. 파도가 온 바다를 돌아다니며 보소, 이보쇼, 바다가 어디 있는지 아오? 그런다고. 내 평생 그 꼴이 아니었나 싶다."

할머니 말씀은 우스운 이야기 같기도 하고 심각한 이야기 같기도 했다. 어쩌면 무서운 이야기 같았다. 파도가 자기가 곧 바다라는 사실을 알아차리려면 어떻게 해야 하지? 왕고래집 아주머니도 나와 비슷한 생각을 하는지 잠시 말이 없었다.

"우리 스님이 물 이야기 자주 해준다. 물은 본래 한가진데 겉모양만 달라진다고. 얼음도 됐다가, 비나 안개도 됐다가, 강물이

나 바다도 됐다가. 그런 말을 들으면 알 듯 말 듯한 게, 그거 좀 시원하게 알아들었으면 싶다."

나도 할머니 말씀이 알 듯 말 듯했다. 여섯 달 전에 비하면 그래도 뭘 좀 알아듣게 되었어도 나는 여전히 모르는 게 많았다. 일흔이 넘은 연세에 처음으로 초등학교 교과서를 공부하게 될 할머니를 보며 나는 모든 일의 처음에 대해 생각해보았다. 처음 중학교와 고등학교에 들어가던 날, 처음 두발자전거를 타던 날, 처음 스케이트 날을 디디며 얼음판에 서던 날. 그 순간들은 늘 두려웠다. 그러나 가장 두려운 출발선만 지나면 그다음부터는 그다지 어렵지 않았다. 몇번 무릎이 까지고 발목이 삐어도 자전거나 스케이트를 달리는 기쁨에 비하면 아무것도 아니었다.

내가 지금 두렵고 답답하다면 처음 혼자 서는 순간에 있기 때문일 것이다. 그리고 죽는 날까지 처음은 거듭 찾아올 것이다. 왕고래집 할머니를 보며 나는 또 한가지를 기억하기로 했다. 아직 일어나지 않은 일들에 대해 두려워하기보다는 그 일들을 잘 맞을 준비를 하기로. 몸속에 작살을 꽂고 다니는 백사십살 먹은 고래한테도 아직 일어나지 않은 일들이 있을 것이다. 그리고 고래도 괜찮을 것이다.

# 처용을 아십니까?

장포수 할아버지는 박물관 이층 회의실 뒷자리에 앉아 있었다. 회의실 정면 벽에는 '처용문화연구회 학술쎄미나'라고 쓰여 있고 그 아래로 '처용을 아십니까?'라는 부제가 붙어 있었다. 무대 위에는 네 명의 연사가 앉아 있었는데 그중에는 언젠가 보았던, 처용포 공원을 스토리텔링 테마파크로 만들자고 제안했던 교수도 있었다. 쎄미나 내용은 내게 파도소리와 다를 바 없었지만 장포수 할아버지가 거기 있기 때문에 나도 그 자리에 앉아 있었다.

얼핏 들으니 처용가 속의 처용이 서역에서 온 상인이 아니라고 주장하는 것 같았다. 처용은 동해 용왕의 일곱 아들 중 하나로, 인간과 신의 중간존재라는 것이다. 동해 용왕을 몸주로 모시

248

는 강신무이며, 신라시대 급간이라는 벼슬을 가진 국가 무당이라고 했다. 처용가는 처용이 아내의 병을 고치는 과정에서 불렀던 무가라는 것이다. 그 이론을 주장하는 이는 처용이 서역에서 온 상인이라는 설을 격파하는 근거를 조목조목 내세웠다.

장포수 할아버지는 고개까지 끄덕여가며 열심히 듣고 있었다. 나는 처용이 누구든 상관없다는 마음이었다. 처용이 서쪽 나라에서 온 상인이어도, 동해 용왕의 아들이나 나라 무당이라 해도 괜찮았다. 그 모든 이야기들이 옳은 듯했고, 그 모든 처용들이 필요한 존재 같았다. 처용도 필요할 때마다 우리 조상들에게 찾아와준 바다생물 같은 존재라 믿으면 그만이었다.

첫 강연이 끝나고 두번째 강연이 이어질 때 나는 조심스럽게 회의실을 빠져나왔다. 화장실에 다녀오고 음료수를 빼 마시고, 쏘파에 앉아 편한 자세로 쉬었다. 버릇처럼 전화기를 꺼내보았지만 이제 더이상 문자메씨지는 오지 않았다. 그 사실이 조금 서운하기도 했다. 며칠 전에 영호언니의 마지막 문자를 받았다. 처음에는 기쁨과 희망이 되는 문자메씨지를 보내주겠다고 약속한 언니는 점차 상품의 성격을 잊은 것 같았다. 보름쯤 지난 무렵부터 언니의 문자는 조금 달라졌다.

'우주는 아기 밥그릇 속에, 악몽은 내 머릿속에, 얼룩말은 아프리카에, 사랑은 냉동실 안에 산다.'

'느슨한 연대가 갖는 미덕과 불편함 사이에서 늘 생기는 갈등. 난 이걸 극복해야 일인 조직의 삶을 지속할 수 있다.'

영호언니의 문자는 점차 솔직해지는 듯했다. 언니가 지당하신 말씀 같은 격려나 희망을 이야기하지 않을수록 나는 점차 희망을 가지게 되었다. 언니도, 나보다 두 배쯤 더 산 언니도 여전히 악몽을 꾸거나 갈등한다는 게 위안이 되었다.

'일요일 오후 까페에서 책 읽기. 난 왜 사색을 위해 조용한 집을 나와 사람들 틈에 끼어 있는 걸까. 알지만 갸우뚱.'

'꼭 서울에서 살아야 할까 또 생각해보는 하루. 그리고 종일 오는 비.'

그런 문자도 좋았다. 나 역시 서울을 떠나 있고, 혼자 있기보다는 사람들 사이에 끼어 있고 싶어하기 때문이다.

'시무룩한 하늘이 조금 웃네요. 번뇌가 깊어지면 꽃이 핀다는데, 아직 그런 기미는 없네요.'

영호언니의 마지막 문자는 그것이었다. 마지막 문자답게 비장한 의미를 담은 듯했으나 나는 그 말을 제대로 이해하지 못했다. 언젠가는 그 말도 이해할 수 있겠지 생각하면서 가끔 혼자 중얼거린다. 번뇌가 깊어지면 꽃이 핀다고? 나는 쏘파에서 일어나 회의실 앞 공간을 걸었다. 문자메씨지는 끝나는 순간까지 힘이 셌다. 그동안 느껴보지 못한 이상한 서운함을 남겨주었다.

나는 입구에 비치된 쎄미나 안내책자를 집어들고 다시 회의실로 들어갔다. 안내책자에는 쎄미나가 어떻게 진행될지 소개되어 있었다. 처용설화의 문화유산적 가치, 처용설화의 민속학적 고찰, 한국미술사 속의 처용, 처용무의 원리와 복식 연구 등의 차례로 이어진다고 했다. 각 강연 내용이 요약되어 실려 있었는데 단어도, 문장도 모두 어려웠다. 쎄미나를 주최한 이의 인사말도 어렵기는 마찬가지였다.

"우리는 도시화, 산업화 속에서 사라져가는 향토문화를 더욱 보존 전승해야 한다. 처용가뿐 아니라 물당기기놀이, 치술령 산신제, 동해안 풍어제 등에 대한 연구도 이루어져야 한다. 자연환경이 몸의 건강에 영향을 미치듯 설화나 문화는 정신에 영향을 미친다. 자연이 황폐해지면 건강이 파괴되고, 문화가 빈곤해지면 정신이 파괴된다. 자연을 배경으로 탄생한 역사와 문화는 자연환경이 파괴되면 사라질지도 모른다."

나는 그 단락을 세 번이나 읽었다. 자연이 이야기를 만들었고, 자연이 파괴되면 이야기가 사라진다는 이야기 같은데 그 쉬운 말을 참 어렵게도 하고 있었다. 무대에 올라 있는 사람들은 어렵게 말하기 대회에 나온 것 같았다. 그래도 장포수 할아버지가 그 자리에 있기 때문에 나도 자리를 지켰다. 오늘 아침에 할아버지가 나를 찾아와 부탁한 일이었다.

"니은아, 오늘은 나하고 좀 함께 다니자. 고래축제 전야제라 볼 게 많은데 늙은이 혼자 다니기가 좀 그렇다."

고래축제는 내일부터 시작되지만 전야제 행사도 제법 많았다. 나는 할아버지와 가장 먼저 처용탈 전시장에 들렀다. 어떤 미술사가가 역사자료 속의 처용에 대한 기술을 토대로 탈을 복원했다고 설명해놓았다. 전시장 입구 양편에는 높이 삼 미터짜리 처용

장승이 세워져 있었다. 전시장에는 나무로 깎은 처용탈뿐 아니라 진흙을 빚어 만든 탈, 종이공예로 만든 탈도 있었다. 색깔도 다양해서 노란색, 빨간색, 초록색뿐 아니라 흰색과 검은색 탈도 있었다. 처용은 얼굴이 길쭉하고, 눈이 크고 깊고, 코가 높았다. 언젠가 아빠가 아랍인을 닮았다면서 말해준 그대로였다. 처용탈 한가운데 묵묵히 서 있는 장포수 할아버지가 그 순간은 처용탈과 똑같아 보였다.

전시실 한쪽 구석에서는 처용탈 깎기 대회가 벌어지고 있었다. 중고등학생으로 보이는 아이들이 조각도를 가지고 나무판에 처용탈 모양을 새기고 있었다. 나무판 위에 코를 박고 땀흘리는 아이들을 보고 있으니 이상한 느낌이 왔다. 나도 저기 있어야 하는데…… 내가 그토록 심드렁하게 여기던 학교를 그리워한다는 뜻 같았다.

장포수 할아버지는 두 개의 강연을 들은 뒤 자리에서 일어났다. 할아버지를 모시고 밖으로 나서자 박물관 마당에서 처용 얼굴이 새겨진 티셔츠를 나누어주고 있었다. 그냥 티셔츠를 나누어주는 게 아니라 처용 닮은 사람 찾기 콘테스트를 하는 중이었다. 티셔츠의 처용 얼굴과 지원자 얼굴을 비교해보고 탈락자에게는 티셔츠를, 비슷하게 생긴 이에게는 결승전 진출권을 주었다. 오빠나 아저씨 들이 마당에서 티셔츠를 입고 자기 얼굴이 처용과 닮았다면서 무대로 뛰어올라갔다. 내가 보기에 티셔츠에 그려진 처용 얼굴도 어쩐지 장포수 할아버지와 닮아 보였다.

할아버지는 나를 앞세우고 슈퍼마켓으로 들어가 음료수와 아이스크림을 잔뜩 샀다. 그것을 쇼핑봉투에 가득 담아가지고 해안경비대로 향했다. 그곳에는 할아버지와 함께 고래배를 몰고 나갔던 경찰관들이 근무하고 있었다. 할아버지는 음료수와 아이스크림을 책상에 올려놓았다.

"더운데, 속도 식히면서 일하게. 그때 고마웠네."

"어르신, 이거 번번이 송구스럽습니다. 그때 식사도 잘했는데요."

할아버지는 경찰관들의 얼굴을 찬찬히 바라보면서 일일이 고맙다고 말했다. 나는 할아버지 뒤편에 서서 무언가 좀 이상하다는 느낌을 받았다. 할아버지가 평소보다 말을 많이 하고 행동도 들떠 보였다. 고래축제가 즐거운 모양인가 싶기도 했다.

할아버지는 해안경비대에서 나온 뒤 다시 슈퍼마켓에 들러 빵과 우유를 사가지고 노인회관으로 갔다. 그곳에는 얼마 전에 할아버지와 함께 고래배를 타고 바다에 나갔던 할아버지도 있었다. 장포수 할아버지는 장기 두는 할아버지들한테 공연히 시비 거는 말투로 말했다.

"밖에 고래축제 하는데, 여기서 장기만 두고 있나?"

"저게 무슨 축젠가. 예전에 집채만한 장수경을 배 옆구리에 차고 귀항할 때, 그게 축제지."

"그렇지. 밤새워 해체장에 불밝히고 고래 해체하고, 마을사람들은 해부장이 떼어주는 고기 한덩어리씩 받아가고, 그게 축제지. 그때는 개도 고래고기를 물고 다녔지."

할아버지들은 곧바로 그 시절을 추억하며 긴 말씀을 주고받았다. 나는 또 할아버지 등뒤에 서서 할아버지가 틀림없이 보통때와 다르다고 느꼈다. 보통때보다 말씀이 많으실 뿐 아니라 목소리가 크고 말투가 빨랐다. 공연히 농을 걸고 억지로 크게 웃는 것도 같았다. 할아버지의 말과 행동이, 옷과 몸이 각각 따로 움직이는 것처럼 느껴지기도 했다.

노인회관을 나온 할아버지는 이번에는 슈퍼마켓에 들르지 않고 곧바로 왕고래집 식당으로 향했다. 식당에는 할머니가 초등학교 일학년 읽기, 쓰기 책을 펼쳐놓고 앉아 있었다. 점심시간 직후여서 아주머니는 잠시 쉬러 들어갔다고 했다. 왕고래집 할머니는 세 사람분의 식탁을 차렸다. 나도 할머니를 도와 음식그릇을 나르고 수저를 놓았다.

"영감님, 고래축제 보니 감회가 어떻습디까?"

식사 도중 할머니가 묻자 할아버지는 대답 대신 주머니에서 작은 상자를 꺼내 할머니에게 내밀었다. 그 속에는 굵은 금반지와 금목걸이가 들어 있었다. 목걸이가 얼마나 굵은지 거의 시곗줄만했다. 할머니는 상자를 멀찌감치 건너다보기만 했다.

"장포수 영감은 내 천당 가는 거 막고 싶은 게지. 내 공덕을 그리 깎아 자시려 하니."

할아버지는 크게 웃었다. 보통때보다 크고 과장되게 웃어서 나는 또 어색한 느낌이 들었다.

"내가 업 안고 가기 싫어서 그러니 아주머니가 날 좀 봐주시오."

나는 할머니와 할아버지가 나누는 대화를 명확히 이해하지는 못했지만 대충 의미는 짐작할 것 같았다. 그 정도 이해하게 된 것만으로도 나는 기뻤다.

"고맙게 잘 쓰리다. 장포수 영감 고집을 누가 꺾노."

할머니는 상자 뚜껑을 닫아 그것을 서랍 속에 밀어넣으며 덧붙였다.

"예전부터 고집이 고래심줄이었는데……"

할머니는 말끝에 나를 바라보며 찡긋 웃었다.

"사람마다 사는 방식이 다른 게지요. 상어에게는 상어가 사는 법이 있고, 고래에게는 고래가 사는 법이 있고."

나는 속으로 할아버지 말씀을 반복해보았다. 상어에게는 상어가 사는 법이 있고, 고래에게는 고래가 사는 법이 있다. 희미하게 어떤 느낌이 떠올랐다. 사람들은 누구나 자기 삶에 대한 생각을 갖고 있는 게 틀림없다는. 장포수 할아버지는 바다로 나가 고래를 잡는 일을 진짜 삶이라고 생각하는 것 같았다. 왕고래집 할머니는 모든 생명을 살리는 일이 중요하다고 생각하고 영호언니는 번뇌가 깊어져 꽃이 피는 경지에 도달하고 싶은 것 같았다.

생각해보면 어떤 사람은 넓은 집에 살며 비싼 차를 타고 다니는 것을, 어떤 이는 더 많은 지식을 쌓고 학문을 연구하는 것을 중요하게 여긴다. 어떤 이는 되도록 많은 사람들을 사귀고 더 많은 전화번호를 저장하는 일을, 어떤 이는 다른 사람들을 보살피고 위로하는 일을 소중하게 여긴다. "인생 뭐 있어?"라고 말하는 이들은 바로 그 덧없음을 가장 중요하게 여기는지도 몰랐다.

나는 이제 어른이 된다는 것의 핵심에 무엇이 들어 있는지 알 것 같았다. 나이를 먹고 몸이 커지고, 고래배를 타거나 시집을 가는 것 말고, 엄살, 변명, 핑계, 원망 하지 않는 것 말고 중요한 것이 그것 같았다. 자기 삶에 대한 밑그림이나 이미지를 갖는 것. 그것이 쨍쨍한 황톳길을 땀흘리며 걷는 일이든, 미끄러지는 바위를 한사코 굴려올리는 일이든, 푸른 하늘에 닿기 위해 발돋움하는 영상이든. 갑자기 눈앞이 환해지는 느낌이었다.

식사 후 장포수 할아버지는 왕고래집을 나섰다. 왕고래집 할머니는 문간까지 따라나와 "내 지옥 가면 장포수 영감 덕이오"라고 말했다. 할아버지는 등뒤로 손사래를 쳐 보이며 왕고래집 식당을 떠나왔다.

"소화도 시킬 겸, 저리로 가보자."

할아버지는 뒷산을 가리키고 있었다. 나는 또 묵묵히 할아버지를 따라갔다. 포클레인과 트럭이 분주하게 오가던 그곳은 깨끗이 정리되어 편편한 공터가 되어 있었다. 할아버지와 나는 생태공원 계획표 밑을 지나 사철나무와 미국자리공이 있는 언덕으로 갔다. 빈집들 사이에 살던 강아지와 고양이도 거처를 그곳으로 옮긴 모양이었다. 우리가 다가가자 고양이 두 마리가 황급히 산 위쪽으로 뛰어 달아났다.

할아버지는 그 언덕에 앉아 먼바다와, 축제가 진행중인 마을과, 할아버지가 가꿔놓은 나무숲을 찬찬히 둘러보았다. 좀전과는 달리 이상하도록 차분해진 모습이었다. 나 역시 할아버지 옆에 앉아 차분한 마음으로 일곱 달쯤 전의 내 모습을 떠올려보았다. 엄마 아빠의 환영을 좇아 올라와 나무 밑에 쓰러져 잠들었던 때와는 많이 달라져 있었다. 시간이 약이라는 말을 늘 촌스럽다고 생각했는데, 이제는 그 말이 모든 것이라는 생각이 들었다. 그 약을 너무 많이 먹으면 어떻게 될까 궁금하기도 했다.

"할아버지, 나이가 들면 세상이 어떻게 보여요?"

할아버지가 나를 돌아보며 빙긋이 웃었다. 그 웃음이 잘 마른 건초처럼 향긋한 향기를 남기며 바람에 날려갔다. 아무래도 할아버지가 좀 이상해 보였다.

"여든살이 돼도 맘속에는 모든 나이가 다 있다. 열살 때 생각을 하면 열살이 되고 마흔살 때 생각을 하면 마흔살이 되지. 열살처럼 세상을 보다가, 마흔살처럼 세상을 보다가 한다."

어떤 나이가 한번 지나가면 그 시기가 바퀴자국처럼 지워지는 게 아니라 마음속에 차곡차곡 쌓인다는 뜻 같았다. 나이를 먹는다는 것은 시간의 시루떡을 쌓는 일인 듯했다. 내가 그런 마음을 말하자 할아버지가 내 생각을 정정해주었다.

"시루떡이 아니라 해류 같다고 해야 옳겠다. 한류와 난류가 겹쳐 흐르듯이, 그것들이 안에서 동시에 움직이고 있는 거지. 그래 언제든지 사십대 마음이 됐다가 십대 마음이 됐다가 한다. 니랑

친구처럼 이야기도 하고.”

할아버지의 말을 내 방식대로 이해하면 어른이 된다는 것은 창간 전환이 빠른 윈도 화면을 여러개 갖는다는 뜻 같았다. 더 많은 해류가 더 많은 바다생물을 키우듯, 더 많은 윈도 화면은 더 쉽고 빠르게 작업할 수 있는 토대가 될 것이다. 나는 어서 나이를 먹고 어른이 되고 싶어졌다.

“니은아……”

할아버지는 내 이름을 부른 뒤 잠시 말이 없었다. 내가 고개를 돌려 바라보자 한참 만에 “아니다, 아무것도……”라고 낮은 목소리로 말했다. 할아버지 옆모습이 더 많이 처용탈과 닮아 보여 나는 조금 오래 할아버지 옆모습을 바라보았다. 숲을 지나온 바람이 울음소리를 낸 후 그 숲에서 고양이가 튀어나왔다. 고양이는 눈치를 보며 조금씩 다가와 내 발등 근처에 앉았다. 내가 손을 내밀어 쓰다듬으려 하자 눈깜짝할 새에 달아났다. 고개를 드니 할아버지가 내 얼굴을 유심히 보고 있었다. 그 눈빛이 한바다처럼 깊고 멀어 보여 순간 가슴이 내려앉았다. 할아버지가 아직도 고래배를 내주기 아까워하는 게 틀림없다고 느껴졌다.

“이제 그만 내려가자.”

할아버지가 먼저 몸을 일으켰다. 봉우리 두 개를 지나면서도 할아버지는 더는 말이 없었다. 다만 할아버지가 가꾼 숲들을 쓰다듬는 눈빛으로 살펴볼 뿐이었다. 할아버지는 처용초등학교 쪽으로 산을 내려가서는 곧장 고래배가 있는 곳으로 갔다. 할아버지 고래배는 내일 아침 전시용 도크로 옮겨질 것이다. 고래배가 팔이 긴 타워크레인에 들려 옮겨지는 것 자체를 오프닝 행사로 삼는다고 했다. 배가 옮겨지는 과정을 취재하러 신문사와 방송국에서도 나올 거라고 했다. 시에서는 할아버지에게 감사패를 전달할 예정이었다.

할아버지는 고래배 옆에 잠시 서 있었다. 고래배는 서서히 빛이 사위어가는 바다를 배경으로 고개를 갸우뚱하고 서 있는 나그네 같았다. 할아버지는 나그네와 함께 넓은 세상을 두루 편력하고 돌아온 여행자처럼 보였다. 아니, 이제 막 먼길을 떠날 여행자처럼 보이기도 했다. 하늘과 바다가 하나의 덩어리가 되어 검푸르게 변하고 있었다. 정유공장 굴뚝을 감싸고 있는 알전구 불빛들이 점차 선명해지면서 크리스마스트리처럼 예뻐 보였다. 할아버지와 고래배는 어둠의 중심에서 미동 없이 고요했다.

"니은아, 고맙다. 이제 그만 가보거라. 나는 배에서 할일이 좀 남았다."

할아버지가 어딘지 달라 보였지만 나는 얼마든지 이해할 수 있었다. 이십년 이상 간직한 고래배를 다음날 내놓아야 한다면 나라도 그럴 것이다. 고래박물관 앞 공터에서는 벌써 사물놀이 장단이 들려오고 있었다. 거기서 처용굿판이 벌어질 것이라고 했다. 나는 처용굿판 쪽으로 걸음을 옮기다 잠시 뒤를 돌아보았다. 검푸른 하늘을 배경으로 장포수 할아버지가 훌쩍 고래배로 건너뛰는 모습이 보였다. 굿판에서는 벌써 다섯 색깔 처용탈이 놀이판을 휘저으며 춤추고 있었다. 굿판을 구경하다 집으로 돌아가니 영호언니가 보낸 엽서가 도착해 있었다. 나는 엽서를 한번 읽어본 뒤 겉옷 호주머니에 넣었다. 길고긴 하루였다.

# 고래배가 돌아올 때

다섯 색깔의 처용탈이 사방에서 춤을 추고 있었다. 붉은색 처용탈은 활짝 웃는 기쁜 표정, 노란색 탈은 심각하게 고민하는 표정, 초록색 탈은 위협하듯 무서운 표정이었다. 고민중인 탈도, 무서운 탈도 그러나 흥에 겨운 동작으로 춤추었다. 근심 가득한 흰색 탈과 무엇을 보고 놀란 듯한 검은색 탈도 무대를 넓게 돌며 춤을 추었다. 무대 주변에는 관람객들이 둥글게 둘러서 있고 그 앞으로는 오색깃발과 사물놀이패가 자리잡고 있었다.

다섯 처용탈은 무대를 두루 휘젓고 다니다가 객석으로 나와 관객들을 붙잡고 장난질을 쳤다. 사람들 어깨를 치거나, 머리카락을 잡아당기거나, 옷자락을 들춰보았다. 그때마다 객석에서는 터질 듯한 웃음과 환호성이 올랐다. 처용이 역신을 무찌르고 아내를 구하는 내용의 공연이 펼쳐진 다음에는 다섯 처용이 관람객들을 무대로 끌어들여 함께 춤을 추었다. 어떤 이는 흥에 겨워 스스로 무대로 나가기도 했다. 아마 그 순간이었을 것이다. 노란색 처용탈이 내 쪽으로 다가온 것이. 나는 한걸음 뒤로 물러나며 그에게 자리를 내주었다. 노란색 처용탈은 내 앞에 멈춰서서 탈을 벗더니 그것을 내 머리에 씌워주었다. 놀라 가슴이 뛰었다. 거의 제자리에서 주저앉을 뻔했는데 가면을 씌워준 이가 양팔을 잡아 부축했다.

가면을 제대로 맞추어 쓰자 이상한 느낌이 들었다. 내 속에 숨어 있던 처용이 슬몃 모습을 드러내는 것 같았다. 병든 아내를 구하기 위해 혼신을 다해 애쓰는 처용의 마음이 고스란히 느껴졌다. 나는 아내를 구하러 가는 처용처럼 단숨에 굿판으로 뛰쳐나갔다. 절로 다리가 앞으로 나아갔다는 게 옳았다. 왼발을 중심축으로 고정시킨 뒤 오른발을 앞으로 내디디는 동작을 반복하면서 몸을 회전시켰다. 두 손은 절로 허공으로 들어올려져 몸의 균형을 잡았다. 회전속도가 빨라지면서 가속이 붙었다. 이러다가 쓰러지고 말 거야. 그렇게 생각하면서도 속도를 늦출 수가 없었다.

정신없이 도는 동안 내 몸에서 비늘 같은 것이 떨어져나가기 시작했다. 내가 아는 모든 것들이 비늘과 함께 몸에서 떨어져나갔다. 처용과 황옥 신화, 나무와 미유, 처용암에 사는 바다동물과 보랏빛 물체, 어른이 되는 법…… 그 모든 것들이 내게서 떨어져나가 허공에서 부서졌다. 내가 믿는 것, 내가 생각하는 것, 내가 바라는 모든 것들이 내 몸에서 부스러져내렸다. 피가 빠져나가듯 어지럽고 살갗이 뜯기듯 아팠다. 마지막으로 온몸이 통째로 뿌리 뽑혀나가는 것 같았다.

뿌리뽑히는 듯한 통증 위로 싸이렌 소리가 울려퍼졌다. 이상한 위기감을 느끼면서 나는 춤을 멈췄다. 급하게 동작을 중단하자 몸이 균형을 잃고 뒤로 넘어갔다. 땅바닥에 쓰러지면서 나는 잠에서 깼다. 진짜로 회전하는 춤을 춘 것처럼 어지럼증이 남아 있었다. 싸이렌 소리도 진짜였다. 싸이렌 소리는 간헐적으로 끊기면서 반복해서 이어지고 있었다.

나는 천천히 잠자리에서 몸을 일으켜 겉옷을 걸치고 밖으로 나갔다. 새벽 이른 시간인데도 거리에 사람들이 많았다. 그들은 바삐 한방향으로 달려가고 있었다. 나는 손바닥으로 얼굴을 문지르고, 손가락으로 눈곱을 떼면서 사람들이 달려가는 방향으로 걸었다. 싸이렌은 온 마을과 온 바다, 하늘까지 울려퍼지고 있었다. 경찰관이 무전기에 대고 빠르고 높게 이야기하면서 반대방향으로 뛰어갔다.

사람들이 한방향으로 몰려가는 곳은 뜻밖에도 처용초등학교 쪽이었다. 설마…… 처음에 든 생각은 그것이었다. 설마 장포수 할아버지 고래배에 무슨 일이 생긴 건 아니겠지. 그런 생각이 드는 순간 가슴이 심하게 뛰기 시작했다. 나는 주먹을 쥐고 할아버지 고래배를 향해 달렸다. 멀리서도 고래배 앞에 사람들이 모여선 모습이 보였다. 거북이 방생제를 할 때처럼 사람들은 병풍 모양으로 둘러서 있었다. 그 옆 도로에는 경찰차 두 대가 세워져 있고, 경찰차 주변에는 무전기를 든 경찰관들도 보였다. 나는 달리던 걸음을 멈추었다. 무슨 일이 일어났는지 알 수 없지만 그 광경을 눈으로 확인하기가 두려웠다. 천천히, 되도록 천천히 걸어 나는 사람들 옆으로 다가섰다.

거짓말 같았다. 거짓말처럼 고래배 있던 자리가 비었다. 바로 전날 저녁에도 나는 장포수 할아버지가 고래배를 향해 훌쩍 건너뛰는 모습을 보았다. 그런데 그 자리에 허공만이 가득했다. 텅 빈 허공에 물에 젖은 햇살이 떨어지고 있었다. 나는 무릎을 꺾으며 그 자리에 주저앉았다. 아니야, 이건 아니야. 그렇게 생각할 때는 하늘과 바다도 거짓말 같았다. 허공으로 울려퍼지는 싸이렌도 가짜 같았고, 서둘러 만을 벗어나는 경찰선들도 모형장난감 같았다. 몸과 마음이 뻣뻣하게 굳어왔다. 많은 사람들 사이에 있었지만 아무 소리도 들리지 않고, 아무것도 보이지 않았다.

마음이 엉금엉금 바다를 향해 기어갔다. 내게 이야기를 해줘, 지금 무슨 일이 일어난 건지. 그렇게 생각할 때 그동안 체험한 감정들, 겨우겨우 추슬러온 감정들이 일시에 내면에서 소용돌이쳤다. 고래배가 있던 자리, 그 텅 빈 허공을 보며 나는 한가지 생각만 했다. 허공은 무너지지 않을 것이다. 허공은 더러워지지도, 부서지지도, 시들지도 않을 것이다. 허공은 고요하지도 시끄럽지도 않을 것이다. 무엇보다 허공은 멀리 떠나지 않을 것이다. 무슨 뜻인지도 모르는 채 나는 그렇게 중얼거렸다. 왕고래집 아주머니가 나를 잡아끈 것 같은데 놀랍게도 나는 왕고래집 아주머니보다 더 세게 손길을 뿌리쳤다.

해가 정수리까지 떠오른 후, 바다로 나갔던 경찰선들 중 일부가 돌아왔다. 나는 서둘러 선착장 쪽으로 달려갔다. 경찰관들은 배에서 내리며 부두에 서 있던 동료를 향해 절레절레 고개를 저었다. 세 시간을 뒤졌다고도 했고, 샅샅이 살펴보았다고도 했다. 온 바다로 무전을 보냈는데 어떤 배에서도 고래배를 목격했다는 응답이 오지 않았다고 했다. 그들은 우선 식사하고 좀 쉰 뒤 다른 방법을 찾아보자고 이야기 나누며 멀어졌다.

"친할아버지였다면 그럴 수 없었을 거야."

부두에서 몸을 돌리는데 문득 그런 말이 올라왔다. 가슴에서 뜨거운 기운이 일더니 커다란 손이 전신을 비틀어짜는 듯한 통증이 지나갔다. 내가 친손녀였다면 그렇게 가버리지 않았을 거야. 한마디 인사 없이, 아무 설명 없이…… 그러나 다시 생각해보니 한마디 말 없이, 양해나 조짐 없이 떠난 것은 엄마 아빠도 마찬가지였다. 모든 이별은 등뒤에서 다가와 뒤통수를 치고 지나가는 게 틀림없었다.

나는 천천히 걸어 뒷산으로 올라갔다. 다리가 무거워서 한걸음 떼어놓기도 힘들었다. 할아버지의 사철나무는 여전히 푸르고, 미국자리공은 여전히 붉은색을 띠고 있었다. 나는 미국자리공 그늘에 머리를 둔 채 사철나무 쪽으로 발을 뻗고 누웠다. 그늘에 몸이 꼭 맞았다. 몸과 마음에 한점 기운도 없는 상태로 누워 있으니 머리가 맑아지면서 한가지 사실이 분명해졌다. 모든 이별은 예고 없이 찾아오고 생이 끝날 때까지 반복될 거라는 것. 그때마다 이 모든 감정을 다시 겪게 되리라는 것. 높은 곳에서 푸른 하늘이 나를 내려다보고 있었다. 나는 호주머니에서 영호언니 엽서를 꺼내 읽었다.

"이 엽서는 15장 묶음으로 되어 있는 '책으로 엮은 꽃엽서' 중 하나입니다. 열일곱살쯤, 그러니까 십칠년쯤 됐네요, 친구한테 선물받은 게. 십칠년 만에 쓰이는 이 녀석, 얼마나 답답했을까요. 무언가를 수집한다는 게, 쌓아둔다는 게, 종종 부질없이 느껴지기도 합니다. 아직도 한참 쌓여 있는 엽서들. 이제 하나둘씩 떠나보내려 합니다."

영호언니 엽서는 둘 다 꽃사진이었는데 하나는 포인쎄티아, 하나는 해바라기였다. 장포수 할아버지가 고래배를 간직한 것처럼 어떤 사람은 엽서 같은 것도 십칠년씩 간직하는구나 싶었다. 숲을 지나는 바람소리가 들린 후 전날 보았던 고양이가 곁으로 다가왔다. 녀석은 내 손이 닿지 않을 거리쯤에 멈춘 뒤 몸을 웅크리면서 나를 바라보았다. 나는 다른 한 장의 엽서를 읽었다.

"친구의 즉흥적인 제안으로 속초에 다녀왔습니다. 밤새 달려 새벽녘에야 도착한 단풍 천지. 동동주와 파전을 앞에 두고 날이 밝길 기다렸다가 단풍길을 걷고 또 걸었습니다. 마음을 녹인 게 끝없이 펼쳐진 단풍길이었는지, 떠날 수 있었던 용기에 대한 안도감이었는지, 곁에 있던 그녀들의 위안이었는지 확실치 않습니

다. 다만 아직은, 괜찮다고 생각해봅니다. 해가 점점 떠올라 사
람들과 차들이 물밀듯이 밀려들었고 우리는 서둘러 그곳을 빠져
나왔습니다. 한숨도 못 자고 서울로 돌아오는 길, 은, 참 멀었습
니다."

　다만 아직은, 괜찮다고 생각해봅니다. 나는 그 대목을 다시 한
번 읽었다. 어느새 다가왔는지 고양이가 내 옆구리에 붙어 있었
다. 녀석은 내가 손을 내밀어 쓰다듬어도 달아나지 않았다. 옆구
리에서 녀석의 가늘고 빠른 숨결이 전해지더니 이어 따스한 온기
까지 느껴졌다. 문득 영호언니에게 편지를 쓰고 싶어졌다. 내가
잃은 엄마 아빠에 대해, 이제는 지나갔다고 느껴지는 나무에 대
해, 바다로 돌아간 고래배와 장포수 할아버지에 대해. 나는 마음
속으로 영호언니에게 보낼 엽서 내용을 떠올려보았다.

　"우리 아빠 고향인 처용포에는 전생에 대왕고래였다고 전해지
는 일등 포수 할아버지가 있었어요. 그 할아버지가 가는 곳이면
마치 고래가 대령하듯 모습을 나타냈대요. 할아버지는 포 한방으
로 고래 급소를 명중시켰는데, 어떤 고래는 할아버지와 눈길만
마주쳐도 배를 보이며 물 위에 누웠대요. 그 할아버지는 고래잡
이가 금지된 후에도 이십년 동안이나 고래배를 간직하고 있었어
요. 대왕고래로서 언젠가는 고래들의 나라로 돌아가기 위해서였
을 거라고 해요. 고래들과 계속 교신하기 위한 장치가 그 배에 있
었다고도 전해져요. 그 할아버지가 오늘 새벽에 고래배와 함께
고래들의 나라로 돌아갔어요. 언니, 고래는 신화처럼 숨을 쉰대

요. 고래배도, 일등 포수 할아버지도 신화처럼 숨을 쉬는 게 틀림
없을 거예요……"

영호언니에게 엽서를 쓰는 동안 마음이 조금 가라앉았다. 나
는 눈을 감은 채 먼바다를 떠올렸다. 한바다에서 보았던 고래떼
와 보랏빛 물체 사이에 장포수 할아버지가 함께 있는 모습을 상
상해보았다. 할아버지는 흰수염고래나 거북이 등에 앉아 있으면
어울릴 것이다. 온갖 바다생물을 거느린 채 그들과 함께 오대양
육대주를 돌아다니다 언젠가는 처용포 해안으로 올라올 것이다.
흰수염고래와 거북이와 함께. 한번씩 불려올 때마다 할아버지 이
야기는 조금씩 살이 붙고 색이 덧칠해질 것이다. 처용암에 고래
배를 닮은 바위나 할아버지를 닮은 나무 한 그루 서 있으면 이야
기는 더욱 완벽해질 것이다.

그리고…… 엄마 아빠도 장포수 할아버지와 함께 돌아다니다
가 처용포 바다로 올라올 것이다. 그때마다 엄마 아빠는 내 가슴
에서 새롭고 긴 이야기를 만들어나갈 것이다. 나는 아직도 고래
가 어떻게 신화처럼 숨을 쉬는지 알지 못한다. 그러나 몸을 가득
채우는 공기나 햇살처럼 그것을 몸으로 느낄 수는 있었다.

내 고향에는 도시를 가로질러 바다로 흘러드는 강이 있다. 예전에는 거기서 여름이면 멱을 감고 겨울이면 얼음배를 탔다. 꺽지나 다슬기도 지천이었다. 내가 고향을 떠날 때까지만 해도 그 강물에 세수를 할 수 있었다. 서울에서 사는 동안은 그 강을 떠올리는 것만으로도 마음이 편안하고 풍요로웠다.

칠팔년쯤 후, 다시 고향을 찾았을 때 강물은 손도 담글 수 없게 더러워져 있었다. 흰 거품이 끓고 나쁜 냄새가 났다. 온몸에서 힘이 빠져 강가에 주저앉던 그날을 아직도 잊지 못한다. 이제 저 강은, 내 추억은 어찌해볼 도리가 없는가. 이 소설은 아마도 그때의 상실감에서 비롯되었을 것이다.

소설 속 공간은 허구지만, 허구의 공간을 만들기 위해 참고한 도시는 울산시이다. 그곳은 국내 유일의 고래잡이 항구가 있던 도시이면서 동시에 국내 최초로 공업화가 이루어진 도시이다. 물론 지금은 국내 최대의 공업도시이다. 내가 느꼈던 상실감을 열 배, 스무 배쯤 강하게 체현하고 있는 공간이기도 하다.

울산이 광역시가 되기 전, 그곳을 방문한 일이 있다. 그때 만나뵈었던 전직 고래잡이 포수, 향토사학자, 사진작가, 환경운동가, 시청공무원 들에게서 전해지던 애향심을 잊을 수 없다. 그곳이 고향이어서 내 귀찮은 질문에 시달렸던 대학선배도 있다. 오래전 일이라 성함을 거론하기 저어되지만 이 소설 바탕에는 그분들의 친절과 애향심이 깔려 있음을 밝히고 싶다. 늦은 감사의 말씀과 함께.

2008년 6월

김형경

꽃피는 고래

초판 1쇄 발행/2008년 6월 10일
초판 13쇄 발행/2019년 7월 26일

지은이/김형경
펴낸이/강일우
책임편집/황혜숙
펴낸곳/(주)창비
등록/1986년 8월 5일 제85호
주소/10881 경기도 파주시 회동길 184
전화/031-955-3333
팩시밀리/영업 031-955-3399 · 편집 031-955-3400
홈페이지/www.changbi.com
전자우편/lit@changbi.com

ⓒ 김형경 2008
ISBN 978-89-364-3365-9  03810

* 이 책 내용의 전부 또는 일부를 재사용하려면
  반드시 저작권자와 창비 양측의 동의를 받아야 합니다.
* 책값은 뒤표지에 표시되어 있습니다.